KB152177

의적

**붉은
입술**

본 도서는 김포문화재단 후원으로 만들어졌습니다.

의적 붉은 입술

초판 발행 2022년 11월 15일

지 은 이 존 도
발 행 인 최영찬
편   집 이앤디 기획
펴 낸 곳 도서출판 **활빈당**
등   록 제409-31200002007-028호
주   소 경기도 김포시 김포한강9로 11 예미지 410동 405호
전   화 031)985-3394
F a x 031)985-3397
E-mail spido33@naver.com

I S B N 979-11-87085-04-1 04810
979-11-87085-03-4 (세트)

값 12,000원

의적

붉은
입술

존 도 지음

활빈당

차례

제1편 어둠 속 포로

미경이 스마트폰에서 시간을 확인했다. 새벽 4시. 엘리베이터에서 술 취한 남녀가 서로 부둥켜안다시피 하고 나왔다. 밤새 술판을 벌였던 그들은 기사가 모는 고급 승용차에 올라타 지하 주차장을 빠져나갔다. 하나둘씩 나가고 달랑 두 대만 남았다. 고급승용차인 포르쉐와 작은 빨간색 국산 소형차다. 포르쉐 근처를 서성거리며 담배를 물고 있는 운전기사가 소형차에 탄 그녀를 쳐다보았다. 여기저기 둘러보는 척하면서 흘끔흘끔 바라본다. 의혹의 눈길을 화살처럼 쏴 선글라스 너머 그녀의 눈에 꽂았다. 이윽고 기사가 참을 수 없다는 듯 담배를 구둣발로 비벼끄고는 다가왔다.

"이 봐요, 애인이라도 기다리시나?"

아무 대꾸도 하지 않자 기사는 어깨를 으쓱하더니 말을 이었다.

"아가씨, 지금 새벽 네 시야. 폼을 보니 클럽 손님은 아닌 것 같고…… 애인이 웨이터라도 되나? 기다리는 시간 지루하니 안면이나 익히자고."

그녀는 듣지 못한 척 고개도 돌리지 않았다. 상대를 안 해주자 기사가 입을 삐죽이다가 멀찌감치 떨어진 입구를 보며 고개를 갸우뚱했다. 무, 배추를 가득 실은 소형 트럭이 텅 빈 주차장을 놔두고 밑으로 내려가는 것이 이상한 모양이다. 미경은 마음이 초조했다. 째깍째깍. 시계 소리가 귀에 들려오는 것 같다.

기사가 다시 그녀에게 다가오다 스마트폰이 요란하게 울리자 발걸음을 멈췄다. 폰을 귀에 대고는 차 주인이 바로 눈앞에 있는 듯 연신 허리를 굽혀 네, 네 하다가 끊었다. 얼굴이 벌게지더니 딱딱 구두 소리를 내며 입구를 향해 걸어갔다. 빠져나가다가 문득 팻말을 보더니 고개를 갸우뚱하고는 사라졌다. 그가 모습을 감추자 얼마 되지 않아 넥타이를 풀어헤친 키가 큰 사내가 나타났다. 드디어 기다리던 목표물이 모습을 드러냈다. 빨간 옷을 입은 젊은 여자의 허리에 팔을 두른 건장한 사내는 성북동의 개망나니 조승래였다. 둘러봐도 기사가 보이지 않자 쌍욕을 퍼부으며 폰을 꺼내 들었다. 그때 미경이 선글라스를 벗고 창문 밖으로 얼굴을 쑥 내밀었다. 흘끗 바라본 그의 가는 눈이 동그래졌다.

"으엥? 권미경. 여기 웬일이야?"

뜻밖의 장소에서 그녀와 마주친 것에 몹시 놀란 표정이다.

"우리 동네 새침데기를 이런 더러운 시궁창에서 보다니……"

그녀는 성큼성큼 다가오는 그가 뱀처럼 징그럽고 무서웠다. 성북동에 있을 때 길에서 몇 번이나 말을 걸며 찝쩍댔다. 그래도 지금 얼굴을 피할 수는 없다. 그녀는 개망나니를 잡기 위한 미끼였기 때문이다. 그가 차를 향해 다가오자 아까부터 기둥 뒤에 숨어 있던 홍강이가 쏜살같이 뛰쳐나왔다. 버럭 달려들어 허리를 꺾어 제압하려는데 승래가 재빨리 몸을 돌려 그녀의 발을 걸어 넘어뜨렸다.

"이 년이."

주먹을 내리꽂으려는데 어느새 강이의 양다리가 목을 감고 조였다. 그가 캑캑거릴 때 빨간 옷을 입은 여자가 주사기를 들고 달려들었다. 어깨에 주사기가 꽂히자 그는 이내 팔을 늘어뜨렸다. 강이가 정신을 잃은 그를 차 안에 쑤셔 넣었다. 그녀가 운전대를 잡고 미카는 마취되어 늘어진 개망나니와 함께 뒷좌석에 앉았다.

"이 자식. 아주 개 밑바닥이야. 하마터면 룸빵 소파에서 강간당할 뻔했어. 씩씩대며 달려들길래 억지로 밀치고 호텔 가서 최고의 서비스를 해주겠다고 달랬지."

강이가 시동을 걸고 입구를 향해 달렸다. 그녀는 잠시 멈춰 차 문을 열고 「공사중」이라고 쓴 팻말을 집어들었다. 지하로 내려간 트럭은 팻말에 속은 것이다. 포르쉐 운전기사가 받은 전화도 미카가 음성변조기로 조작했다. 이들이 탄소형차에서 발사한 전파로 CCTV가 녹화되지 않으니 지하 1층 주차장에서 벌어진 납치 사건은 흔적이 남지 않을 것이다.

"미경씨. 수고했어. 두 사람 아니면 하마터면 당할 뻔했네."

격투기를 익힌 건장한 사내를 제압하는 것은 쉬운 일이 아니다. 같은 동네에 사는 미경을 내세워 순간적으로 방심시킨 덕분이다.

"저 사람, 아버지가 경찰하고 언론에 인맥이 많다는데 괜찮을까?"

"걱정 붙들어 놓으셔. 미경씨, 아니 미자씨도 알고 있을 거야. 방송에 크게 났잖아. "

마취제 주사로 정신을 잃은 조승래는 강남에 대형빌딩이 다섯 채인 건물주 외동아들이다. 바람둥이, 개망나니로 이름났다. 술에 잔뜩 취해 운전하다가 가로수를 들이받았다. 달려온 경찰이 음주측정을 하려고 하자 폭행한 사건이었다. 아버지가 갓 개업한 판사출신 변호사를 수임해 전관예우로 집행유예 처분을 받을 수 있었다. 그 뒤로 운전기사를 붙여 준 것이다.

"미자씨, 또 이런 일이 있을지 모르지만…… 그때도 부탁해."

강이의 말에서 이제는 조직이 그녀를 신뢰하고 있다고 믿었다. 그렇지 않고서야 납치 범죄의 한패로 만들지 않았을 것이다. 하지만 그녀는 여전히 자유가 없다. 편의점이 주력사업인 재벌그룹 외동딸 권미경은 몇 달 전 활빈당에 납치되어 포로상태이기 때문이다.

며칠이 지났다. 미경이 창문에 서서 쪽방촌을 내려다보았다. 창문을 통해 들어온 햇빛이 쟁반 정도로 작아졌으나 쪽방촌에는 창문도 없는 곳이 많다. 그녀가 거주하는 초라한 원룸보다 더 초라하고 더러운 곳이다. 책상 앞으로 돌아온 그녀는 컴퓨터를 부팅했다. 바탕화면을 기다리는 동안 붙잡힌 성북동 개망나니 조승래가 어찌 되었을까 추측해 보았다. 지금쯤 혹독한 심문과 엄중한 판결 후에 기억을 잃은 채 지하공장에서 고된 노동을 하고 있으리라. 그녀처럼 처음부터 기억을 온전히 지니고 편의점 점원으로 시작하는 경우는 처음이라고 했다. 같은 방을 쓰고 있는 이서현도 기억을 잃은 채로 지하공장에 오래 있다가 간신히 지상으로 올라왔다. 강이가 말했다. 누구든 죄를 지었으면 마땅히 벌을 받아야 한다. 그것이 민주주의 국가라고. 모두에게 공정해야 할 법이 실종되었으니 활빈당이 나선 것이라고. 그렇지만 활빈당 그 자체가 불법단체 아닌가. 이렇게 끌고 와서 인권유린 하는 것이 민주주의를 대신하는 것인가.

컴퓨터 모니터에 바탕화면이 뜨고 이메일을 열었다. 주근깨가 드문드문 눈에 띄는 공미자가 보였다. 부자와 빈자가 바꿔치기 당했다. 미국에서 유통업 관련 최고 명문 대학에 여상출신 공미자가 권미경의 이름으로 다니고 있다. 재벌 딸의 이름도 신분도 활빈당이 빼앗아 갔다. 개망나니 부잣집 아들 조승래도 자신의 신분을 잊은 채 쪽방촌 사람보다 더 혹독한 중노동을 하고 있을 것이다. 그녀는 고개를 절레절레 흔들어 현재로 돌아왔다. 우선 규칙에 따라 조직에 전화했다.

"공미자씨, 어제 사진 합성하는 법 배웠지요? 먼저 사진 내려받으세요."

그녀의 귀를 통해 들려오는 명령에 따라 공미자가 보내온 사진을 내려받았다. 그런 다음 미리 찍어 놓은 사진을 합성했다. 재벌의 외동딸이 회장인 아버지에게 자신의 존재를 부정하는 허위 메일을 보내고 있는 것이다. 기계음처럼 아무런 감정 없는 여자의 명령에 따라 몇 가지 일을 끝내고 시스템을 완료했다. 미경은 거울 속의 자신을 본다. 그녀는 별명이 '하얀 천사'라고 불릴 정도로 티 하나 없는 얼굴이었다. 그런 그녀에게 주근깨가 생긴 것은 순전히 공미자 탓이다. 공미자와 비슷하게 얼굴을 꾸며야 한다고 얼굴에 연고를 바르고 난 뒤에 주근깨가 생겼다. 주근깨를 없애려고 약을 바르는 경우는 있어도 주근깨를 만들기 위해

약을 바르는 일은 어이없는 일이다. 이럴 때마다 슬픈 마음이 들었다. 우윳빛 나는 주사액만 맞지 않았더라면 그녀는 이곳에 있지 않을 것이다. 몇 번이고 후회하고 후회하지만 모두 지나간 일이다. 하얀 천사 너는 이제 천사가 아니다. 어둠 속 포로일 뿐이다.

그녀는 두루 백화점 회장의 둘째 딸인 이서현과 함께 있다. 두 명이 간신히 지낼 수 있는 좁은 방이다. 처음에는 여러모로 불편했지만, 이제는 많이 적응되었다. 구제품 가게에서 의류를 파는 서현이 퇴근하고 돌아왔을 때 그녀는 없다. 에이젯 당산점에 오후 4시부터 12시까지 알바로 근무하기 때문이다. 이들의 감시는 엄중하다. 겉으로는 자유를 준 척하지만 속아서는 안 된다. 천장이나 거울 뒤 아니면 텔레비전 안에 감시용 카메라가 있어 살펴보고 있을 것이다. 그녀는 감시하는 이가 여자이기를 바랐다. 남자면 그녀가 옷을 갈아입고 용변이나 샤워하는 것을 킬킬거리며 보고 있지 않겠는가. 죄수 아닌 죄수이니 할 수 없기는 하지만 그래도 남자가 모니터한다면 부끄러운 일이다.

"에이 씨바, 여기다 차 대지 말라고 했지?"

밖에서 싸우는 소리가 들렸다. 이곳에서는 늘 있는 다툼이다. 소리치는 남자는 보나 마나 쪽방촌 사람일 것이다.

"아이, 왜 그래요? 이것만 넘기고 간다구요."

새파란 젊은이가 중년의 사내에게 투덜대면서 짐을 들고

앞의 가게로 갔다. 술에 취해 얼굴이 시뻘건 사내는 침을 뱉고는 비틀거리며 쪽방촌으로 간다. 2층 원룸에서 내려다보이는 쪽방촌은 정말 끔찍했다. 포로로 붙잡혀왔지만, 그곳에 있지 않은 것을 다행으로 여겼다. 쪽방촌 사람들은 여름 더위에 열사병 걸리고 겨울에는 얼어 죽을 것 같은데 용케 살고 있다. 그런 사람들이 평소에는 무기력해도 술만 먹으면 힘이 솟구쳐 싸움을 벌였다. 싸우지 마세요. 당신들은 그래도 자유가 있지 않습니까.

원룸을 나와 계단을 향해 갔다. 같은 층 젊은 남자와 눈이 마주쳤지만, 시선을 돌렸다. 끌려온 포로들이 모여 사는 이 건물의 규칙은 룸메이트 이외에는 아는 척을 해서는 안 된다. 이런 점에서는 감옥보다 더 힘든 곳이다. 스쳐 지나가는 남자의 곱상한 얼굴을 보면 돈푼깨나 있는 집 아들 같은데 무슨 짓을 했길래 이곳에 끌려왔을까. 그래도 기억을 되찾고 중노동에서 해방된 것으로 보아 인성 개조가 된 모양이다. 편의점에서 몇 번 본 기억도 있다. 근처 목공소에서 목재를 가공하는 일을 한다고 그의 동료에게 들었다.

"에이. 기분 나빠."

미자는 욕이 저절로 나왔다. 집에서 편의점으로 가는 길에는 지은 지 오래된 낡은 이 층 집이 있다. 일 층은 미니 슈퍼이고 이 층은 주택이다. 막 지나치려는데 창문 너머로 털보가 얼굴을 쑥 내밀었다. 오늘로 벌써 다섯 번째다. 처음에는 놀라서 숨이 멎는 것 같았다. 수염은 다듬지 않아 잡초처럼 무성하고 마약이라도 한 듯 흐릿한 눈으로 바라본다. 입가에 흘리는 야비한 미소가 징그럽다. 그녀는 발걸음을 빨리 옮겼지만, 뒤통수에 털보의 시선이 꽂혀있는 것 같았다. 멀리 「활빈」이라는 글자가 눈에 들어오자 조금 진정이 되었다. 에이젯 편의점 당산점은 신협의 아래층에 자리하고 있다. 그래서 신협의 직원들이 자주 이용한다. 편의점 앞에 오고서야 비로소 안도의 한숨을 쉬고 뒤돌아 보니 그의 얼굴은 보이지 않았다. 편의점 안으로 들어가니 김여사는 퇴근 준비를 하고 있었다. 시재를 맞추고 털보에 대해 물어보니 어깨를 으쓱하고는 말했다.

"신경 쓸 거 없어. 이 동네는 별놈이 다 있어. 그렇지 않아도 어제 아침에 쓰레기봉투를 사러왔어. 츄리닝 차림에 쓰레빠를 질질 끌고 왔는데 밤을 샜는지 눈이 쫘악 풀려 있더라고."

김여사 말에 의하면 털보는 은둔 외톨이라고 한다. 남대문에서 장사를 하는 홀어머니와 살았는데 몇 달 전에 모친이 돌아간 뒤에도 집안에만 콕 틀어박혀 산다고 했다.

"먹는 것은 모두 아래층 슈퍼에서 배달시키는데 쓰레기봉투는 팔지 않으니까 여기 와서 사가는 거야. 자, 그럼 나는 갈게. 아이들하고 외식하기로 했어. 수고해. 미자씨."

아침 8시부터 오후 4시까지 편의점을 맡은 김여사가 짧은 인사를 남기고 사라졌다. 이혼하고 고등학생 딸과 중학생 아들을 키우고 있다. 다른 때 같으면 편의점에서 벌어진 일로 수다를 떨었겠지만, 오늘은 서둘러 갔다.

미자는 '공미자'라는 명찰이 붙은 조끼를 걸쳤다. 퇴근 시간인 6시 전부터 몰려올 손님에 대비해서 진열대를 살폈다. 김여사가 판매한 물품과 남은 제품의 숫자가 일치되어야 한다. 간편식과 프레시 푸드의 확인을 시작으로 해서 스타킹, 생리대, 여성 속옷까지 일일이 다 체크했다. 모든 것은 규칙이 있다. 규칙은 판매 효율성이 높게 최적화되어 손님의 동선과 제품의 일치가 이루어져야 한다. 요즘 들어 여성용품이 자주 판매되는 것은 예전에 이 동네에서 나갔던 콜센터가 다시 돌아왔기 때문이리라. 담배 판매가 많아진 것도 감정노동에 시달리는 콜센터 상담원들이 사갔기 때문이다. 편의점 알바는 많이 팔린 것을 기준으로 구매요청서에 기록한다. 판매되는 제품을 분석해보면 동네의 변화를 한 눈에 파악할 수 있다. 그녀가 대학 경영학과에서 배운 유통지식을 현장의 실정과 접합할 기회였다. 어쩌면 미국 유학에서 배우는 이론보다 더 생생하고 정확한 정보를 얻을 수 있다. 그렇게 생각하니 포로나 죄수로 전락했다는 자괴감에서 잠시나마 벗어날 수 있었다.

일반 회사의 퇴근 시간이 되면 그녀는 바빠진다. 업무에서 해방되어 쏟아져 나오는 노동자들은 저녁 식사로 도시락을 사가는 이도 있고 군것질을 사가는 이도 있다. 문을 열고 들어온 첫 손님은 민대기였다. 공고생 출신으로 주식회사 금포라는 4차 산업 회사에 다니고 있다. 미리 주문해서 준비한 빵을 가져갔다. 그런데 오늘은 그녀의 얼굴을 빤히 바라보고 말했다.

"누나, 저기요. 뭐 하나 물어봐도 돼요?"

수상쩍다. 뭘 물어보려는 것인가. 이번에는 그녀의 가슴에 단 명찰을 뚫어지게 본다. 아니, 애가 어딜 보는 거야. 내 가슴이 빈약하다고 성희롱하려는 걸까. 화가 나려고 한다.

"누나 이름, 이름요. 공미자 아니죠?"

갑작스러운 말에 그녀는 당황했다. 우물쭈물하는데 대기가 말을 이었다.

"몇 년 전에 야간 알바했던 누나도 공미자라고 하는데…… 왜 남의 명찰을 그대로 다세요?"

미국에 간 공미자는 자정부터 아침 8시까지 야간근무를 하면서 대학입시 공부를 했다. 밤에도 적막한 동네는 아니지만 아무래도 야간에는 손님이 적었다. 공부하려고 일부러 야간 근무를 택한 것이다. 대기는 이 동네에 살지 않았으니 공미자를 본 적도 없을 것이다.

"그 누나는 얼굴에 주근깨가 가득했다고 하던데 누나도 약간 ……"

말을 흐린다. 그녀의 얼굴이 미자 만큼 주근깨투성이는 아니기 때문이다.

"아니야, 그 애 이름은 권미경인데 내가 집안일로 잠시 자리를 비웠을 때 대신한 거야."

미자는 편의점에서 일 년 이상 근무를 했기에 궁색한 거짓말이다. 그렇지만 조직에서 일러준 대로 했다. 대기는 심드렁한 표정으로 고개를 끄덕이고는 빵 보따리를 들고 나갔다.

몇 명의 손님이 왔다 간 뒤에 옷차림새가 화려한 세 명의 여자가 계산대로 다가왔다. 앞에 선 여자가 워커그룹의 큰 며느리 정유진이다. 조금 뒤에서 입을 삐죽거리는 두 여자는 그녀의 동서들이다. 유진은 가끔 편의점을 찾지만, 동서들은 오늘로 두 번째 보았다. 유진이 사발면 세 개를 들고 계산대로 왔다.

"새로 나온 면인데 조금 매울 거예요."

"오케이. 나는 좋은데 동서들은 쫌 힘들겠네."

유진이 사발면 세 개를 계산하고는 두 개를 동서들에게 넘겨준다. 받는 표정이 떨떠름하다.

그녀가 하얀 이를 드러내며 웃는데 얼굴에 심술이 가득했다. 그래도 어쩌겠는가. 그녀는 시아버지의 신임을 듬뿍 받고 있다고 한다. 같은 여고 출신인데 유진은 이들보다 두 학년 낮다고 한다. 그래도 우리나라 가족 관습상 후배라도 남편의 형수이니 형님이라고 불러야 한다.

"딴 거 먹을까……요?"

"아니에요. 형님. 자꾸 먹으니까 매운 사발면도 먹을만해요. 여고 다닐 때가 생각나네요. 그때도 편의점에서 많이 먹었잖아요. 그죠?"

여우같이 생긴 막내가 애교스럽게 말했다. 체격이 큰 둘째는 곰처럼 뚱한 표정을 지으며 뜨거운 물을 부었다. 그들은 편의점 문밖에 놓인 탁자로 향했다. 부잣집 마나님들께서 고급 식당을 외면하고 편의점 사발면으로 저녁 식사를 대신하는 것이다.

"미자씨! 손님 오셨어."

유진이 소리치자 물건 꺼내러 창고에 들어갔다가 얼른 나왔다. 어느새 대여섯 명이 계산대에 줄지어 서 있다. 삐익. 손이 바쁘게 카드를 넣고 계산했다. 이렇게 바쁜 시간이 지나자 컵라면을 비운 유진이 안으로 들어왔다. 감자와 오이, 당근 몇 개와 카레가루를 샀다. 내일 아침 카레밥을 만들 것이라고 했다. 그녀는 언덕 위의 부자 동네에 산다. 재벌 며느리답지 않게 소박해서 가끔 편의점에서 찬거리를 사갔다. 정유진은 재벌의 며느리이지만 활빈당 간부이다. 비밀결사 활빈당은 두 가지로 조직되어 있다. 강이처럼 포로로 끌고 오는 것은 어둠의 활빈당이고 유진처럼 가난한 사람을 돕는 것은 빛의 활빈당이다.

"미자씨, 이번 일요일 오전에 시간 되나? 쪽방촌 노인들 진료봉사를 도와야 하는데."

유진의 요청에 그녀는 승낙했다. 일요일이라도 근무 시간 외에 특별히 할 일이 없다.

"라면으로 저녁 잡수신 거에요?"

"응. 아까 그 얼굴 봤지?"

재미있다는 듯 킥킥 웃었다. 미자가 고개를 들어 문밖에 서 있는 두 여자를 보니 화를 꾹 참는 묘한 표정을 짓고 있었다.

"저것들이 아버님을 몰래 찾아가서 헌 옷 물림 하지 말라고 했어, 즉각 전화하시더군. 그래서 시치미 딱 떼고 기죽이려고 데려온 거야."

정유진은 캐릭터가 특이한 여자다. 워커그룹 큰 며느리로 친정도 재벌은 아니지만, 강남에 빌딩이 여러 채 있고 전국 각지에 땅이 많은 부동산 부자다. 여고 선배이자 노는 학생으로 유명했던 두 여자는 큰 동서가 된 후배에게 약점이 잡혀 꼼짝 못하고 있다. 유진은 프랑스나 이탈리아의 일류 디자이너의 옷과 가방 등을 입고 걸쳤다. 6개월 정도 입은 뒤에는 두 동서에게 물려주었다. 만약 물려받은 것을 입지 않고 자기들이 새 옷을 사서 입으면 시아버지의 불호령이 떨어졌다. 몇 번 몰래 옷을 사서 입다가 들킨 이후에는 체념하고 큰 동서가 입고 있던 것을 물려받을 때까지 기다렸다. 이 사실이 여고 동창들 사이에 알려지자 화가 난 둘째가 막내를 끌고 시아버지에게 와 불만을 터뜨린 것이다. 결과는 시아버지가 큰 동서 말에 순응하지 않으면 남편들에게 주식을 물려주지 않겠다는 폭탄선언만 들은 것이다.

"미자씨, 수고해. 다시 올게."

그녀는 먹거리가 든 봉투를 가지고 밖으로 나갔다. 눈치 빠른 막내가 운전해 큰 동서를 집까지 바래다줄 것이다.

편의점은 8시까지 바쁘지만. 그 뒤로는 손님이 드문드문해진다. 담배를 찾는 손님만 끊이지 않고 올뿐이다. 편의점 수익에서 담배판매의 비중이 크다. 미자는 편의점 알바가 된 첫날 수십 가지의 담배 종류를 몽땅 외웠다. 야간 알바인 김정호가 잘 팔리는 순서대로 진열해 놓아서 어려움이 없었다. 재깍재깍. 시계 소리가 그녀의 머릿속에서 들려왔다. 그 시간 속에서 미국 유학생 권미경과 서울 편의점 알바 공미자의 샅바 싸움이 계속된다. 학부는 4년이지만 공미자가 열심히 공부하면 3년 안에 졸업할 수 있다. 그러면 이 족쇄에서 풀려나게 될 것이다. 그 안에 문제가 생기면 안 된다.

미경 아니 미자는 잠시 시간을 반년 전으로 되돌렸다. 설날을 며칠 앞둔 날이었다. 학교 정문을 나서 공항으로 갈 때였다. 두 명의 여자가 그녀를 기다리고 있었다.

"권미경씨. 나 좀 봐요."

내민 경찰 신분증을 보니 경사 홍강이라고 쓰여 있었다.

"잠시 가주셔야겠습니다."

그녀는 잔뜩 겁을 묻고 물었다.

"체, 체포하시는 겁니까?"

"임의동행입니다."

"무슨 일로요?"

그녀의 목소리 톤이 높았나 보다. 지나는 사람들이 흘끗 바라보았다.

"제일병원에서 향정신성 주사를 맞았다는 신고가 들어왔습니다. 가시지요."

그녀의 팔을 잡은 강이가 뒷문으로 밀어 넣었다. 팔 힘이 얼마나 센지 팔뚝이 저릴 정도였다. 미카라고 불린 여자가 그녀의 팔을 꺾었다. 그런 다음 뒤에서 수갑을 채우고 안대로 눈을 가렸다. 경찰이 아니라는 것을 알아채자 몸을 비틀었지만 아무 소용이 없었다.

"경찰, 경찰 아니지요? 나, 오늘 출국해야 해요."

소리쳤으나 돌아온 대답은 조용히 하라는 협박뿐이었다. 그녀가 프로포폴을 맞은 것은 사실이다. 법에 어긋난 행동이었지만 아버지 친구가 병원장이니 아무 탈 없을 거라고 믿었다. 불법으로 드러나 경찰에 신고되었어도 재벌 아버지의 전화 한 통이면 풀려나온다. 그것이 안 되더라도 기 껏해야 벌금형일 것이다. 그런데 지금 이 수상한 두 여자는 경찰이라 속이고 어디론가 끌고 가는 것이었다.

"경찰, 경찰이 가만 안 둘 거예요."

그녀가 소리쳤지만, 강이라는 여자가 콧방귀를 뀌었다.

"우리는 경찰은 아니지만, 경찰 같은 일을 하고 있으니 초경찰이라고 할 수 있지."

"초경찰?"

"그래, 활빈당이라고 들어봤나?"

옆에 앉은 미카가 나직하게 말했다.

"홍길동의 활빈당 말이야."

그 말에 그녀는 갑자기 웃음이 터져 나왔다. 세상에, 홍 길동의 활빈당이라니. 지금 내가 조선 시대로 타임슬립 했 다는 말인가. 어처구니가 없다.

"권미경, 이 마당에 웃음이 나오나? 우린 당신 붙잡아 가 는 거야."

위협적인 강이의 말에 상황을 파악하니 공포가 몰려왔 다. 지금 정체 모를 사람들에게 붙잡혀 가는 것이다. 그녀 는 그때까지만 해도 이들이 재벌의 딸을 끌고 가 몸값을 받 아내려는 유괴범인 줄 알았다. 영화에서나 볼 수 있는 상황 이다. 이제 에이젯 그룹 외동딸이 아니라 거액의 돈과 바뀔 물건이 된 것이다. 출국할 때 가족들이 환송 나오겠다는 것을 거절한 것이 잘못이었다.

"어, 얼마가 필요하세요. 얼마요?"

운전하는 강이가 소리를 꽥 질렀다.

"돈이 필요해서 붙잡아가는 줄 알아? 말했잖아. 우리는 활빈당이라고."

도둑의 이름이 활빈당이고 뭐고 간에 그들이 필요로 하는 것은 돈이 아니던가. 한국사회는 돈이면 뭐든 해결되는 사회가 아니던가.

"돈이 아니면 뭐예요?"

그녀는 몸을 떨었다. 설마 목숨을 노리는 것은 아니겠지. 아버지는 재계에서도 정직한 사람으로 이름난 분이다. 재벌들이라면 꼭 거론되는 복잡한 여자문제도 전혀 없다. 그녀가 법을 어긴 것이 있다면 프로포폴을 여러 번 투약한 것이다. 집을 떠나 오랜 기간 유학생활을 한다는 것이 심적으로 괴로웠다. 아버지가 권하기 전에 그녀가 원했던 유학이다. 하지만 외동딸로 온갖 사랑을 다 받고 있다가 친구마저 끊고 혼자 미국유학을 떠난다는 것은 힘든 일이었다. 비행기 트랩에 오를 때 눈물을 쏟을 것 같아 가족들이 환송 나오는 것도 만류한 것이다.

"미경씨는 법을 어겼잖아. 우유 주사가 마약이라는 것도 알면서 맞았잖아."

유학 때문에 고민하다 쓰러져 병원에 입원했다. 치료받

으면서 프로포폴 즉 우유 주사라고 부르는 전신마취제를 투여했다. 그 약으로 몸과 마음이 편안해지자 의사에게 부탁해 여러 번 맞았다. 강이의 질책에 그녀는 대답할 말이 없다. 프로포폴을 몰래 맞은 연예인과 재벌들이 언론에 얼마나 오르내렸던가. 그래도 그녀는 남의 일로 알았다.

"다 걸려도 안 걸릴 줄 알았지? 하긴 경찰은 아직 몰라."

"그러면 경찰에 자수할게요. 법대로 처벌당하면 되잖아요."

그녀는 두려웠지만 쎄게 나가 보기로 했다. 돈이 필요한 것이 아니면 활빈당은 재벌을 사회악으로 단정한 극좌파 자경대가 분명하다. 이런 무리에 끌려가면 무슨 봉변을 당할지 모른다.

"우리도 경찰이라고 했잖아. 초경찰."

옆에서 팔짱을 낀 미카가 대꾸했다. 노란 염색머리에 진한 향수 냄새가 유흥업에 종사할 것 같은 여자다.

"초경찰이면 자경대인가요?"

"자경대? 그게 뭐야. 미카, 넌 아니?"

소형차가 멈춘 것으로 보아 도착지에 온 모양이다. 부웅 ~ 셔터가 올라가는 소리가 나더니 다시 느리게 움직였다. 미카가 말했다.

"일본에서는 악을 응징하는 비밀결사를 그렇게 불러. 우리 활빈당처럼."

여기까지였다. 미경은 팔뚝에 바늘이 꽂혀 따끔하면서 기억을 잃었다.

권미경이 다시 기억을 찾았을 때 하얀 가운을 걸치고 의자에 앉아 있었다.

"여, 여기가 어디죠?"

그녀는 죽지 않았다는 것이 기뻤다. 미국 유학의 외로움보다 저승의 외로움이 더 클 것이기 때문이다. 둘러보니 중년의 한 남자가 서 있었다.

"이제 정신이 나나?"

험상궂게 생긴 남자의 낮은 톤이 위협적이었다. 미경은 심장이 두근거렸다. 이 남자가 혹시 겁탈하려고 달려들지 모른다는 두려움 때문이다.

"우리 위원회에서 논의 끝에 권미경은 기억을 삭제하지 않고 보존하기로 했다. 이곳에서는 보기 드문 케이스지."

"아까 두 여자는, 여자분은 어디에 있지요?"

그녀는 이곳에 끌고 온 강이와 미카를 찾았다. 끌려올 때는 그 여자들이 괴물 같았지만 낯선 사내를 마주하니 천사로 여겨졌다. 중년 사내는 헛기침을 하고는 자기소개를 했다.

"나는 활빈당의 두목 홍세기라고 한다. 너를 데리고 온 아이는 내 딸 강이고."

홍세기가 손에 든 리모컨을 눌렀다. 그녀 앞의 벽면이 양

옆으로 갈라지면서 감방처럼 보이는 곳이 나타났다. 연예인처럼 파란 양복을 입은 청년이 새파랗게 질린 얼굴로 의자에 결박되었다. 홍강이가 뭐라고 소리치는 것이 보였다. 그것을 본 홍세기가 리모컨을 눌러 음성을 키웠다.

"아직도 정신을 못 차렸나? 네가 폭행한 여자애는 지금 장애자가 되었어."

"그때는 내가 술에 취해서……보상은 했어요."

"보상? 겨우 삼천만 원에 평생 장애자로 살라는 말이야?"

"싸구려 방석집 창녀예요. 밑바닥에 살던 여자라구요. 돈을 더 줘야 한다면 드릴게요."

젊은 남자는 변명과 저항을 같이했다. 강이의 취조를 들어보니 남자는 땅 부잣집 아들로 개망나니였다. 친구들과 방석집에 갔다가 술집 아가씨를 발로 마구 밟아 다리를 쓰지 못하게 했다. 그의 아버지가 돈으로 입막음 해서 형사처리는 되지 않았다. 그러나 활빈당에 붙잡혀 온 것이다. 강이가 활빈당 위원회에서 결정한 판결문을 읽었다. 대충 내용은 불로소득의 아버지 밑에서 방탕을 일삼다가 술집에 나가는 불쌍한 여자를 장애자로 만들었다. 돈을 이용해 법의 심판을 받지 않았으니 활빈당에서 대신 정의를 실현한다는 내용이었다. 여기까지 말하고 강이가 밖으로 나오자 천장에서 하얀 연기가 뿜어져 나왔다.

"소리는 듣지 않는 게 좋아."

홍세기는 음을 소거했다. 철제 의자에 묶인 개망나니는 비명을 지르며 빠져나오려 했다. 그러나 결박된 몸이라 연기를 피할 수 없었다. 홍세기가 다시 리모컨을 누르자 벽은 다시 닫혔다. 비명은 들리지 않았지만 젊은 사내의 공포는 충분히 느낄 수 있었다.

"권미경. 너는 좋은 부모를 만났다. 저 녀석은 졸부 아버지 밑에서 온갖 방탕한 짓을 저질렀지. 저런 놈은 부모 재산이 없어질 때까지 못된 습관을 멈출 수 없어. 지금 우리가 저놈을 붙잡은 것은 돈을 우려낼 목적이 아니야. 약자와 가난한 사람을 보호하고 저런 못된 놈의 인성을 개조하는 것이지. 활빈, 몸과 마음이 가난한 사람을 구제하는 것. 그것이 우리 활빈당의 목적이야."

편의점은 30분 후면 일이 끝난다. 야간 근무는 자정에서 아침 8시까지인데 제일그룹 차남 김정호가 담당한다. 그녀는 밖을 우두커니 바라보았다. 귀에 홍세기 두목의 목소리가 생생하게 들려왔다. 법은 모두에게 공평한 것이 아니다. 유전무죄, 유권무죄. 돈과 권력을 가진 자는 법을 어겨도 피할 수 있다. 강간해도, 살인해도 월등한 재력과 권력만 있으면 피하거나 작은 처벌로 끝날 수 있다. 그래서 홍길동이 부정부패와 적서차별에 저항해 활빈당을 만들었듯이 불의에 저항하면서 가난한 사람을 보호하는 단체를 부활했다고 했다. 구호단체 활빈당은 양지에 있고 비밀결사 활빈당은 음지에 있다고도 했다.

"하이!"

편의점 문이 열리면서 강이와 미카가 손을 흔들며 들어왔다. 붙잡혀온 지 얼마 안 되어 그녀는 강이의 친구가 되었다. 여자 깡패 같은 홍강이가 불쌍한 사람은 그냥 지나치지 못하는 따뜻한 심성을 가졌다는 것을 알게 된 이후다.

"이제 퇴근 시간이구나. 폐기 도시락 남은 거 없어?"

"있어. 줄게."

그녀는 가방 속에서 폐기된 도시락 두 개를 꺼냈다. 오늘은 김여사가 도시락을 놔두고 갔기에 네 개 남았던 것이다. 강이와 미카가 창고로 들어가 도시락을 먹고 나왔다.

"이 시간에 웬일이야? 츄리닝을 입고."

"오늘부터 야간 순찰이야."

"야간 순찰? 잠은 언제 자고."

"다섯 시까지만 영등포 일대를 순찰 할 거야."

홍강이는 밤에는 자지 않는다. 도둑이 영업시간에 잠을 자면 근무태만이라 했다. 부지런한 도둑은 잠이 적어야 한다고 하루에 네 시간만 잔다고 한다.

"순찰은 경찰이 하지 왜 너희들이 해?"

그녀의 물음에 강이가 미카를 바라보며 웃자 미카도 따

라 웃으며 말했다.

"다른 동네에서는 난리인데…… 강간 사건이 여러 번 일어났어."

"강간? 레이프."

강이가 말했다.

"응. 영어로 레이프지. 아직 우리 동네에서는 안 일어났지만, 혹시나 해서 경찰을 도와 순찰에 나선 거야. 오늘은 첫날 기념으로 집까지 바래다주지."

강간 사건이 벌어졌다는 말에 그녀는 소름이 오싹 끼쳤다. 어려서부터 친구들에게서 밤길이 두렵다는 말을 많이 들었다. 여자로 태어난 죄다. 그래도 미경이 사는 성북동은 서울에서도 유명한 부촌이라 방범 순찰 초소가 있고 곳곳에 CCTV가 설치되어 파출소에서 수상한 자를 관찰하고는 했다.

"어젯밤에 대림동에서 새벽 두 시에 귀가하던 여자가 뒤통수를 벽돌로 맞고 쓰러졌는데 마침 행인이 있어 도망가 버렸다고 하더군. 그래서 요즘 일도 없고 해서 순찰하기로 했어."

이렇게 이야기를 나누고 있는데 야간 근무자인 김정호가 들어왔다. 그는 포로들이 모여 사는 건물의 3층에 사는데 일하고 남는 시간은 쪽방촌에 가서 봉사한다고 한다. 활빈당이 대단하기는 하다. 양주 한 병을 원샷하고 담배를 열병

합발전소 굴뚝 연기처럼 피우더니 지금은 전혀 안 한다. 시재를 맞춰보고 주문할 물건 내역을 알려준 다음 우리 세 사람은 집으로 향했다. 자정이 지났는데도 길가에는 행인이 많아 미자가 밤길을 걱정할 필요가 없었다.

이렇게 며칠이 지났다. 강이와 미카는 자정이 되기 전에 폐기 도시락을 먹고 야간 순찰을 나섰다. 일주일이 지났는데 강간 사건은 벌어지지 않았고 경찰의 순찰이 늘어나자 그만두었다. 강이는 도둑질할 일이 많았고 미카가 하는 성인용품 가게도 밤에 손님이 많기 때문이다. 민대기는 한 달 내내 편의점에 왔다. 내일까지만 근무시간 후 회사에서 기술 교육을 받는다고 했다. 저녁은 회사에서 제공하고 간식으로 빵을 사가는 것이다.

"토요일하고 일요일은 사장님 누님이 여는 수학교실에서 공부해요."

민대기가 다니는 (주)금포의 이공돌 사장은 직원들에게 공업수학을 배우도록 했다고 한다. 주력업종인 로봇부품과 드론을 개발하는데 수학지식이 꼭 필요했기 때문이다.

"너의 사장님은 수학실력이 어떠니?"

"최고지요. 저처럼 공고만 나왔지만, 수학교수인 누나에게 과외로 배웠다고 해요. 우리 기술은 첨단산업이라 수학실력이 없으면 개발을 못 하거든요."

효과가 좋으면 영등포 일대 기술직들이 무료로 수학을 배울 수 있게 학습 교실을 열 것이라고 했다. 기초는 수학과 대학원생이 가르치고 어려운 공업 수학은 따로 선생님을 초빙한다고 했다.

"근데 누나, 수학은 그냥 따라 하겠는데 영어가 문제에요. 며칠 전에 미국에서 로봇 기술자가 왔는데 말이 통해야지요."

"로봇 기술자?"

"네, 앨리스라는 이름의 미국 여자인데 통 입을 열지 않아요."

대기가 앨리스에 대해 말하는데 보통 수상한 여자가 아니었다. 영등포에 수상한 사람이 한둘이 아니지만, 그녀가 듣기에도 수상함이 정도를 넘었다. 얼굴은 마치 사이보그 인간처럼 무표정하고 말도 없다. 점심도 먹지 않는다고 했다.

"사장님 말씀으로는 요리도 잘한다고 하는데 내 눈에는 영 아닌 것 같아요."

대기는 가방에서 영어 원서를 하나 꺼내 들었다.

"한국말도 못하는 여자가 이걸 불쑥 내밀고는 읽어보라는 거에요. 영어 사전 놓고 밤새 낑낑 매다가 하마터면 지각할 뻔했어요."

안을 들여다보니 표시된 부분의 내용은 어렵지 않았다. 기초실력만 있으면 쉽게 읽을 수 있었다. 그녀가 죽죽 읽어

내려가니 대기의 눈이 동그래지며 혼잣말처럼 중얼거렸다.

"누나가 여상에서 공부를 잘했다는 말을 들었지만 이렇게 영어를 잘할 줄 몰랐네."

하마터면 정체를 들킬 뻔했다. 그녀가 로봇에 대해 아는 것은 없지만, 미국 유학을 준비한 몸 아닌가. 그래도 그녀는 권미경이 아니라 공미자이어야 했다.

"또 해석할 것이 있으면 내게 가져와. 그렇다고 나만 의존하지 말고 영어 공부 열심히 해."

"고맙습니다, 누나."

민대기는 몇 번을 고개 숙여 절했다. 손님이 줄지어 들어오자 대기는 얼른 빵보따리를 들고 나갔다. 곧이어 두 여자가 과자와 음료수를 사가지고 나가다가 멈칫했다. 츄리닝 차림의 털보가 문을 쓱 열고 들어왔기 때문이다. 털보가 계산대로 다가와서는 그녀를 바라보고 야릇한 미소를 지었다. 눈빛은 음흉하고 야비했다.

"쓰, 쓰레기봉투 주세요."

그녀는 소름이 오싹 끼쳐 눈을 피해 고개를 옆으로 돌리고 물었다.

"몇 리터요?"

"오, 오십 리터 한, 한 장이요."

김여사 말로는 털보는 아침 일찍 쓰레기봉투를 사 간다고 했다. 그런데 왜 이렇게 늦은 시각에 왔는지 모르겠다.

그러나 정면으로 부닥치기로 했다. 파출소가 가까이 있으니 허튼짓은 못할 거다. 계산대 밑에서 50리터짜리 봉투를 한 장 꺼내 주자 그가 돈을 내밀었다. 그리고는 그녀를 보고 씩 웃더니 진열대를 어슬렁어슬렁 거리며 제품을 들여다보거나 만지작거렸다. 그가 간 뒤에 CCTV를 돌려볼 것이다. 김여사 말로는 달랑 쓰레기봉투만 사갔다는데 물건 한번 보고 다음에 그녀를 번갈아 쳐다보는 것이 영 수상했다. 수상한 행동을 멈춘 것은 경찰관 때문이었다. 정복 입은 경찰이 들어와 캔커피를 사고 난 뒤에 보니 어느새 가버렸다. 그가 움직였던 곳을 살펴보니 흩어진 것은 있어도 훔쳐간 것은 없었다. 그래도 CCTV를 돌려보니 경찰관이 들어오자 화들짝 놀라 밖으로 급히 나가는 모습이 찍혔다. 뭔가 훔쳐가려는 것 같다. 혹시 또 오면 어쩌지 하고 걱정하는데 다행히 다시 오지 않았다.

그녀가 집으로 들어왔을 때 이서현이 좁은 화장실에서 샤워하고 있었다. 그래서 미자는 창문을 열고 쪽방촌을 바라보았다. 날씨가 더워져서인지 밤이 늦었는데도 창문을 열어놓았고 낡은 선풍기를 돌리는 가구가 여럿 보였다. 원룸이 지대가 높아 쪽방촌이 훤히 보이듯이 저 멀리 있는 빌딩에서는 그녀가 창문을 내다보는 것이 보일 것이다. 이 세상은 층에 따라 계급이 매겨져 있다. 멀리 여유 있게 세상을 조망할 수 있는 높은 언덕 위에는 부자들이 모여 산다. 하루하루 살아갈 것을 걱정하는 빈자는 햇빛도 안 들어오고 장마에 물이 차는 반지하에 모여 산다. 이상하게 부자들이 많이 사는 성북동이나 한남동에는 다른 곳보다 가난한 사람이 더 많이 산다. 마치 천당이 있으면 지옥도 있다는 것을 세상에 널리 알리는 것 같다. 이 세상은 불공평해. 정말 불공평해.

이서현이 샤워를 마치고 나오려고 하차 그녀는 창문을 닫고 커튼을 쳤다. 시계를 보니 한시가 다 되었다.

"웬일이냐. 네가 자고 있을 줄 알았는데."

서현은 지하 방적공장에서 일하다가 기억을 되찾고 지상으로 올라올 수 있었다. 포로가 기억을 찾는다는 것은 자아를 되찾고 사회에 해를 끼치지 않게 인성이 교정되었다는 표시다. 서현은 음주운전으로 변압기를 부숴 천여 가구의 집을 두 시간 동안 정전시키는 큰 사고를 쳤다. 의류사업을 주력으로 하는 재벌의 딸이니 아버지가 손써서 언론에 노출되지 않고 무죄가 되었다. 물론 변압기는 그녀의 아버지가 낸 돈으로 수리되었다. 활빈당이 이 사실을 알고 노리고 있다가 해외여행을 떠나는 것을 알고 붙잡아 온 것이다. 반년 간은 가짜 여행 사진만 보내다가 요즘은 전화통화로 부모님을 안심시키고 있다. 미경이 가끔 우울증세를 보이는 것에 반해 자유분방한 서현은 낙천적이다. 그녀는 자신을 오지 탐험하는 호기심 많은 여행가로 여긴다.

"새로 알바가 들어왔어. 덕분에 내 근무 시간이 줄었거든. 내일은 열 시까지 가면 돼."

서현은 구제품 가게에서 일하고 있다. 그 가게에는 아버지 회사에서 만든 제품도 많다. 의류회사를 물려받을 것은 오빠들이고 언니에게도 주식이 가겠지만 둘째 딸인 서현의 몫도 있을 것이다. 어쩌면 이곳에서 풀려나면 수완을 인정받아 두루 그룹 계열의 백화점에서 일하게 될지 모른다.

"언니, 폐기물 있으면 내일 아침에 먹지 말고 지금 먹자."

서현은 가져온 폐기 도시락이나 빵과 과자를 노리고 있다. 부잣집 딸로 좋은 건 다 먹었을 텐데 입맛이 까다롭지 않다. 미자는 도시락에 자기만의 요리비법을 응용해서 새로운 음식을 만들었다.

"서현아, 강이의 말을 들어보면 너는 머지않아 이곳을 나가게 될 것 같다."

그녀가 만든 음식을 먹는 것에 열중하던 서현이 고개를 끄덕였다. 누구한테 말을 들었나 보다. 미경은 미자가 졸업할 때까지 기다려야 한다. 활빈당인지 개떡인지 하는 요상한 무리만 아니었더라면 지금 미국의 캠퍼스에서 학업과 함께 낭만을 즐기고 있을 것이다. 노점상 딸 공미자가 재벌 딸인 그녀의 자리를 거짓으로 차지하고 있다. 화가 나지만 공미자가 빨리 졸업하기 위해 잠을 아껴가며 공부해서 장학생으로 선발되었다고 하는 것이 약간의 위로는 되었다.

"언니, 내가 여기 처음 끌려왔을 때는 몰랐어. 방적 여공으로 일할 때 기억을 되찾고 처음으로 운 좋게 부잣집 딸로 태어난 것을 고마워했어."

서현은 자신이 기억을 찾은 것은 기적이라고 했다. 지금도 지하 공장에서 뼈가 부서지라 일하는 포로들은 자아를 찾고 반성을 하기 전에는 몇 년이고 계속 고통을 겪어야 한다. 아무리 부잣집 아들딸이고 권세 있는 집안의 자식이라도 예외가 없다. 그들은 활빈당의 치밀한 계획에 의해 유학이나 여행을 간 것으로 꾸며져 있다. 어떤 포로들은 차라리 사라지는 게 좋다고 찾을 생각을 안 하는 집안도 여럿 있다고 했다. 사법 당국에 포착되어 활빈당 손에서 풀려나오기 전에는 기억이 돌아오지 않을 것이다. 아니, 영원히 기억을 잃을지도 모른다.

"내가 기억이 돌아왔을 때 내 학교 동창을 봤어. 천현미라고 개 같은 년, 아니지 그렇게 말하면 안 되지. 아주 질이 안 좋은 애였거든. 거기서 아직도 정신을 못 차리고 지랄을 하니 언제 풀려나올지 몰라."

현미는 미경도 잘 안다. 그녀의 집에서 멀지 않은 곳에 살았기 때문이다. 아버지는 대부업체를 하는데 돈을 많이 벌었다고 한다.

"그 애 별명이 왜 개 같은 년인지 알아?"

서현의 말에 의하면 현미는 공부를 잘해서 전교 일 이등을 다툰다고 했다. 얼굴도 탤런트처럼 예뻐서 선생님들의 사랑을 받았는데 나중에 본색이 드러났다고 했다. 재력과 학업성적을 무기로 삼아 반 친구들을 시녀처럼 부리면서 자기 마음에 들지 않는 아이들을 왕따시키는 것이다.

"나도 고 년하고 많이 싸웠거든. 그런데 나를 전혀 알아보지 못하더라고."

둘은 이런저런 이야기를 하면서 3시에 잠이 들었다. 서현은 눕자마자 코를 골며 잠이 들었다. 그녀도 잠을 청했지만, 억울해서 잠이 안 온다. 부모님은 그녀가 미국 명문대학에서 미래를 위해 열심히 공부할 것으로 믿고 있을 것이다. 주르르 눈물이 흘렀다. 내가 당신들한테 인생 담금질해달라고 했어? 내가 부탁하지도 않았는데 왜 이러는 거야. 날 풀어줘. 제발.

오후 다섯 시쯤에 강이가 미카와 함께 편의점에 찾아왔다. 보통 때와 달리 표정이 진지했다.

"미자야. 아니 미경아, 아니 미자야. 휴가다."

"휴가?"

그녀는 어리둥절했다. 휴가라니. 이게 무슨 소리인가. 강이의 말에 의하면 서현과 함께 열흘간 집으로 돌아가라는 것이었다. 미경은 유학 중에 방학을 이용해, 서현은 오랜 여행 중에 부모를 안심시키기 위해 귀국하는 알리바이를 만든다는 것이다. 열흘간은 미카가 임시 알바를 맡는다고 했다. 일본에서 편의점 알바를 많이 했기에 몇 가지만 알려 주면 힘들지 않을 것이라고 했다.

"정호 오빠는?"

야간 근무하는 김정호도 휴가를 맡았는지 궁금했다. 그러나 그는 거절했다고 한다. 지상으로 올라오면서 활빈당의 허락을 맡고 수시로 자기 집에 드나들었으니 굳이 휴가를 맡을 일이 아니라고 했다. 나중에 알았지만, 그는 활빈당원으로 가입 신청을 했다고 한다.

다음 날 미카에게 인수인계를 했고 강이는 원룸으로 와 서현과 함께 알리바이를 조작했다. 그동안 부모님께 보낸 스마트폰 사진과 일치되는 내용을 암기해야 했다. 강이가 이서현에게 귀띔하기를 어쩌면 이번 휴가에서 보인 태도로 연장될지 풀려날지 결정할 것이라고 했다. 귀를 바짝 세우고 자신이 할 일을 듣고 있던 이서현이 손뼉 치며 좋아했다.

"조용히 해. 지금 새벽 네 시야."

강이가 주의를 시키자 그제야 입을 틀어막고 킥킥거리며 큰소리쳤다.

"휴가 중에 아무 일 없으면 되는 거 아냐."

강이가 돌아간 뒤에도 한참을 재잘거리던 서현은 캔맥주를 입에 털어놓고 잠이 들었다. 미자는 잠이 오지 않았다. 부모님에게는 공부에 몰입하려고 스마트폰은 항상 꺼 놓는다고 했다. 그래서 컴퓨터를 열어서 오빠에게 이메일로 방학을 맞아 귀국하겠다고 알렸다.

휴가 열흘간의 성적표는 좋지 않았다. 반년 만에 보는 외동딸이 좋은 날은 첫날뿐이었다. 아버지와 오빠는 사업에 몰두했고 엄마는 각종 모임에 나가고 텅 빈 집에 그녀만 혼자 있었다. 친구들을 만나기도 싫었다. 귀국 소식을 듣고 친구들이 전화했지만, 그녀는 몸이 좋지 않다고 핑계를 대고 집에만 틀어박혔다. 쪽방촌이 내려다보이는 작은 방에서 살다 자기 방으로 돌아오니 대평원 같았다. 그러나 눈만 감으면 쪽방촌 사람들의 비참한 삶이 떠오르면서 자책감이 들었다. 부모님을 비롯해 형제들이 모두 낯설어졌다. 그건 가족들도 마찬가지였다.

"미경아, 너 좀 이상해진 것 같다. 공부가 힘드니?"

큰 오빠는 내 표정이 어둡다고 했다. 올케도 무슨 일이 있었냐고 물었지만, 진실을 말할 수는 없었다. 그녀는 포르쉐 주인 조승래의 운명이 알고 싶었다. 지하 공장으로 끌려간 그는 쇳덩이를 맨손으로 운반하는 고된 노동을 하게 될 것이라고 들었다. 기억을 잃었으니 자신이 누구인지 왜 이런 일을 하는지 모를 것이다. '나는 누구일까? 어디서 무엇을 했나? 왜 이런 일을 하나?' 그런 의문을 자문자답하며 그의 뇌 속에서 양심이 깨어날 때까지 치열한 싸움이 벌어지고 있을 것이다. 그녀는 슬쩍 물어보았다. 산책하러 나가보니 동네 분위기가 어수선한 것 같다고.

"말도 마세요. 아가씨. 부동산하는 조익태 회장집이라고 있는데 그 집 아들이 소식이 뚝 끊어졌데요."

올케의 말에 의하면 포르쉐 운전기사가 양주를 사 가지고 돌아와 보니 주인이 사라지고 없다는 것이었다. 그 뒤로 기사에게 전화가 왔는데 골치 아픈 일이 생겨 잠시 지방에 내려가겠다고 하고 전화를 끊었단다.

"이상하지 않아요? 골치 아픈 일이 있다고 멀쩡한 차를 놔두고 사라져요? 조회장님이 노발대발해서 경찰에 신고해 운전기사가 조사를 받았데요. 다행히 기사가 통화를 녹음해 놓아서 풀려나긴 했는데 미심쩍은 부분이 하나 둘이 아니에요."

가끔 돌발적인 행동을 하는 아들이라 아버지도 돌아오기만 기다리고 있다는 것이었다. 개망나니지만 금쪽같은 아들이 지하공장에서 중노동을 하고 있다는 것은 상상도 못할 것이다.

"내가 보기에는 그런 아들은 차라리 나타나지 않는 게 좋을 거예요."

올케의 말에 그녀도 이 집에서 필요없는 존재가 아닐까 하는 생각이 들었다. 그룹에 여러 회사가 있지만 에이젯 편의점이 제일 잘 나가고 있다. 오빠들은 말은 안 해도 외동딸인 그녀를 편의점 사업의 경쟁자로 생각할 것이다. 아버지의 바람과 달리 사업에 도움이 되는 집안에 시집가 평범한 가정주부로 살았으면 할 것이다.

"언니, 나도 그 사람처럼 홀연히 사라져 버리면 슬퍼할 사람이 있을까요?"

그녀의 물음에 올케가 눈을 동그랗게 뜨고 소리쳤다.

"어머, 무슨 말을 그렇게 해요? 아버님이 얼마나 사랑하는 따님인데."

그렇다. 아버지는 그녀의 사업 재능을 믿기에 미국 유학을 보내지 않았던가. 에이젯 편의점을 맡긴다고 할지도 모른다. 그래, 이런 기회는 인생에 다시 없을 것이다. 크고 굵은 나무는 태풍에도 꿋꿋하지 않은가. 그런 나무로 성장하자. 암

열흘은 금세 지나갔다. 이제 출국할 조작을 해야 했다. 이서현에게서 전화가 왔다.

"언니, 다 틀렸어."

풀이 죽은 목소리로 시작하더니 이내 울먹이며 자초지종을 말했다. 친구들이 여행에서 돌아온 기념으로 한턱내라

는 말에 별장에 데리고 갔다고 한다. 신나게 친구들과 며칠을 놀다 돌아오는 길에 운전했단다. 술에 잔뜩 취해서 말이다. 미자가 다급하게 물었다.

"음주 운전? 사고 낸 거야?"

"아니, 사고는 안 났는데……"

이럴 줄 알았다는 듯이 잠복했던 홍강이가 쫓아와 차를 세웠다는 것이다. 지하로 내려보내겠다는 위협에 사정사정해서 다시 원위치하게 되었다는 것이다. 그녀는 소름이 오싹 끼쳤다. 포로들 마음을 꿰고 있다. 어떤 행동을 할지 예측하고 있으니 음주 운전하는 서현을 발각한 것이다. 그러면 그녀가 집에만 틀어박힐 것도 알고 있었을 것이다.

"미경아, 저번에는 내가 출장 가는 바람에 공항까지 못 갔지만, 오늘은 내가 바래다 주겠다."

아버지의 말에 그녀는 미리 설정한 각본대로 말했다.

"아니에요, 아빠. 친구가 공항으로 데려가 주기로 했어요."

그 친구란 홍강이다. 이렇게 그녀는 처음 활빈당의 포로가 되었을 때처럼 강이의 소형차를 타고 당산동 편의점으로 돌아왔다.

그녀 대신 편의점에서 일했던 미카와 바톤 터치를 했다. 편의점의 알바를 다시 하는데 휴가 가기 전보다 의욕이 없어졌다. 나는 자유를 원해. 나는 포로생활 끝내고 싶어. 그래도 잘할 수 있어. 집에서는 우울하고 편의점에 나와서는 현실을 바로 보고 힘내자 다짐하는 날이 반복되었다.

정호가 물었다.

"미자야. 휴가는 잘 보냈니?"

"응, 아니."

"무슨 대답이 그래. 동창 모임에 나가서 네 오빠에게 네 소식을 물었더니 귀국했으면 하더라."

정호는 오빠가 여동생이 빨리 가정을 꾸리기 바란다고 했단다.

"눈치를 보니까 후배 중에서 네 짝을 구하나 보더라. 난 안되냐고 했다가 하마터면 따귀 맞을 뻔했다. 하하하."

그 말에 속으로 중얼거렸다. 그건 오빠가 잘한 거다. 물 뽕 먹여 여자를 겁탈하려는 야비한 자에게 자기 동생을 맡길 오빠가 어디에 있겠는가. 아무리 동생과 후계자 경쟁을 해도 말이다.

"근데 오빠는 왜 휴가를 안 간 거야?"

"실은 네가 휴가 가면 미자씨가 혹시 돌아오는가 싶어서 였지."

김정호는 그녀의 둘째 오빠와 고교 동창이다. 네 살 위로 얼굴도 잘생기고 공부도 잘했지만 노는 것도 잘했다. 여자들과 염문도 많은 플레이보이였는데 물뽕을 써서 끌려왔다고 한다. 강이의 말에 의하면 잡혀 올 때 격렬히 저항했지만 기억상실하고 지하에서 고된 선반 작업을 했다. 공대 기계과 출신인데 열심히 일하면서 기억을 찾을 수 있었다. 반년 만에 지상으로 올라와 죗값을 치르는데 곧 풀려날 것이다. 그녀는 정호가 미자를 찾는 것이 바람둥이의 실없는 수작인지 알았다. 그러나 요즘 쪽방촌에 가서 선풍기를 수리하는 등 봉사 활동을 하는 것을 보면 사람이 바뀐 것은 분명했다. 예전의 개망나니가 아니라면 미자와 인연을 맺는 것을 말리지 않을 것이다.

"너 하고는 연락이 닿는다니 사진 한 장, 구할 수 있으면 좋겠다."

"조직에 말해 봤어?"

그녀의 물음에 정호는 코를 만지며 어색하게 웃었다. 분명히 거절했을 것이다.

"나중에 다시 말해 봐서 허락하면 줄 수 있지?"

말해 뭐하겠나. 김정호가 지하공장에서 단기간에 지상으로 올라오고 활빈당원 요청까지 한 것은 대단한 일이다. 그렇다고 활빈당 규칙을 어길 수는 없다.

편의점 매출의 40%는 담배 판매에 있다. 모든 편의점에서 담배를 팔 수 있는 것이 아니기에 허가없는 편의점은 망하는 길이다. 에이젯 편의점 당산점은 그런 면에서 판매가 수월하다. 근처에 새로 생긴 콜센터의 여직원들은 옥상에서 담배를 자주 피운다. 그만큼 감정노동이 힘들다는 것이다. 가끔가다 친분이 생긴 여직원의 하소연을 들어보면 전화 갑질이 대단한 모양이다. 얼굴이 보이지 않는다고 쌍욕이나 성희롱을 섞어 모욕을 주니 얼마나 속상하겠는가. 편의점도 서비스 업종이니 그런 게 있다. 계산 착오도 있고 좀도둑도 만나고 갑질하는 인간도 있다. 편의점 고객 응대법이 있긴 하지만 직원의 편에서 해결하는 것은 아니다. 고객은 왕이니까. 화나기도 하고 속상하기도 하다.

12시에 편의점 업무가 끝나 집으로 갔다. 샤워를 마친 그녀는 서현이 잠꼬대하는 소리를 들으며 알바 사이트에 들어가 훑어본다. 그중에도 에이젯 편의점 알바들 것을 유심히 본다. 본사에서도 모니터하고 있을까. 휴가 중에 아버지에게 물어보았더니 직원들이 보고서를 올린다고 했다. 아버지가 퇴근 후에 가져온 보고서를 읽어보았더니 철저히 회사 이익을 위한 것이었다. 알바의 고충은 완전히 무시되었다. 일하는 직원의 마음을 헤아리지 못하면서 어찌 고객의 마음을 헤아릴 수 있겠는가. 편의점 알바로 변신하면서 그녀는 공책에 일기를 썼다. 붙잡혀 와서 억울한 마음을 적는 대신 아버지 회사인 에이젯 편의점의 현실과 개선점을 써내려갔다. 처음엔 편의점 이익을 위해 쓰다가 이내 동네와 연관시켰다. 고객들이 필요로 하는 것이 무엇인가부터 고객을 위해 에이젯 편의점이 무엇을 해야 하는가로 발전해 갔다. 오늘도 그녀는 편의점에서 메모지에 떠오르는 아이디어를 썼다. 강이와 친구가 되었을 때 말했다.

"미경아. 너무 억울해하지 마. 네가 언제 편의점 알바를 해 볼 수 있겠니? 여길 현장을 배울 수 있는 대학으로 여겨. 너는 앞으로 에이젯 편의점 사장이 될 거잖아."

강이는 사장이 자기 회사 직원으로 위장 잠입하는 미국 드라마 '언더커버 보스'를 말했다. 또 홍콩의 어느 재벌 딸은 낮에는 상점 점원을 하면서 야간 중학교에 다녔다고 했다. 이렇게 어려서 사회를 배우고는 훗날 큰 사업가가 되었다고 말했다. 처음에는 강이의 말이 귀에 들어오지 않았으나 활빈당을 점점 이해하면서 긍정적으로 받아들였다.

쏴아~ 밖에 비가 온다. 오후에는 우산 위로 몇 방울 떨어지더니 이제는 요란하게 쏟아졌다. 김여사가 우산을 내놓았는데 겨우 두 개 팔렸다. 토요일이라서 그런지도 모른다. 드나드는 손님이 없자 그녀는 편의점 밖으로 나가 폭우로 피해가 있는지 이리저리 살펴보았다.

"누나, 비가 많이 오네."

민대기가 커다란 우산을 접으며 편의점 안으로 들어섰다. 수학 시간이 끝났나 보다.

"배가 출출해서 라면 하나 먹고 가려는데 창고 안에서 먹어도 되나?"

그녀가 마다할 까닭이 없다. 대기는 직무 기술 교육이 끝나 퇴근 후에 영어 학원에 다닌다고 한다. 그녀가 원서를 번역해 주는 것이 미안하고 자기 발전을 위해서란다. 컵라면에 물을 붓고 창고 안으로 들어간 뒤 얼마 안 되어 빨간 옷 입은 중년 여자가 들어왔다. 챙이 넓은 모자를 쓰고 있었는데 폭우에 어울리는 차림새가 아니었다.

"우비 세 개 주세요."

목소리가 냉랭한 것이 섬뜩해서 자세히 보니 얼굴은 온통 하얗게 분칠하고 새빨간 입술이 쥐 잡아먹은 얼굴이라는 표현이 딱 맞는다. 음산한 얼굴이 기분이 나빴지만, 손님은 손님이다. 창고 안에서 투명 비닐 우비를 몇 개 들고 나왔다. 여자는 지갑에서 만 원을 꺼내 주고는 거스름돈과 함께 우비를 들고 밖으로 나갔다. 대기가 얼른 창고에서 나오더니 급히 쫓아가 문밖을 살폈다.

"누나, 저 여자 아까 봤어. 비가 많이 쏟아지니까 우비를 사 가네."

그의 말에 의하면 기분 나쁜 털보가 사는 건물 앞에서 우산을 쓰고 서 있었다는 것이다. 대기도 돌아가고 손님은 몇 명 되지 않았다. 자정이 가까워지자 비가 잦아들었다. 그녀는 왠지 으스스해서 김정호와 교대한 다음에 집을 향해 빠른 걸음으로 걸어갔다. 보통 때면 길가에 사람이 있을 시간인데 비가 쏟아지는 밤이라서 사람이 보이지 않았다. 길가에 있는 상점도 오늘은 일찍 문을 닫았는지 어두컴컴했다. 이런 어두운 밤에 치한이 나타날지 모른다. 강이 말에 의하면 영등포 일대에 연쇄강간범이 날뛰고 있다고 하지 않는가.

아, 아, 악.

어디선가 외마디 비명이 들렸다. 그 소리에 그녀는 우산을 놓치고 하마터면 주저앉을 뻔했다. 간신히 정신을 차렸지만, 다리가 후들거려 앞으로 나갈 수 없었다. 비명을 들었는지 얼마 지나지 않아 두 군데 집의 대문이 열렸다. 남자 셋이 손에 야구 방망이와 쇠파이프를 들고 나왔다. 그들이 고개를 좌우로 돌리며 비명이 들린 곳을 찾았다. 그녀를 보더니 한 남자가 묻는다.

"아가씨, 무슨 일 있어요?"

그녀가 간신히 비명이 들린 곳을 손으로 가리켰다. 남자들이 이리저리 찾다가 철제문을 발견했다. 나중에 알았지만, 건물과 건물 사이에 문을 달아 창고처럼 쓰는 곳이었다. 뒤늦게 경찰관이 나타난 것을 보고 그녀는 우산을 집어들고 집을 향해 뛰어갔다. 무슨 일이 벌어졌을까? 남자의 처절한 비명이 귀에 남아 있었다.

다음 날, 두려움으로 제대로 잠을 자지 못하고는 아침 일찍 편의점으로 향했다. 비명이 들린 곳의 철문은 굳게 닫혀 있었다. 조금 더 내려가면 털보가 사는 집 아래에 미니 슈퍼가 있다. 어떤 아줌마가 두부를 들고 나오는 것을 보니 어제 아무 일도 일어나지 않은 듯 태평했다.

편의점에 들어가니 김여사가 아침에 웬일이냐고 했다. 그녀는 어젯밤에 있었던 일을 말했다.

"아까 최순경이 커피를 사러왔는데 사고가 있었나 봐."

김여사 말에 의하면 순경이 굳게 닫힌 철문을 넘어서 안으로 들어갔다고 했다. 사람은 없고 피 흘린 것을 급히 지운 흔적만 있었다고 한다.

"그밖에 아무것도 없고 찢어진 우비 하나만 있었다고 하더라고."

우비? 그녀의 머릿속에 빨간 옷을 입은 여자와 두 명의 남자가 떠올랐다. 하지만 어제 우비를 사갔다는 말은 할 수 없었다. 편의점을 나와 시장을 향해 걸어갔다. 왠지 모를 불안감으로 아무 곳이라도 가고 싶었던 것이다. 이때 뒤에서 경적이 울렸다. 뒤돌아보니 이서현이 소형 트럭 운전대에 앉아 있었다.

"웬일이야? 네가."

음주운전 때문에 끌려온 서현은 다시는 운전대 잡지 않겠다고 했다. 그런데 오늘 아침 운전대를 잡은 것이다.

"언니, 올라타면 말해 줄게."

그녀가 망설이다가 올라탔다. 대전에 가서 구제품을 받아와야 하는데 운전기사가 갑자기 쓰러졌단다. 그래서 조직의 허락을 받고 대신 받으러 가는 것이라 했다. 사장은 운송비용을 줄일 수 있고 서현은 오랜만에 트럭운전을 해보니 서로 좋은 것이었다. 오가는 시간을 측정해보니 편의점에 4시쯤에 도착할 수 있을 것 같았다.

"영등포를 벗어나는 것이 위험하지 않을까?"

"언니두. 내가 도망칠 것 같으면 거기서 허락했겠어?"

지하에서 지상으로 올라온 것도, 알리바이를 조작하기 위한 휴가를 준 것도 신뢰를 얻었기 때문이다. 서현은 1급 운전면허도 가지고 있으니 소형 트럭을 모는 데는 문제가 없다. 음주운전을 해서 탈이지.

"언니, 난 왜 그런지 몰라. 자제심이 없어. 사고를 치지 않았으면 나는 지금 자유의 몸인데."

두루 그룹의 둘째 딸로 천방지축이었던 이서현이 쪽방촌 동네에서 살게 될 줄 누가 알았겠는가. 물론 영원히 있을 것은 아니지만 화려한 옷을 입고 전 세계를 맘껏 휘젓고 다니던 시절과 비교하면 여기는 분명 지옥일 것이다.

"그래도 너는 많이 좋아졌어. 다시 한번 기회를 줄 거야."

서현은 고속도로로 차가 진입하자 한숨을 푹 내쉬었다. 그녀는 자신이 붙잡혀 온 과정을 말했다. 벌써 두 번이나 들어서 잘 알고 있었다. 다른 것은 그때마다 자신이 어떤 감정이었는지 내용이 달라지는 것이다. 파리의 전시회에 참가하기 위해 공항에 갔을 때 그녀는 붙잡혔다. 서현 대신

파리 전시회를 간 것은 홍강이었다. 그리고 음성변조기를 이용해 세계 일주를 하고 가겠다고 거짓 통화를 했다. 전에도 이런 여행으로 부모를 놀라게 한 적이 있어서 그냥 속아 넘어갔다. 활빈당은 신원도 바꿔치기할 수 있었고 인간의 마음도 조종할 수 있는 존재였다.

"아빠나 엄마가 내가 방적 공작에서 힘들게 일한 것을 알면 어땠을까? 몇 달 동안 난 내가 재벌 딸이라는 것도 생각이 안 났어. 고된 노동을 하고 다섯 명이 모여서 자는 기숙사에 돌아와 눈을 감을 때 어느 날 갑자기 내가 호화롭게 살았던 기억이 떠올랐어. 처음에는 꿈인지 알았어."

서현은 이런 말을 한 적이 없다. 그녀는 원룸이 도청으로 감시당한다고 믿고 있었다.

"내가 붙잡혔을 때는 돈을 노리고 나를 유괴한 것인지 알았어. 아니다, 아니야. 혹시 강간을 당할지 모른다는 공포에 빠졌지."

그녀는 강이와 미카에게 붙잡혔기에 강간당할지 모른다는 생각은 못했다. 그러나 서현은 건장한 남자 두 명에게 붙잡혔기에 당연히 그런 생각을 했을 것이다.

"활빈당 두목을 만나기 전에는 돈은 돈대로 빼앗기고 강간을 당하거나 아니면 먼 나라에 창녀를 팔려갈지 모른다는 생각도 했어."

일 년에 약 이천 명 정도가 행방불명 된다는 말이 있다.

그중에 어린이가 대부분이지만 성인 여자도 꽤 있다고 한다. 이들은 강제로 납치되어 집단강간 당하고 섬으로 팔려가거나 목숨을 잃고 차가운 땅에 파묻힐 수도 있다.

"언니나 나나 재수 없이 붙잡혀 왔지만 가난한 집안에 태어나 여공이나 창녀나 거지가 안 된 것만도 운이 좋은 것이라는 생각이 들었어."

그것은 서현의 말이 옳다. 그녀는 태어날 때부터 금수저였다. 아니다. 아버지가 재벌이니 다이아몬드로 만든 수저를 갖고 태어난 셈이다.

"활빈당 두목이 뭐라고 했는지 알아? 너처럼 부잣집 딸로 태어난 아이는 감옥에 갈만한 죄를 저질러도 법의 심판을 피한다고 했어. 돈으로 권력을 움직이고 언론을 움직여 법망을 피한다고 했어. 마약을 하고 심지어 마약을 밀수해도 집행유예로 끝내는 것이 한국이라고 했어. 중국이라면 사형되었을 거래. 물론 거기서도 돈 있고 권력 있으면 법망을 피할 수 있겠지."

그녀는 서현이 점점 말이 많아질 때마다 두려워졌다. 혹시 도청이 되어 활빈당의 문책을 받을까 두려웠다. 서현은 한숨을 쉬고 말을 이었다.

"언니. 우리가 언제 마음 편히 살았어? 초등학교 다닐 때부터 경호원이 뒤따라 다녔어. 유괴당할까 두려운 아빠의 염려 때문이지. 대학생이 되어서도 경호원을 붙이는 것을 단식으로 저항했어. 나는 자유롭게 살고 싶었어. 그냥 다른 아이들처럼 떡볶이와 김밥을 먹으며 맘껏 수다 떨고 싶었어."

그건 그녀도 마찬가지다. 에이젯 그룹 외동딸이라는 것은 철저히 숨겼다. 아주 가까운 친구 외에는 에이젯 임원의 딸로 속이고 살았다. 경호원은 물론 없었다.

"여기서 가난한 사람을 많이 만났어. 노점을 하면서 하루 세끼 먹고사는 것도 해결 안 된 사람을 자주 보았어. 살기 위해 몸파는 창녀들도 중고 옷을 사갔어. 그때부터 활빈당 두목의 말을 이해했지. 내가 학교 공부를 잘한 것이 머리가 좋아서도 아니고 노력을 해서도 아니고 오직 부모가 부자였기에 가능했다는 것 말이야."

그녀가 앞으로 계속 편의점 알바로 살거나 쪽방촌에 살 일은 없을 것이다. 부잣집 딸로 태어난 행운녀였기 때문이다. 그래서 활빈당에서는 다시 원상으로 복귀하면 가난한 사람, 소외당한 사람을 위해 많이 베풀라고 했다.

이메일을 열어보니 공미자가 사진을 보내왔다. 좋은 성적으로 장학금을 받고 총장과 함께 커피를 마시는 내용이다. 하루에 네 시간만 자고 공부한다고 하는데도 피곤한 기색이 없고 주근깨도 많이 사라졌다. 끝에 언니 덕분에 이런 행운을 누린다며 고맙다는 말을 빼놓지 않았다. 머리를 감고 있는데 스마트폰이 울렸다. 받지 않자 끊어졌다가 다시 울리기를 여러 번 했다. 급히 수건으로 머리를 두르고 전화를 받아보니 홍강이였다. 긴급 호출이라고 해서 얼른 머리를 말리고 대충 옷을 입은 다음에 달려갔다. 홍강이는 활빈신탁 부설 활빈구호재단에서 경리를 보고 있다. 도착했을 때 긴급은 해제되어 있었다.

"조승래가 도주했지만 붙잡았어. 어떻게 기억이 풀렸나봐. 프레스를 하다가 손을 다쳐서 치료받으러 병원에 갔는데 일을 낸 거야."

조승래는 치료를 받다가 레지던트를 의자로 내리쳐 기절시키고 병실을 빠져나갔다고 한다. 곧 수배령이 내렸다. 그의 몸에 박아 놓은 칩에 따라 근처 건물 옥상에 숨이 있는 것을 붙잡았다. 잡는 과정에서 삽을 휘두르는 등 격렬한 저항으로 당원 한 명이 약간 다쳤다고 한다. 상황종료인데 왜 그녀를 불렀는지 의아했다.

"기억이 풀리는 일은 거의 없는데 이런 일이 벌어지다니…… 너의 협조가 필요해."

만나보면 안다고 하니 더 물을 수 없었다.

그녀는 강이와 함께 커다란 창고로 갔다. 텅 비어 있는데 경비가 의자에 앉아 있었다. 그가 강이와 그녀의 신원을 QR코드로 확인하고는 의자 밑의 버튼을 누르자 바닥의 작은 문이 열리며 계단이 보였다. 시츄에이션이 옛날 영화에서나 나오는 장면이다. 계단을 밟고 내려가자 수백 평의 공장에서 굉음이 들려왔다. 선반 기계 사이에서 각종 쇳조각이 가공되어 쏟아져 나왔다. 뜨거운 쇳물을 붓는 것도 보이고 유리 대롱을 입으로 불어 그릇을 만드는 것도 보았다.

"예전에 영등포 주력산업이었지만 지금은 안 하는 일이지."

나이가 먹어 보이는 사람은 활빈당원이고 젊은 보조들은 조승래처럼 끌려와 노동하는 자들이라고 했다. 얼굴 생김부터 다른 게 장인들은 얼굴이 시커멓고 주름이 많이 잡혀 있는데 보조들은 희멀건 하고 귀티가 났다. 이런 힘든 노동이라고는 본 적도 없는 젊은이들이다. 강이는 그녀를 데리고 멀리 벽이 있는 곳까지 가니 작은 문이 있어 안으로 들어갔다. 문이 닫히자 요란했던 기계작동 소리가 들리지 않았다. 사무직원 몇이 근무하고 있는데 엘리베이터가 있었다. 그것을 타고 밑으로 내려가니 지하공장하고는 또 다른 시설이 보였다. 가만히 생각해 보니 그녀가 여기서 활빈당 두목을 만났다. 강이가 버튼을 누르자 벽면이 양옆으로 갈라지면서 의자에 꽁꽁 묶여있는 조승래가 보였다.

"내가 뭘 도와야 하지?"

"병원 전화로 아비와 통화를 했나 봐."

강이가 스마트폰을 내밀어 녹음을 재생했다. 승래가 다급한 말투로 자기 아버지에게 전화하는 내용이었다. 말 중에 에이젯 그룹 딸 권미경도 붙잡혀 있다고 하고 영등포 편의점에서 일한다고 했다.

"다행히 붙잡았지만, 경찰이 수사하게 되면 골치 아파져. 그러니까 당분간 편의점 일은 미카가 맡게 될 거야."

"그것뿐이야?"

강이가 몸을 돌려 의자에 묶인 승래를 보며 말했다.

"저놈의 기억을 조작했어. 너를 짝사랑하는 것으로 왜곡했지. 그날 운전기사를 밖으로 내보낸 것은 너와 비슷한 여자를 보고 뒤따라 간 것으로 꾸몄지. 그리고 그 여자와 한동안 동거하다가 버림받고 정신이 돌아버린 것으로 만들었어."

미경은 피식 웃었다. 조승래는 우리 동네에서 다 아는 또라이인데 그런 말에 아버지가 쉽게 넘어가겠어.

"한마디로 미친 남자 만들었군."

"하하. 그런 셈이지. 내일 오전에 집 앞에 버려둘 거야. 지금 부모님께 전화해서 미국 학교에서 강의 듣고 나오는 것으로 해. 저놈 아비가 너의 아버지에게 전화해서 확인하겠지. 네가 전화한 것 알면 개망나니 아들이 미쳤다고 여길 거야. 그래도 혹시 아비는 병원과 편의점을 찾아다닐지도 몰라. 그러다 너를 발견할 수도 있고. 당분간 잠수타야 해."

강이는 미국에서 전화한 것처럼 조작할 수 있는 스마트폰을 내주었다. 그녀는 엄마에게 전화를 걸었다.

오후에 강이에게서 전화가 왔다. 조승래를 아침에 그의 집 앞에 버렸다고 했다. 조회장이 사람을 풀어 일대를 조사하지 않았지만 미카는 이틀간 편의점에서 근무했다. 그동안 미자는 대학교 캠퍼스에서 휴식하고 있는 사진을 합성해 아버지 이메일로 보냈다.

빠앙~

정신없이 걷다 보니 뒤에 차가 왔는지도 몰랐다. 비켜서서 앞을 바라보니 누군가 피를 흘리고 사라진 곳이다. 건물과 건물 사이에 문을 달아놓고 그 안에 시멘트 블록이나 목재 등을 보관한다고 했다. 여기서 비가 억수로 쏟아지는데 비명이 들리고 핏자국이 남았고 우비가 발견되었다. 누군가 해를 당한 것이 분명하다. 강도 아니면 강간? 이웃 동네에서 연쇄적으로 강간 사건이 벌어졌다고 하지 않는가. 등골이 오싹했다. 언뜻 고개를 들어보니 털보의 이 층 집이 보인다. 그는 젊은 여자가 지나가면 고개를 쑤욱 내밀고 야릇한 미소를 지었다. 쓰레기봉투를 사러와서도 기분 나쁜 표정으로 그녀를 보았다. 마치 맛있는 고기를 본 육식동물처럼 말이다. 그러나 지금은 굳게 창문이 닫혀있다.

"나쁜 놈."

그녀는 자신도 모르게 욕이 나왔다. 얼굴을 보면 범죄형이다. 얼른 고개를 돌리고 편의점으로 향했다. 멀리 「활빈신협」이 보인다. 정식 명칭은 신용협동조합 당산점이다. 그런데 왜 활빈을 상호에 붙였을까. 간식을 사러 온 신협직원에게 물으니 이곳에서 돈을 빌려 가난에서 탈출한 자영업자들이 고마움의 표시로 간판을 만들어 보내왔다고 한다. 그러니까 정식명칭이 아니라 애칭인 셈이다. 빌딩 이름이 활빈빌딩이고 활빈신탁, 활빈구호재단도 함께 있으니 잘 어울린다. 김여사는 그녀가 나타나자 어디 아팠냐고 물었다. 아마 강이나 미카가 그리 말했나 보다. 열흘 휴가 뒤 얼마 되지 않아 또 무기한으로 휴직한다고 하니 말이다.

"네, 쫌요."

"없는 사이에 미자씨 찾는 손님들이 많았는데⋯⋯"

김여사는 미카가 못마땅한가 보다. 화장도 요란하고 머리 염색도 노란 것이 에이젯 편의점 직원으로 어울리지 않는다고 불평했다. 마지막 날이라서 그런지, 금요일 날 저녁이라서 그런지 손님이 끝도 없었다. 야간 근무인 김정호가 오늘따라 일찍 나와 도와주지 않았더라면 그녀는 실수를 많이 했을 것이다. 자정이 가까워지자 손님이 더 많아졌다. 오늘 밤에 국가 대표 선수팀의 축구경기가 벌어진다고 하니 간식을 사가는 것이다. 교대 시간인 12시가 넘어도 손님이 많아 그녀도 정호를 도와야 했다. 뜸해지자 비로소 퇴근준비를 했다.

"미자야. 어서 집으로 가라. 너무 늦있다."

길가에 술 취한 남자들이 많아지자 그녀를 걱정하는 모

양이다.

"그 나쁜 사람은 잡혔나?"

그녀가 불쑥 묻는 말을 정호는 금세 알아들었다.

"음, 그건 아닌데 어젯밤에 이상한 말을 들었어."

"이상한 말?"

"순찰하던 순경들이 어젯밤에 샌드위치를 사가면서 자기들끼리 하는 말을 들었는데 경찰청에 웬 소포가 왔데."

그녀는 다음 말이 궁금했다. 혹시 테러범이 폭발물이라도 보낸 것일까. 정호가 어색한 웃음을 보이면서 남자의 불알 두 개가 들어있었다고 했다. 뒤이어 충격적인 말을 했다.

"요즘 영등포 관내에서 벌어진 연쇄 강간범의 것이라는 쪽지가 함께 들어 있었다는군."

까만 종이에 흰 글씨로 쓰여 있었다고 했다. 아악, 그녀의 귀에 비명이 들려오는 것 같았다. 남자가 거세당할 때 그렇게 외치나? 그 소리에는 죽을 정도의 고통이 들어 있었다. 아아악.

제2편 의적 붉은 입술

　연쇄강간범이 동네에서 자취를 감추면서 경찰의 순찰이 뜸해졌다. 그러자 벌레처럼 웅크리고 있던 동네 양아치들이 꿈틀거렸다. 밤길의 젊은 여자들을 성희롱한다는 소리가 강이의 귀에 들려왔다. 놈들을 손보겠다고 떨쳐 나섰는데 방해자가 나타났다.

　"나, 깡순이야. 네 도움 없어도 돼."

　그래도 미카는 함께 가겠다고 억지를 부렸다. 밥줄인 성인용품점까지 닫고서 말이다. 아무리 주먹이 있고 깡이 센 홍강이라도 사내놈 여럿을 어떻게 혼자 대적하느냐고 종알거렸다. 그러나 미카는 오히려 방해만 될 것이다. 양아치들에게 미카가 인질이 되면 곤란해진다. 강이가 길이 오십 센티미터의 호신봉 두 개를 들어 보였다.

　"정말로 나를 지켜주겠다면 이 중의 하나라도……"

　호신봉을 미카에게 주려고 했지만 입을 삐죽거리며 거절

했다.

"내가 양아치하고 어떻게 싸워? 내 역할은 네 미끼가 되는 거야."

향수 뿌리고 야하게 화장하고 때깔 난 옷차림으로 지나간다. 그러면 희롱하려는 사내들이 있을 것이고 그런 놈이 바로 양아치라는 것이다. 강이는 허허 웃고 말았다. 할 수 없이 눈물겨운 우정을 보이는 미카를 미끼로 앞세워 동네 한 바퀴를 돌았다. 그러나 호신봉을 양손에 쥔 깡순이가 떴다는 소문이 당산동 일대에 퍼진 모양이다. 지금쯤 으슥한 곳에서 먹잇감을 노리고 있을 불량배들은 눈을 씻고 봐도 없다. 순찰하는 경찰이 술에 취해 나자빠진 사람을 깨우는 것을 보았을 뿐이다. 한 바퀴 돌고 오는 길에 에이젯 편의점에 들렀다. 밖에서 들여다보니 미자가 박스에 빈 술병을 넣고 있었다. 그리고는 진열장에서 라면 다섯 개가 든 봉지를 키 작은 아이에게 내주는 것을 보며 안으로 들어갔다. 가까이 가보니 이십 대 초반의 남자였다. 뒤에서 보았을 때 너무 작아서 어린애로 보인 것이다.

"잠깐만요. 이거 가져가 먹어요. 미안해요. 하나밖에 없네요."

미자가 파는 도시락을 폐기된 도시락처럼 건네준다. 키 작은 남자가 고맙다고 하고 도시락을 받아 장바구니에 넣었다. 강이와 미카에게도 고개를 약간 숙여 인사하고는 다리를 절뚝거리며 밖으로 나갔다. 미자가 강이의 호신봉을 흘끗 보고 물었다.

"다시 순찰 도는 거야?"

"응. 요즘 불량배들이 나타났다고 해서…… 근데 웬 술병이야?"

그녀는 가난한 청년이 술에 절어 사는 것이 못마땅했다. 그러자 미자가 웃으며 대답했다.

"아냐, 길태씨는 술 한 방울도 입에 대지 않아. 쪽방촌 사람들이 여기서 사간 술병을 거둬서 라면과 바꾸러 온 거야. 정직하고 착한 사람이야."

미자 말로는 보육원 출신인데 몸이 너무 왜소해서 일을 맡기는 사람이 없단다. 기초수급비는 쪽방촌 월세로 나가 폐지나 공병을 수집해 겨우 연명하고 있다고 한다.

"누가 지어준 이름인지 모르지만 길태인데 길하게 살지는 못하네."

미자가 살짝 미소를 짓는다. 그 모습을 보면 재벌 딸답게 귀티가 드러났다.

"길가에 버려진 뒤에 아이 없는 부부가 다섯 살까지 키워주었다고 해. 이름은 길에서 태어났다고 길태라 지었고."

기구한 일생이었다. 양부모가 작은 분식집을 하기에 홀로 방을 지키고 있었다고 한다. 먹는 거라고는 작은 그릇에 담긴 밥과 김치뿐이었다. 그나마 분식집에 불이 나 양부모를 잃은 후에는 보육원에 들어갔다. 보육원에서도 자주 앓는 바람에 중학교를 중퇴하고 지내다가 만 18세가 되자 쫓겨나다시피 나왔다고 한다.

"길태씨가 처음 얻은 직장이 뭔지 알아? 하수구 청소일이야. 몸이 작으니까 드나들기가 쉬웠던 거지."

강이의 머릿속에 아주 조그만 구멍으로 기어들어가는 쥐새끼를 떠올렸다. 덩치가 큰 그녀가 침입할 때 제일 곤란한 것이 작은 창문이었다. 그때마다 몸이 쏙 들어가도록 축소되는 약이라도 있었으면 했다.

"그런데 왜 쪽방촌에 들어왔지?"

아까부터 생리용품 앞에서 얼쩡거리던 미카가 큰소리로 묻는다.

"하수구에 들어가서 청소하는 로봇 때문에 그만두게 되었데."

배운 게 없어 밑바닥 일을 하는데 그 자리마저 로봇이 빼앗아 갔다. 그래서 김포로 가서 일당을 받고 농약 뿌리는 일을 했다고 한다.

"농촌이라면 살 만했겠네. 최소한 먹을 건 해결되잖아."

"농약을 뿌리다가 중독되어 한 번 쓰러지기도 했지만, 그럭저럭 버티며 살았는데 농약 살포하는 드론이 나오는 바람에 또 일자리를 잃고 지금의 쪽방촌으로 왔다는군."

정말 딱한 사람이다. 강이는 속으로 혀를 찼다.

"길탠지 뭔지 하는 사람에 대해 어찌 잘 알아?"

그녀의 물음에 미자의 입가에 미소가 스친다.

"내가 쪽방촌 급식 봉사할 때 자주 봤거든. 자기 형편이 그런데도 남 돕는 일에는 앞장서. 남에게 도움을 줄 때마다 캄캄한 하수구에서 나와 빛을 보는 것 같데. 보기와 달리 동작이 빨라 물어보았더니 보육원에서 평행봉을 하면서 건강을 회복했데. 어릴 적 꿈이 체조 선수였다는데."

강이는 속으로 한탄했다. 어려운 환경을 벗어나려고 해도 번번이 꺾이는 불행한 남자다.

"다리는 왜 절룩거려? 일하다 다쳤나?"

미카가 문쪽을 바라보며 물었다. 그런데 미자의 대답이 기가 막혔다. 며칠 동안 타일 붙이는 미장이 보조로 일다운 일을 맡게 되었다. 오늘 아침에 용역 사무실로 가는데 끄응 하는 소리에 돌아보았다고 한다.

"좁은 골목에 개 한 마리가 있었는데. 가까이 가서 보니……"

몸에 피가 묻은 것으로 보아 차에 치인 것 같았다. 개가 끄응 하고 신음하며 슬픈 표정으로 바라보길래 안고서 골목 밖으로 나왔다. 그런데 어떤 여자가 두리번거리는 것을 본 개가 뛰어내리더니 달려갔다고 한다.

"그 여자가 누구래?"

미카가 얼굴을 빤히 바라보며 물었다.

"반려견 잃어버린 주인이야. 그래서 길태씨에게 사례하겠다고 하는데 갑자기 개가 달려들어 다리를 콱 물었다고 해."

개에게 물린 길태가 다리를 붙잡고 쩔쩔맸다. 그러자 여자가 아래위를 훑어보더니 소리를 버럭 질렀다고 한다.

"당신이 우리 아이를 해친 게 아니냐고 소리소리 지르더란 거야. 아픈 중에도 아니라고 하니까 그럼 왜 개가 당신을 무느냐고 하면서 경찰 부르겠다고 해서 얼른 도망쳤다는 거야. 약국에서 약을 사서 상처에 바르다가 용역 사무실에 갈 시간을 놓쳤대."

"배은망덕한 개새끼로군. 일도 짤리고…… 어지간히 재수 없는 사람이네."

편의점 벽에 붙은 시계를 보니 곧 교대 시간이다. 막 돌아서는데 머리가 희끗희끗한 노인이 서너 살짜리 여자아이를 데리고 들어왔다. 아이는 과자 진열대 앞에서 뭔가 찾는 듯하더니 이내 으앙 하고 울었다. 노인이 달랬지만 울음은 그치지 않았다. 자다가 깨어나 편의점으로 가자고 떼를 써서 할아버지가 데리고 나온 것이었다. 미자가 얼른 아이에게 와서 달랬다.

"미경아, 김미경 왜 울어?"

아이의 이름이 미경인가 보다. 아이는 손가락으로 과자 쪽을 가리키며 고래, 고래 하는 것이었다.

"미경 아니 미자씨, 고래 그림이 있는 과자가 있어?"

미자가 고개를 좌우로 흔들었다. 강이가 다가가서 아이의 볼에 뽀뽀하자 머릿속에 그림이 그려졌다. 잎사귀가 그려져 있고 초록잎이라는 과자 이름이 보였다. 잎새 모양이 고래와 비슷했다.

"초록잎이라는 과자 있어?"

말이 떨어지기 무섭게 미자가 얼른 창고로 들어와 과자 상자를 꺼내왔다. 어린 미경이가 과자를 받아들고 품에 꼭 껴안았다. 미자가 눈이 동그래져서 외쳤다.

"어떻게 알았어? 오늘 들어온 신제품이라 아직 진열하지 못했는데."

미자는 아직 그녀의 비밀을 모른다. 야간 알바 김정호가 문을 열고 들어오자 강이는 미카의 손을 잡아끌다시피 하고 편의점 밖으로 나갔다.

번쩍.

불빛과 함께 요란한 천둥이 울렸다. 그러면서 소나무와 참나무가 가지를 맞대고 있는 연리목에서 참나무가 뚝 하고 부러졌다. 연리목은 한 뿌리에서 나온 것처럼 종류가 다른 나무가 얽힌 것을 말한다. 강이는 이 꿈을 초등학교 때도 꾼 적이 있다. 꿈 이야기를 들은 할머니는 슬픈 표정을 지으며 나직하게 말씀하셨다. 엄마가 쌍둥이를 낳았는데

한 아이가 죽었다고. 충격을 받은 엄마는 그 길로 병원을 나가 소식이 없다는 말씀까지 했다. 죽은 쌍둥이도 그녀와 닮은 얼굴일 것이다. 악몽으로 잠을 깼지만, 잠이 오지 않는다. 며칠 후에 어려운 과제에 도전해야 한다. 그래서 이렇게 험한 꿈을 꾼다고 생각했다. 노트북을 잡아당겨 이메일을 열어보니 활빈당 조직에서 보내온 메일이 있었다. 지령문이 든 메일은 암호로 되어 있어 그녀 이외에는 볼 수 없게 되어 있다.

메일을 읽은 뒤 사흘 전 잡아온 포로들의 영상을 틀었다. 붙잡혀 온 세 놈은 준재벌급의 망나니 아들이다. 경찰이 그날 클럽을 기습해 마약복용자를 붙잡으려는 것을 미리 알았다. 피신시켜주는 척하면서 끌고 온 것이다. 놈들은 경찰의 단속을 피했다고 시시덕거리다가 납치된 것을 알고는 얼굴이 하얗게 변했다. 그녀가 그놈들을 훈계하는 것은 몇 번을 틀어봐도 멋있다.

"너희는 여러 번 마약을 했다. 사고팔기도 했으니 중범죄자이다. 즉 너희들이 죄가 없다면 이곳까지 올 까닭이 없다. 지금 감옥에 가 있어야 하지만 부모를 잘 만나 법망을 요리조리 피했다. 너희 같은 쓰레기를 법을 집행하는 자들이 부패해서 처벌 못 하니 우리 활빈당이 대신 집행하는 것이다."

이렇게 시작한 훈계는 빈부격차까지 범위가 넓어졌다.

부자는 오만해지고 빈자는 굴욕적이 된다. 너희의 호화롭고 방탕한 생활은 가난한 사람의 피땀을 착취한 부모의 덕분이다. 너희 부모는 언젠가 천벌을 받을 것이나 지금은 마약을 복용한 너희가 대신 받는다. 등등 그녀는 쌍욕을 섞어 가며 언어폭력을 가했으나 납치범 여자의 훈계 따위가 먹힐 리 없다. 두려움에 가득 찬 눈으로 바라볼 뿐이었다.

오래전 군사정권 시절 전두환이 깡패나 건달들을 개조하겠다고 삼청교육대를 운영했었다. 전임인 박정희도 정권 초기에 깡패를 잡아 조리돌림을 했다. 군인들은 일반 국민의 미움을 받는 깡패들에게 무자비하게 폭력을 가해서 지지를 받았다. 그것은 한편으로 자신들에 반대하는 민주 세력에 공포를 심어 주려는 의도였다. 불법으로 권력을 잡은 자들이 개조한 것이 깡패 같은 인간이라면 활빈당은 부유층의 망나니들을 붙잡아 개조하는 것이다. 납치된 자들은 기억이 지워져 지하작업장으로 들어가 고된 노동을 하게 된다. 기억을 잃은 상태지만 밑바닥 고된 노동의 고통을 몸으로 받아들이면서 점차 개심하게 된다. 이들이 무의식 속에서 본래의 선함과 양심이 회복되면 기억을 되찾게 되다. 이 상태에서 얼마 동안 지상에 살다가 활빈당의 결정에 따라 집으로 돌아간다. 지금까지 돌아가서 말썽을 피운 사람은 없다. 활빈당은 이렇게 사회악을 정화하고 있었다.

"기억이 중요해. 기억."

강이는 인간에게 기억이 얼마나 중요한지 확인했다. 이들 포로의 몸에 남에게 고통을 주면 자신도 똑같은 고통을 당한다는 기억을 무의식에 새기는 것이다. 지령문에서 탕아들의 기억을 지우는 과정에서 중대한 정보를 캐냈다고 했다. 사업가 아버지가 정치인, 관료들과 유착했는데 그 중간에 브로커가 있다는 것이었다.

"브로커 윤순광에게 정경유착 정보가 담긴 수첩이 있다고 한다. 그것을 확보하라."

별명이 뻐꾸기인 윤순광은 반도체 장비를 수입하는 업자다. 이것은 허울뿐이고 본업은 정관계 인물과 일확천금을 노리는 사기꾼 사업가를 엮어주는 브로커다. 이 자가 숨겨두고 있는 비밀수첩을 빼 오라는 것이었다. 늦게까지 침입 계획을 세웠다. 그러다가 졸음이 쏟아져 침대에 눕자 곧 잠이 들었다.

따르릉.

자명종이 귓구멍을 때려 벌떡 일어났다. 강이의 공식 직장인 활빈구호재단에는 오후에 출근하거나 안 나가도 된다. 경리업무를 하는 왕창순이 든든하게 버티고 있기 때문이다. 오늘 아침에 할 일은 야마카시 동호회에 나가는 일이다. 변기관 변호사가 전달부터 매주 그녀에게 야마카시를 배우는데 속셈은 따로 있다고 짐작했다. 강이는 성질은 더럽지만, 외모는 자신 있었다. 얼굴 몸매 빠지지 않는다. 그러나 변변은 헛물 켤 것이다. 그녀는 무성애자이기 때문이다.

　그녀가 체육복을 입고 나가 보니 회원들이 스트레칭을 하고 있었다. 예전에 요가를 했다는 변변은 스트레칭은 잘 한다. 간단히 눈인사를 하고 각자 수준에 맞춰 운동을 시작 했다. 장소는 소송에 걸려 반쯤 허문 건물이다. 이해심 많은 건물주께서 제공해 주어 열 명의 회원들이 어려움 없이 운동할 수 있다.

　강이는 점프나 클라이밍, 아크로바틱스 등 모든 기술을 소화할 수 있다. 야마카시가 이 땅에 들어오기 전에 그녀는 홍길동 집안 대대로 내려오는 담타기 기술을 배웠다. 도둑이 담을 넘어가려면 기술이 있어야 하지 않는가. 야마카시 배우는 사람에게는 순수한 스포츠지만 강이는 가업으로 익힌 담 타는 기술이 녹슬지 않게 단련하러 나오는 것이다. 한바탕 운동을 끝나고 나서 얼굴을 수건으로 닦는데 문득 앞을 보니 등교하는 학생에게 돈을 뜯는 모습이 눈에 들어왔다. 쏜살같이 달려가서 끼어들었다.

　"너희들, 여기서 뭐 하는 짓이야?"

　한 녀석이 그녀를 흘끗 보더니 비웃는 표정을 지었다. 그 태도에 화가 난 강이는 따귀를 한 대 올려붙였다. 그러자 두 놈이 달려드는데 그녀를 어찌 당하겠는가. 업어치기로 둘 다 내동댕이치자 발딱 일어나서는 어디론가 달려가는 것이었다. 돈을 빼앗길 뻔한 학생은 고맙다는 인사를 하고 학교로 급히 걸어갔다. 변변이 다가와 얼른 가자고 했으나 그녀는 버티고 있었다. 예상대로 두 놈은 덩치가 큰 사내와 함께 달려왔다. 기세등등하게 달려온 사내는 강이를 보고 눈이 동그래지더니 급브레이크를 밟았다.

"쏘가리, 저 두 놈이 네 아랫것이냐?"

그녀가 소리치자 키가 백팔십이 넘는 거구가 순식간에 쪼그라들어 땅거미가 되었다.

"누, 누님. 오랜만입니다."

"늦잠 자고 있다가 온 모양이구나."

쏘가리라고 불린 사내가 머리를 긁적이며 어색하게 웃었다.

"너, 클럽 웨이터 그만하고 정직하게 살라고 했지? 내 말이 좆 같냐?"

변변이 옆에 있었지만, 온갖 험한 욕설을 퍼부었다. 그러자 쏘가리는 노가다 일이 끊겨서 생계를 위해 웨이터를 다시 시작한 것이라고 변명했다. 그리고는 두 명의 뒷덜미를 억센 손으로 잡아 무릎을 꿇리고 용서를 빌게 했다.

"요 앞에 빌딩 지으니까 거기 현장 소장 찾아가서 내 이름 대고 일하겠다고 해. 내일 확인할 테니까. 알았지?"

"네, 누님! 분부대로 하겠습니다."

구십도 각도로 인사를 하고는 두 놈과 함께 어깨를 축 늘어뜨리고 갔다. 변변이 놀랐다 보다. 그녀가 무술의 고수인지는 알지만, 나이가 훨씬 많은 조폭 같은 자가 쩔쩔매는 것을 보니 안 그러겠는가. 그녀는 변변을 보고는 후회했다. 지나쳤다, 지나쳤어. 나를 여자 깡패로 알겠군. 그러나 그녀의 예상은 빗나갔다.

"멋져요. 강이씨, 최고, 최고."

엄지손가락을 번쩍 드는 것을 보니 정 떼려다 붙인 꼴이 되었다. 그래도 안돼요. 나는 남자에게는 전혀 관심 없는 무성애자라고요.

사람의 왕래를 좀처럼 볼 수 없는 고급 주택가다. 강이는 장난감처럼 작은 빨간 승용차를 진입시켰다. 한 폭의 서양화가 쫙 펼쳐진 이상한 세계로 들어가는 듯했다. 길게 쭉 뻗은 아스팔트에는 개미 한 마리 보이지 않았다. 그 위를 날아가는 새도 조심스레 날갯짓했다. 화폭에 갇힌 그림처럼 적막함이 흐르고 높게 담이 쳐지고 삐죽 솟은 지붕만 보였다. 대문이 열리고 여자가 나오는 것을 보고 비로소 이곳이 사람이 사는 동네임을 알 수 있었다. 그녀는 초대받지 않은 손님이 파티장 들어가는 것처럼 아스팔트를 따라 조심스럽게 차를 움직였다. 높은 담장에 굳게 셔터가 내려진 차고가 있는 저택들을 지나 언덕 위로 올라갔다. 맞은편에서 검은 리무진이 받아버릴 것 같은 무서운 기세로 밑으로 내려오면서 아슬아슬하게 비켜 지나갔다. 작은 소형차가 당당하게 지나가는 것이 기분이 나빴는지 리무진이 빠앙 하고 경적을 한번 울리고 지나갔다.

맨 꼭대기로 올라가서 주택의 담장 끝에 있는 전봇대 밑에 섰다. 자켓을 걸치고 차에서 내린 그녀는 흘끗 주위를 살펴보고 스마트폰을 꺼내 손가락을 놀려 숫자를 입력했다. 그런 다음 마스크를 썼다. 눈이 좌측에서 우측으로 돌아가다가 한 곳에 멈췄다. 망원경처럼 그녀의 눈이 둥글게 커졌다. 잠시 후. 차 위에 올라가 몸을 일자로 쭉 뻗은 다음 담을 훌쩍 넘어서 화단으로 굴러떨어졌다. 고양이가 뛰어내리는 것처럼 사뿐히 내려 주위를 둘러보더니 살금살금 걸어갔다. 높은 담장은 뛰어넘기 어렵지만 일단 안으로 들어오면 밖에서 보이지 않는 장점이 있다. 그녀는 잘 꾸며진 정원수 뒤에 숨어서 잠시 안을 살폈다. 경호회사에서 달아놓은 비상벨은 울리지 않을 것이다. 이 집에 들어오기 전에 스마트폰에서 발사한 전파가 벨을 살짝 차단했기 때문이다. 머릿속에 미리 익혀 놓은 이 층 방 밑으로 가서는 가스관을 타고 위로 올라갔다. 이때 요란하게 개가 짖는 소리가 들렸다. 재빨리 몸을 뒤집어 이 층 방 베란다에 올라섰다.

캐갱캐갱

애완견이 짖고 있다. 조직에서 곤충 드론을 잠입시켜 집안을 구석구석 촬영했다. 애완견이 있다는 것은 알고 있었으나 이렇게 성가신 존재가 될 줄은 몰랐다.

"리타, 조용히 해."

젊은 여자의 목소리가 들려왔다. 아마도 이 집 안주인이리라. 조그만 개는 강이가 아닌 다른 쪽을 향해 계속 짖었다. 그녀가 들어온 직후에 손님들이 찾아온 모양이었다. 굵직한 사내의 음성이 들렸다.

"여기 계신 것 알고 왔습니다."

"정말이에요. 외국 출장 중에요. 집에는 저 혼자뿐이에요."

"조금 아까 들어간 승용차는 무엇이지요? 어서 나오라고 하세요."

남자의 말에 여자는 말문이 막혔는지 대꾸를 못했다. 누굴까. 강이는 이 집 주인 윤순광이 채무가 있다는 정보를 듣지 못했다. 그런데 지금 오가는 말투를 보면 빚쟁이가 찾아온 것 같았다.

"우린 법에 따라 집행할 뿐입니다. 이렇게 부유하게 사시는 분이 겨우 세금 일억 삼천을 체납합니까?"

그제야 그녀는 그들이 체납된 세금을 받아내기 위해 온 세금 징수원들인 것을 알아챘다. 계획에 없는 돌발적인 사건이다.

"돈이 없어서 그래요. 돈이 있으면 갚지요."

"이 집의 시가가 삼십억이 넘을 텐데…… 정말 돈이 있는지 없는지 주인아저씨 어서 나오라고 하세요.”

실랑이가 계속되었다. 그 틈을 이용하면 될 것이다. 얼른 호주머니에서 스마트폰을 꺼내서 리시버를 귀에 꽂았다. 밖에서 다투는 소리가 들려왔다.

“누가 이렇게 떠드는 거야? 씨발. 귀 따가워 죽겠네. 씨발.”

거친 욕설이 들려오는 걸 보니 주인인 윤순광이 밖으로 나온 모양이다. 강이는 살짝 방문을 열고 거실로 나왔다.

“이 썅, 돈이 없다는데 왜 그래, 왜 지랄이야?”

“지랄이라뇨. 이렇게 잘 사시면서 세금을 왜 체납합니까?”

유리창 너머로 검은 양복을 입은 세 명의 공무원과 운동복을 입은 윤순광이 언성을 높이며 다투고 있었다. 강이가 살짝 안방으로 들어갔다. 거기에 자그마한 금고가 보였다.

스마트폰을 꺼내 금고에 대고 다이얼을 살짝 돌렸다. 차르르르 하며 다이얼이 돌아갔다. 몇 번 돌리고 액정을 들여다보니 금고의 비밀번호가 나타났다. 금고문을 열어보니 통장 대여섯 개와 울긋불긋한 색을 띤 각종 보석이 보였다.

“법대로 하겠습니다.”

“법? 무슨 법대로 해. 돈이 없어서 못 내는데. 당신들 강도야?”

밖에서 들리는 큰 목소리가 강이의 귀를 따갑게 했다. 꺼낸 보석을 손바닥에 올려놓은 그녀는 고개를 갸우뚱했다. 유리로 만든 인조석이었기 때문이다.

"비키세요, 안으로 들어가서 말해 봅시다."

"들어가긴 어딜 들어가?"

그들이 곧 들어올 것 같다. 그녀는 얼른 보석을 제자리에 놓고 금고를 닫았다. 그리고는 뱀이 기어가듯이 침대 밑으로 미끄러져 들어갔다. 잠시 후 시끄러운 소리가 격하게 다투는 소리로 바뀌더니 벌컥 방문이 열렸다.

"좋아, 내 재산이 얼마인지…… 금고, 까 볼 테니까 똑똑히 봐."

순광은 얼굴이 벌게져서 금고를 열고 통장을 꺼냈다.

"봐, 얼마 들었나."

그가 통장 몇 개를 잡아 남자들에게 던져주자 그들이 펼쳐보고는 낯을 찌푸렸다. 잔액이 이삼백 원 남은 깡통 통장들이었던 것이다.

"거기 보석함에는 뭐가 있지요?"

"눈도 밝군. 가져가려면 몽땅 가져가. 인조인데 당신들 눈에는 미얀마에서 사 온 원석으로 보일 거야."

좌르르, 방바닥에 인조석들이 떨어졌다. 침대 밑의 그녀는 속으로 웃었다. 능구렁이 같으니. 이럴 때를 대비해서 준비해둔 것이구나. 몽땅 팔아봐야 십만 원도 안 된다. 그럼, 진짜는 어디 있다는 말인가.

"정말 인조석이군."

그중에 보석에 대해 아는 사람이 있는 모양이었다.

"어쨌든 오늘은 결론을 내려야겠어요. 딱지 붙입니다."

"결론이라니? 내 형편 확인했잖아. 딱지를 붙이려면 내 몸에 붙여."

순광은 그들이 자신의 꼼수에 넘어가지 않자 툭 튀어나온 아랫배를 들이대며 소리쳤다. 그러나 그들은 강제로 법을 집행하겠다고 나섰다. 그들이 가방에서 딱지를 꺼내 고급가구와 텔레비전 등에 붙이려 하자 뜯어말리던 윤순광이 밖으로 뛰쳐나갔다가 잠시 후 돌아왔다.

"나가! 안 나가?"

그가 소리치자 딱지를 붙이려던 남자들이 모두 얼어붙었다.

"왜, 왜 그러세요? 고정하세……"

"내가 고정하게 됐어? 안 나가면 당신들 모두 지옥 가는 거야."

순광은 한 손에는 LPG통을 한 손에는 가스관의 끝을 들고 소리쳤다.

"나가, 안 나가면 알지?"

그가 LPG통을 바닥에 내려놓고 고무로 된 가스관에서 손을 떼자 쏴아~ 하고 가스가 샜다. 어느 틈에 꺼냈는지 일회용 가스라이터를 들었다. 철컥. 불을 켜려고 하자 머뭇거리던 남자들이 우르르 밖으로 몰려나갔다. 순광이 가스통을 들고 뒤쫓아나가자 거실로 피했던 이들은 다시 마당으로 줄행랑을 쳤다.

깨갱깨갱

여주인의 품 안에 있던 애완견 리타가 그들을 향해 짖기 시작했다.

"밖으로 나가. 안 나가면 이 가스통에 불붙인다."

순광은 그들이 겁에 질려 쩔쩔매는 꼴을 보자 호기 있게 소리쳤다.

"누구든, 해볼 테면 해 보라 이거야."

리타가 그들을 향해 달려가면서 짖어대자 나갈 수밖에 없었다. 후다닥 대문 밖으로 뛰쳐나갔다.

"여보야! 이래도 돼?"

나이가 스물다섯 살 아래의 젊은 아내가 걱정스런 목소리로 묻자 순광이 씨익 웃으며 대꾸했다.

"한 발짝만 안으로 들어오면 가스가 폭발해서 죽을 텐데 어쩔 거야."

그는 운동복 호주머니에서 담배를 꺼냈다.

"여보야! 담배 피우려고?"

"왜, 안 돼?"

"가스 새고 있잖아."

새파랗게 질린 아내의 말에 순광은 입을 크게 벌리며 웃었다.

"이게 진짜 가스인줄 알아? 압축공기야, 공기."

철컥! 라이터에 불이 붙었다. 그런 다음 쏴아~하고 소리를 내는 파이프 끝에 갖다 댔지만 아무 반응이 없었다. 그는 한쪽 눈을 찡긋하고 나직하게 말했다.

"이제 알았지?"

그제 서야 젊은 아내의 얼굴이 환해졌다. 남편이 사기꾼이라는 것을 잠시 잊었던 것이다.

그 시각. 강이는 건너편에 있는 안주인의 작은 방을 뒤지고 있었다. 수입품으로 보이는 호화로운 화장대의 서랍을 살며시 열었다. 잡동사니를 치우니 밑으로 작은 서랍이 숨겨져 있었다. 열어보니 울긋불긋한 보석들이 눈에 들어왔다. 그녀는 한눈에 진짜 원석임을 알아볼 수 있었다. 다이아몬드 반지, 진주 목걸이, 사파이어 반지, 루비 브로치 등등. 그녀는 안주머니에서 가죽 주머니와 거즈를 꺼낸 후 보석공예품을 거즈에 하나씩 올려놓고 동그랗게 감쌌다.

"나쁜 놈, 이렇게 살면서 세금을 떼어먹어?"

그녀는 이렇게 중얼거리면서 보석을 가죽 주머니에 넣은 뒤 자켓 등 부위에 붙은 주머니에 넣었다. 다음은 이 집 어딘가에 있을 비밀 금고를 찾는 것이다. 거실로 부부가 들어오는 소리가 들리자 그녀는 얼른 옷장 옆에 바짝 붙었다. 문이 열리면서 여주인이 방안으로 들어왔다. 그 뒤를 리타가 따라 들어왔다. 여주인이 화장대 위의 머리띠를 집고 나갔을 때 고개를 돌린 애완견과 눈이 딱 마주쳤다. 얼른 마스크를 벗고 입술의 끝이 올라가도록 웃는 표정을 지었다. 그러자 리타가 꼬리를 살랑살랑 흔들며 다가왔다.

"리타, 예쁘구나."

살짝 들어 올려서 코와 코 사이를 손가락으로 밀어주었다. 리타가 혀로 그녀의 손등을 핥았다.

"리타! 어디 있어?"

밖에서 부르는 소리에 리타가 깨갱 하고 짖었다.

"쉿! 조용히."

그녀는 리타를 살며시 바닥에 내려놓았다. 방문을 열고 들어오던 여자가 자기 쪽으로 걸어오는 리타를 안아서 밖으로 나갔다. 안도의 한숨을 내쉰 강이는 스마트폰을 꺼냈다. 조직에서 알아낸 정보에 의하면 이 방 어딘가에 비밀 금고가 있다. 스마트폰을 천천히 벽에 대면서 걸어보는데 벽에 붙은 모나리자 초상화가 수상했다. 그곳에 폰을 대자 좁쌀만한 램프에서 빨간 불이 번쩍했다. 모나리자의 눈을 손가락으로 누르자 초상화 뒤의 금고가 벌컥 열렸다. 그곳에 숨겨진 무기명 채권과 US달러, 엔화 뭉치를 재킷 주머니가 불룩하도록 집어넣었다. 찾고 있던 작은 수첩이 보였다. 열어보니 암호로 보이는 글씨가 잔뜩 쓰여있다. 강이는 스마트폰을 꺼내 스캔했다. 스무 장을 스캔한 다음 제자리에 놓고 모나리자 금고를 닫았다.

'귀중품은 도둑맞았지만, 수첩은 건드리지 않은 것으로 알 거야.'

밖으로 나오려다 화장대 위에 놓인 자명종 시계를 얼른 집어 들었다.

"여보야, 그 사람들 아직 가지 않았는데……"

밖을 내다보니 거실 탁자에 생선회를 담은 접시가 보인다. 젊은 안주인이 창문 밖으로 몸을 반쯤 내밀자 둥근 엉덩이가 위로 반짝 들리면서 늘씬한 허벅지가 눈에 들어왔다. 윤순광이 회를 간장에 찍으면서 음탕한 눈길을 보낸다. 현재 이혼소송 중에 있는 그는 당뇨 때문에 정력이 많이 저하되었지만, 비아그라로 새 생활을 하고 있다고 했다.

"미련한 놈들, 저런다고 내가 세금 낼 거 같아? 이혼소송으로 가뜩이나 골치 아픈데 세금까지 내라고…… 어림도 없다."

그는 회를 입에 넣고 자근자근 씹었다. 혀에 착착 감기는 모양이다.

"어떡하지? 당신 나간 다음에 들어와서 딱지를 붙이면."

"내가 며칠 외출 안 하면 되지."

그가 아내의 치마 밑에 손을 넣고 엉덩이를 만졌다. 그것을 본 강이는 구역질이 났지만 빠져나갈 기회를 찾아야 하니 시선을 딴 데로 돌릴 수가 없다.

"집에서 뭐 하려고?"

젊은 아내가 커다란 눈을 찡긋해 보였다. 환갑 나이에 똥배가 나온 그의 손이 아내의 허벅지 사이 옴폭 파인 곳으로 움직였다.

"어머, 저 사람들 좀 봐."

승합차 한 대가 미끄러지듯 와서 세 남자가 내리는 것이 보였다. 모두 여섯 사람의 남자가 뭐라고 숙덕거리더니 대문을 열고 다시 들어오는 것이었다.

"어라? 저것들이 아직도 정신을 못 차렸네."

순광은 열을 받았는지 얼굴이 시뻘게지더니 씩씩거렸다.

"좋아, 오늘 너 죽고 나 죽자."

그가 급히 밖으로 나와 압축공기가 든 가스통을 집었다가 다시 내려놓았다. 옆에 놓인 진짜 LPG 가스통을 들고 다시 대문 쪽으로 걸어나갔다. 이번에는 진짜로 가스에 불을 붙여 확실히 내쫓겠다는 배짱인 모양이었다. 북파공작원들이 가스통에 불을 붙여 시위하는 것에 착안해 미리 준비한 소도구다. 그가 가스통을 가지고 나가자 몰려오던 남자들이 흠칫 뒤로 물러섰다.

"야, 딱지 붙이려면 붙여 봐. 붙여 보라고……"

순광은 가스관의 마개를 열었다. 쏴아~하고 가스가 새어 나왔다. 라이터를 꺼내 고무호스에서 흘러나온 가스에 불을 붙였다.

쾅

요란한 폭음소리와 함께 유리창이 우수수 깨져서 바닥으로 떨어졌다. 리타가 깨갱거리며 마당으로 뛰쳐나갔다.

"어, 이거 뭐야? 왜 거기서 터져?"

놀라 뒤를 바라보는 순광은 폭격을 맞은 듯이 엉망이 된 부엌을 바라보았다. 그는 침입자가 전자레인지에 자명종 시계를 넣고 돌려 부엌을 엉망으로 만든 것을 알 리 없었다. 젊은 아내의 패물과 비밀 금고에 숨겨둔 거액의 비자금을 몽땅 훔쳐간 도둑이 '붉은 입술'이라는 것도 모를 것이다. 그때 가스에 불이 붙어 열 받은 가스통이 피융하며 요란한 소리를 내며 공중으로 날아올랐다. 로켓처럼 날아간 가스통이 현관문을 부수고 집안으로 들어갔다. 쾅.

오성그룹 창업주 오진만은 6.25 때 무공을 세우고 하사관으로 전역했다. 5.16 쿠데타로 군인이 득세하자 그 연줄로 화섬사업을 일구었다. 기업가로 크게 성공했지만, 짠돌이라는 별명이 있을 정도로 검소해서 구두도 밑창이 달면 갈아 끼울 정도였다. 이렇게 아껴서 대기업으로 일구고 외아들 교육에 정성을 다했다. 가정교사를 두었어도 공부를 못하자 미국 유학까지 보냈다. 그러나 아들 오광식은 아버지 몰래 유흥에 몰두했고 결국 유학은 영어회화만 잘하는 것으로 끝냈다. 창업자가 돌아가서 회사를 물려받았지만,

방만한 경영으로 급격히 기울어졌다. 본인이 유흥과 여성 편력에 몰두하고 그 자식들도 마약으로 말썽을 피우자 회사를 헐값으로 처분했다. 남은 것은 창업주가 투자의 목적으로 사들인 골동품뿐이다. 이것을 사고파는 과정에서 수익이 많아지자 오광식은 엉뚱한 마음을 먹었다. 옛사람의 무덤을 파헤쳐 부장물을 훔치는 도굴꾼에게서 몰래 골동품을 사들였다. 국내 수집가에 팔려다가 경찰에 포착되자 외국으로 반출하려 계획했다. 그러나 이것을 서현이 알았다. 여고 동창 유미가 전화로 근황을 알렸기 때문이다. 골동품을 미국 수집가에 팔기 위해 여러 사람을 만나고 있다는 말을 듣고 활빈당에 제보한 것이다. 활빈당 7인 위원회는 의논 끝에 이서현을 불렀다. 이번 일의 기획은 정유진이 맡았고 강이는 행동대였다. 서현이 자리에 앉자 유진이 본론으로 들어갔다. 녹음기를 틀고 메모할 수 있게 공책을 펼치고 물었다.

"오유미는 여고 때부터 같이 놀던 애였지요. 그렇다고 친구는 아니에요. 재수 없는 애였거든요."

"서현씨가 언제 그 집에 가봤지요?"

"작년 유월 육일이요."

"현충일이네."

서현의 말로는 유미의 할아버지가 육이오 참전용사라 부모님이 대전 현충원에 갔다고 했다. 그 틈을 타서 패거리다섯이 그녀의 집에 모였다. 모이면 항상 대마초를 피웠던 지라 흡입하고 있는데 유미가 마약 LSD를 투여하자고 했다. LSD가 몸에 들어가면 환각과 환청이 온다. 서현은 미국에서 한번 투여했다가 난동을 친 적이 있어 거절했다고 한다. LSD는 우울한 악마(Bule devil)라는 별명이 있는데 복용하면 우울과 기쁨을 동시에 준다고 했다.

"한 년은 음. 한 친구는 질질 짜고 유미는 뭐가 좋은지 킬킬거리더니 홀딱 벗고는 어디론가 가는 거예요. 다른 애들은 환각에 빠져 있고. 유미가 그러니 사고 칠까 봐 뒤따라 갔지요."

유미는 '내가 나비가 되었다. 나비가 되었다.'라고 소리치며 알몸으로 넓은 집안을 맴돌다가 부모님 침실로 들어갔다고 한다. 거기서 열쇠를 꺼내 가지고 나오더니 어느 방문을 열었다. 골동품과 고서화가 그득했는데 주로 도굴품이나 장물이라는 것이었다. 마약에 취한 유미의 말로는 국보급도 여러 점 섞여 있는데 국내 매수자가 없으면 외국에 팔 것이라고 했단다.

"지금 그 마약 한 친구는 어디 있어?"

"뉴욕이요. 공부하러 간 게 아니고 마약 한 것을 들키자 도망친 거지요."

서현이 돌아가자 강이는 정유진과 함께 그 내용을 활빈당 위원회에 보고했다. 활빈당은 네트워크를 총동원해서 오광식이 대전 현충원에서 외국 수집가들과 만난 것을 알아냈다. 현충일 날 아비는 아비의 묘에서 국보를 흥정하고 있었고 딸년은 그 시간에 마약을 맞고 있었던 것이다. 활빈당은 오회장에게 경찰이 수사할 것이라고 거짓말로 알려 급히 골동품을 별장으로 옮기게 했다. 별장의 내부 구조는 골동품을 비밀리에 옮기기 전에 스텔스 드론을 이용해 미리 샅샅이 파악했다. 보관 창고의 경보장치도 다 파악했다. 옮길 때 탈취하려고 했으나 왕릉에서 도굴한 국보급은 별장에 미리 가져놨기에 어쩔 수가 없었다. 활빈당의 7인 위원회의 호출이 있었고 미리 제출한 계획서에 대한 판결이 있었다.

"제45호 안건에 대해 승인한다. 홍강이. 이번 일은 사악한 부자를 응징하는 수준이 아니야. 대한민국의 정체성을 되찾는 것이니 국보에 조금의 흠집도 있어서는 안 돼."

위원회의 승인이 떨어졌으니 이제 남은 것은 홍강이를 침투시키기 위한 작전이다.

워커 그룹의 큰며느리 정유진과 미카, 홍강이가 작전팀으로 모였다.

"강이씨, 겉모습이 지금 이 상태로는 안 돼."

유진의 말에 그녀는 기분이 상했다. 내가 어떻다는 말인가. 얼굴이 빠져, 몸매가 부족해.

"머리도 다시 해야 하고 옷차림도…… 일주일 남았으니 할 수 있겠지."

강이가 외관에 관심 쓰는 성격은 아니다. 머리를 질끈 묶고 바지는 청바지에 신발은 항상 운동화다. 이래야 싸움질, 도둑질하기 편하기 때문이다. 그녀에게 확실하게 여성적인 것이 있다면 매달 생리를 하는 것이다. 옆에서 미카가 거든다.

"맞아. 유진 언니 말이 맞아. 넌 여자가 아니야. 오늘 화장법부터 배워."

정유진과 미카는 모양낼 줄 아는 여자다. 유진은 파리에서 일류 디자이너가 만든 고급옷만 입는다. 한 벌에 보통 천만 원이 넘는다. 부동산 부자의 딸로 태어나서 재벌의 맏며느리이니 이 정도의 호사는 누릴만하다. 육 개월마다 옷이 바뀌고 귀고리, 팔찌도 명품인데 미카 말로는 교묘하게 만든 짝퉁이란다. 하긴 천만 원이 넘는 옷을 입는 재벌 며느리가 모조 액세서리를 하고 다닌다고 누가 상상이나 하겠는가.

"화장만 아니야. 끝나면 뷰티샵부터 가자."

유진이 화장품을 꺼내 일일이 용도와 사용법에 대해 설명했다. 하지만 치장에 관심이 없는 그녀의 귀에 들어올 리가 없다. 설명이 끝나자 화장에 들어갔다. 강이는 거울 속의 자기 얼굴이 점점 예뻐지는 것이 신기했다. 그 옆에서 미카도 화장을 했는데 원래 색기가 흐르는 얼굴이 더 요염

해졌다.

"자, 이제 끝났어. 처음이니 금세 이해가 안 되겠지만 여러 번 하면 숙달이 될 거야. 자, 이제 지우고 다시 한다."

"왜요? 힘들게 화장했는데……그냥 놔둬요."

"놔두긴. 이건 부잣집 딸이나 며느리가 하는 화장이고 강이씨에게 맞는 화장은 이제부터야."

유진은 강이가 애써 화장한 것을 클렌징 오일로 지워나갔다. 그러더니 다시 화장하는데 기초화장보다 약간 짙게 하는 수준에서 끝냈다.

"강이씨, 잘 알아둬. 이번에는 내가 주연이고 강이씨는 내 비서인 조연이야. 이제 뷰티샵 가자고."

예전에는 미장원, 미용원이라고 불렀지만, 요즘은 이름이 바뀐 뷰티샵으로 끌려가다시피 했다. 거기서 워커그룹 회장 맏며느리 정유진의 여비서로 변장해야 하니 머리도 걸맞게 손질해야 할 것이다. 유진은 원장에게 종이에 볼펜으로 그린 머리 모양을 보여주었다. 이렇게 해서 처음으로 선머슴처럼 질끈 묶은 머리에서 여자다운 머리로 바꾸게 되었다.

고미술상 '반야월'의 회장인 오광식을 만나는 것은 어렵지 않았다. 정유진이 워커 그룹의 맏며느리라는 것이 비서실에서 확인되었기 때문이다. 반야월의 나쁜 소문이 퍼지기 전에는 변회장도 가끔 고서화를 구입했다. 정유진은 재벌 며느리답게 최고급 정장을 하고 여비서 홍강이를 데리고 약속한 시간에 별장을 찾았다. 수수한 옷차림에 알이 두꺼운 안경을 쓴 비서는 낡은 가죽 가방을 꼭 안고 뒤를 따랐다.

정문 경비실에서부터 들어가는 과정이 까다로웠다. 미리 보내온 사진과 얼굴을 대조하고 가방까지 열어 짐 조사를 받았다. 스마트폰도 경비실에 보관하고 들어가야 했다. 정유진은 못마땅해서 항의했지만, 규칙이 그렇다니 할 수 없다는 듯 입을 다물었다. 절차가 끝나자 기다리고 있던 회장비서의 안내를 받으며 본관으로 걸어갔다. 정유진은 품위 있는 걸음으로 꼿꼿하게 걷고 강이는 고개를 좌우로 돌려 멋진 별장의 정원을 살펴보며 화려함을 연신 감탄했다. 그러나 그것은 연기일 뿐이고 실은 안경테 끝에 숨겨진 카메라로 촬영하고 있는 것이다. 이렇게 해서 본관으로 들어가니 곳곳에 CCTV가 의심스럽다는 눈초리로 두 여자를 노려보고 있었다. 비서의 안내로 들어간 접견실도 크고 화려했다. 재계순위 10안에 든 적도 있던 재벌이 망한 것도 다 까닭이 있는 것이다. 강이의 감탄과 호기심으로 가득 찬 몸놀림은 멈출 줄 몰랐다. 그 모습만 보면 산골에서 살다가 상경한 얼뜨기 말단비서로 단정했을 것이다.

오회장을 기다릴 동안 그녀는 방안에서는 가만히 앞만

바라보고 있었다. 들어올 때 한번 휘이 둘러본 것만으로 내부촬영까지 완벽하게 끝났다. 느낌에 비밀 카메라가 있어 관찰하는 것 같으니 수상하게 보여서는 안 된다. 정유진이 미리 짠 각본대로 업무에 대해서 말했다.

"강이씨, 금고는 언제까지 납품할 수 있다고 해?"

"빨라도 다음 달 오 일이나 된답니다."

"그래? 그러면 앞으로도 열흘이나 남았잖아. 재촉 좀 해."

강이는 바보처럼 눈을 깜빡거리고 어눌하게 말했다.

"그렇게 값비싼 골동품을 안전하게 보관하려면 특수제작을 해야 한다고 합니다."

유진이 입을 삐죽거리며 물었다.

"그러면 오늘 매매가 성사되어도 가져가지 못한다는 말이야?"

"그렇지요. 실장님이 오늘 구입하셔도 그날까지는 여기서 보관해야 합니다."

이렇게 말을 주고받는데 몇 분 뒤에 오회장이 비서와 함께 나타났다. 얼굴에 기름기가 번지르르한 것이 보기에도 음흉하고 역겹게 생겼다.

"실장님, 오광식입니다. 아버님도 안녕하시지요?"

"아, 네. 안녕하십니다."

의례적인 인사가 오가고 명함이 오갔다. 오회장이 강이

에게도 명함을 주자 두 손으로 공손히 받았다.

"변회장님과는 전에 몇 번 거래가 있었지만, 요즘은 뜸했습니다. 이제 실장님이 대를 잇는 겁니까?"

"아닙니다. 아버님 사업과는 별도로 제 사업으로 시작한 겁니다. 아버님과는 관련이 없습니다."

유진의 말에 오회장이 고개를 끄덕였다. 그리고는 안내했던 비서에게 손짓하자 비서가 두툼한 사집첩을 앞에 내려놓았다. 유진이 열어보니 별장 수장고에 보관한 각종 도자기와 서화를 비롯한 골동품 사진이 철해 있었다. 한 장씩 펼칠 때마다 강이도 옆에서 들여다보았다. 동시에 이 사진은 강이의 안경 카메라를 통해 활빈당 조직으로 전송될 것이다. 마지막 장을 덮자 오회장이 능글맞게 웃으며 말했다.

"마음에 드는 것이 있습니까?"

"이게 전부인가요?"

유진의 질문에 오회장이 움찔하더니 만면에 미소를 지으며 대답했다.

"네, 전부입니다."

이번에는 유진이 미소를 지으며 말했다.

"아닌 것 같은데요. 회장님댁에 귀중한 보물급 아니 국보급 고려 불상이 있다고 하던데요. 그것을 최근에 별장으로 옮겼다는 정보를 듣고 찾아온 겁니다."

오회장의 얼굴빛이 살짝 변하더니 애써 태연하게 대답했다.

"워커 그룹의 정보력이 대단하군요. 실은……"

오회장은 경찰이 불법 골동품을 보관해 가택 수색할 거라는 제보를 받았다고 했다. 부리나케 문제가 될 것만 별장으로 옮기고 집에는 합법적으로 구입한 것만 놔두었다고 했다.

"경찰이 정말 찾아왔습니까?"

"옮긴 지 하루 뒤에 영장을 가지고 찾아왔더군요. 전문가와 함께 왔는데 목록을 살펴보고 문제가 없다는 것을 알고 돌아갔습니다. 이 사진첩에 있는 것은 합법적으로 매입한 것입니다만……"

오회장이 눈알을 굴리며 눈치를 보았다. 유진이 강이에게 눈짓을 하자 낡은 가방을 열었다. 오회장이 가방을 뚫어지게 보더니 말했다.

"저건 변회장님이 늘 갖고 다니시던 것인데 며느님이 물려받으셨군요."

변회장이 젊었을 때 사업을 시작하면서 가지고 다니던 오십 년 된 가죽 가방이다. 그것을 정유진이 물려받았다는 것은 그만큼 회장의 신임도가 깊다는 의미이기도 하다.

"네. 아버님은 곧 은퇴하신다고 하셨습니다. 강이씨. 수표 좀 이리 줘."

수표를 받아든 유진이 오회장에게 내밀었다. 10억 원짜리였다. 오회장의 눈이 휘둥그레졌다.

"제가 알아보니 고려 불상은 팔억 원 정도면 적당한 값이라고 했지만 이억 더 얹겠습니다. 첫 번째 사업이니 광고효과가 클 것입니다."

오회장이 침을 꼴깍 삼켰다. 일본의 고물상 나까무라는 오억을 불렀다. 일억만 더 주면 넘기려 했는데 십억이면 두 배 아닌가.

"좋습니다. 제안을 받아들이겠습니다. 계약서 쓰시죠."

자필로 계약서를 만들어 유진에게 건네주자 다 읽어보고 말했다.

"수표는 제가 불상을 인수할 때 드리겠습니다. 불상을 보관할 특수금고가 열흘 뒤에나 준비되거든요."

"알고 있습니……"

오회장이 아차 싶어 말을 끊고 눈치를 살핀다. 아까 도청을 한 것이 분명했다.

"네. 알겠습니다. 그때 주십시오."

"혹시나 회장님이 마음이 변해 다른 사람에게 팔 수도 있으니 계약서에 한 가지 덧붙이면 어떻겠습니까?"

유진이 계약서에 몇 가지를 추가했다. 불상 대금 십억 원은 열흘 뒤 인수시에 지불하겠다, 당일 인수가 안 되면 계약 파기로 일억 원의 배상금을 지불한다로 못을 박았다. 그리고는 불상을 보겠다고 하자 오회장은 자기가 가져오겠다고 했다.

"회장님, 제가 가서 보면 안 되겠습니까? 다른 물품도 보고 마음에 드는 것이 있으면 사겠습니다."

유진의 말에 오회장은 승낙했다. 시중가의 두 배를 받았으니 경계심이 완전히 풀어진 것이다. 강이가 따라나서자 망설이는 것 같았으나 실무를 할 사람이라고 하자 마지 못해 동반을 허락했다. 뒤따라가면서 두리번거리며 촬영했다. 이렇게 실시간 촬영된 것은 실시간으로 조직에서 받아보고 있다. 가끔 고개를 어느 방향으로 돌리라는 지시를 받기도 했다. 오회장이 수장고 앞에 서서 버튼을 누르고 인식기에 손바닥을 대자 문이 열렸다.

"제가 아니면 그 누구도 이 안으로 들어올 수 없습니다."

자랑스럽게 말하는 오회장이다. 자기 손목을 잘라 갖다 대도 압력에 의해 감지되므로 열지 못한다고 큰소리쳤다. 그리고 문을 열자 보랏빛 광선이 수십 개 얽혀 있었다. 영화에서 자주 보던 장면이다. 열 센서 광선에 몸이 닿으면 벨이 울리기 때문에 보안이 완벽하다고 했다. 오회장이 벽의 스위치를 내리자 센서가 사라지고 진열대와 바닥에 놓인 온갖 골동품들이 드러났다. 바닥에는 도자기가 제일 많았고 유리 벽장 안에는 부식하기 쉬운 반합이나 구슬이 있었다.

"미술상과 집에 있는 것은 일반적으로 매매되는 것이지만 여기는 고가품이지요."

오회장의 자랑은 끝이 없었다. 강이는 두리번거리면서 이 방의 구조와 숨겨진 장치를 촬영하고 있었다. 그녀가 눈짓으로 신호를 보내자 유진이 급한 어조로 묻는다.

"회장님, 잘 들었습니다. 불상은 어디 있나요?"

그제야 오회장은 말을 끊고 손에 든 리모컨을 눌렀다. 그러자 벽이 반으로 갈라지면서 골동품들이 나타났다. 고려 불상은 물론이고 신라의 금관, 백제의 향로가 모습을 드러냈다. 강이가 역사에 특별히 관심은 없지만, 국보를 알아볼 수 있는 눈은 있다. 아마도 저 골동품들은 왕의 무덤을 파헤쳐 얻은 것이리라.

"저 귀한 것들은 어디서 구입하신 건가요?"

유진의 물음에 오회장은 어색하게 웃으며 얼버무렸다. 그녀가 다시 물었다.

"고려 불상을 대중에게 공개해도 문제가 없겠습니까? 계약서에는 적시했지만."

"아, 문제없습니다. 제가 직접 스님에게 구입한 것이니까요."

고려 불상은 강원도 어느 산골의 자그마한 암자에서 오랫동안 내려온 것이라고 했다. 폭우로 암자가 허물어지자 어수룩한 노승을 속여서 값을 후려쳐 사온 것이었다. 시중가의 십 분의 일로 샀지만 훔친 것은 아니니 문제가 되지는 않을 것이다.

"자, 이제 다 보셨으면 나갑시다."

오회장은 너무 많은 것을 보여주었다고 후회하는 표정이었다.

팔 일째 되는 날 침투가 결정되었다. 방에 설치한 녹음장치에 의하면 그동안 다섯 명의 고객이 다녀갔으니 도둑을 맞았다고 정유진을 의심하지는 않을 것이다. 활빈당 조직에서는 안경을 통해 전송한 자료를 분석해 침입로를 만들어주었다. 항온항습이 잘 되어 있는 수장고의 빈틈은 문위에 붙은 환풍구였다. 강이는 카멜레온의 변형술이 응용된 특수복을 입었다. 혼잡한 시내에서 별장으로 들어갈 때빨간 소형차는 오토바이로 변했고 스텔스 기능으로 길가의 CCTV에 포착되지 않게 했다. 구름이 잔뜩 낀 밤하늘 덕분에 벽에 바짝 붙인 오토바이가 보이지 않는다. 그녀는 센서가 붙은 담장 위를 단 한 번의 점프로 훌쩍 뛰어넘었다. 이때부터는 어려울 것이 없이 단숨에 본관 정문까지 왔다. 문을 열고 들어가는 것도 어렵지 않았다. 도둑의 길로 들어섰는데 이 정도 문을 못 딸까.

철컥

왕래가 잦은 곳의 문은 허술한 법이다. 스텔스 기능 옷을 입으니 CCTV에 침입 흔적도 남지 않는다. 드디어 수장고 앞에 왔다. 조직에서 분석하기를 밤 10시와 새벽 3시에 순찰을 한다고 했다. 지금 시각이 10시 반이니 새벽 순찰만 피하면 된다. 수장고 앞에서 스크린과 빔프로젝터를 꺼냈다. 스크린을 활짝 펴서 빈틈이 없게 하고는 빛줄기를 쏘니 수장고의 이미지가 나타났다. 순찰자가 멀리서 보면 수장고는 아무 이상이 없이 보일 것이다.

"오케이."

다음 일은 수장고 위의 환풍구를 통해 안으로 들어가는 것이다. 조직에서 똑같이 만든 것을 가져와 분해하는 연습을 했었다. 시간은 좀 걸렸지만, 경보장치를 건드리지 않고 환풍구를 통해 수장고 안으로 들어갔다. 사방에서 쏘아대는 광선을 건드리지 않고 벽장까지 가는 것이 어려운 일이었으나 그녀가 이런 일을 한두 번 한 것이 아니다. 초보 도둑일 때 실수로 경보장치를 울린 적은 몇 번 있다. 그러나 지금은 다르다. 시간은 좀 걸리지만, 충분히 해낼 수 있다. 슬로우, 슬로우 천천히 광선을 피해 앞으로 나갔다. 한 번 움직일 때 오 분 이상 걸렸다. 거의 세 시간이 걸려 광선을 피해 벽장까지 왔다. 벽의 스위치를 작동시킬 수 없으므로 벽장의 문은 수동으로 열어야 한다. 이것이 문제였다. 쉽게 손으로 당기면 열릴 줄 알았는데 꼼짝도 않는다. 조직에서도 어렵지 않을 것이라고 했지만 아무리 힘을 주어도 열리지 않았다. 진땀이 흘렀다. 조직에 이 사정을 문자로 알렸더니 곧 연락이 왔다. 그녀가 입고 있는 옷에 근육강화 기능이 있으니 작동해 보라는 것이었다. 콘트럴 장치를 눌러 스텔스 기능을 끄고 근육강화 기능을 작동케 했다. 이것은 CCTV에 그녀의 흔적을 남긴다는 것이다. 가능하면 몸을 숨기라는 조직의 지침이 있었지만, 이제는 어쩔 수 없다. 초강력의 힘을 발휘하는 근육강화 모드로 바꾸고 벽장 문을 열기 시작했다. 아주 조금씩 벌어지더니 결국 문이 열렸고 다시 스텔스 기능으로 바꾸었다. 벽장 안에 제일 먼저 눈에 들어온 것은 고려 불상이 아니라 신라의 금관이었다. 작년에 경주의 한 고분이 파헤쳐졌다는데 그곳에서 훔친 것으로 추측되었다. 가치는 돈으로 매길 수 없다고 했다. 오광식 회장은 이 금관을 200억에 일본과 미국의 수집가에게 팔려고 밀당하고 있다고 한다. 이것을 수거하지 못하면 소중한 국보를 잃어버리니 흠집나지 않게 가져오라고 신신당부했다. 벽장 안의 골동품은 불상과 금관, 백제 향로를 포함해 모두 열 점이었다. 밑바닥에 놓인 각종 도자기와 서화도 탐나는 것이 있었다. 하지만 합법 구매한 것이고 가져가는 골동품과 하늘과 땅 차이의 가격이라 놔두고 가야 했다. 준비한 특수 섬유에 열 점의 보물을 하나씩 넣었다. 그때 조직에서 신호가 왔다. 팔목에 찬 시계 모양 모니터를 들여다보니 두 명의 순찰자가 다가오는 것이 보였다. 대충 훑어보고 뒤돌아서는 것을 보고 안도했는데 발을 움직이다가 도자기를 넘어뜨렸다. 깨지지는 않았지만 약간의 소리가 났다. 다른 때 같으면 수장고가 완전차단 되어 들리지 않았겠지만, 환풍기가 분해되어 통하고 있으니 소리를 들었을 것이다. 순찰자 한 명이 멈춰서 뒤를 돌아보았다. 만약 가까이 오면 빔프로젝트임이 드러날 것이다. 가슴이 조마조마했다. 그는 몇 발자국 앞으로 오다가 다른 한 명이 부르자 뒤돌아섰다. 그들이 사라지자 안도의 한숨을 내쉬었다. 이제 탈출할 시간만 기다리면 된다. 지금 밖에서 스텔스 드론이 경비원들의 동태를 살피고 있다. 보물을 옮길 활빈당 차는 담장에 세워놓은 오토바이 옆에 와있다. 탈출 시간은 잠정적으로 새벽 4시로 정했지만, 상황은 언제 바뀔지 모른다.

이제 마지막 일이 남았다. 수장고의 보물을 가져간 것이 누군가는 오회장이 알아야 한다. 강이는 가방에서 루즈를 꺼내 입술에 발랐다. 그리고는 천천히 벽에다 눌렀다. 나중에 경찰이 CCTV를 조사할 때면 벽장을 강제로 열 때의 모습과 벽에 바른 새빨간 입술이 또렷이 보일 것이다.

"붉은 입술이다. 도둑 붉은 입술 짓이야."

경찰들은 신출귀몰한 '의적 붉은 입술'의 짓임을 알고 허둥댈 것이다. 언론은 계속 함구하고 있겠지만, 경찰 수뇌부는 긴급회의에 들어갈 것이다. 일선 경찰서에는 그녀의 존재에 대해 엄격하게 비밀을 지키고 있었다. 그럼에도 소문이 기자에게 흘러나가지만, 번번이 데스크에서 잘려나갔다. 의적활동이 일반 국민에게 알려지면 빈부격차가 심한 한국사회에서 정치적 불안을 일으킨다는 것이다. 먼젓번 윤순광의 집에서는 훔친 것이 그녀라는 것이 알려지면 안 되기에 입술 도장을 찍지 못했다.

4시가 넘었지만, 탈출지령은 떨어지지 않았다. 오 분, 십 분이 지나자 초조한 마음이 들었다. 조직에 문자를 보내려 하는데 명령이 떨어졌다.

탈출, 탈출이다.

지금 밖에는 드론이 쏜 소이탄으로 오회장의 침실이 있는 건물이 불타고 있을 것이다. 보물이 든 자루를 손으로 움켜쥐고는 문을 향해 뛰었다. 광선이 몸에 닿자 요란한 벨 소리가 울려 퍼졌다. 엄청나게 크게 울렸지만, 경비들은 불을 끄기 위해 날뛰고 있을 테니 들리지 않을 것이다. 밖으로 나온 뒤에 빔프로젝트와 스크린을 철거해 가방에 넣고 복도를 뛰어갔다. 본관 정문을 열고 나가 오회장의 침실 쪽을 바라보니 불이 꺼져 있었다. 예상보다 빨리 꺼진 것이다. 저쪽에서 불을 끈 경비원들이 그녀를 본 모양이다. 소리치며 달려오자 그녀는 얼른 담을 향해 뛰었다. 목표지점에 오자 자루를 담 너머로 넘겼다. 그리고는 그 자리에서 점프해 넘어갔다. 세 명의 활빈당원이 보물 자루를 승용차에 싣고 꽁무니에 불붙은 닭처럼 달려나갔다. 그녀도 오토바이를 타고 그 뒤를 따랐다. 새벽이라 다니는 차는 보이지 않았다. 이제부터 할 일은 추적자들을 따돌리는 것이다. 갈림길이 나오자 활빈당 차는 오른쪽으로 빠지고 그녀는 곧장 갔다. 추적하는 것은 검은 승용차였다. 그녀는 오토바이를 쫓아올 줄 알았는데 활빈당 차를 뒤쫓는 게 아닌가. 나중에 알았지만, 정문의 경비가 모니터로 보고 활빈당 차를 지목한 것이었다.

"이런, 이런."

강이는 다시 추적자들의 승용차를 뒤쫓았다. 그리고는 속도를 내어 활빈당 차 뒤에 붙어 추적을 방해했다. 펑하는 소리가 들려 돌아보니 추적자가 엽총을 쏘고 있었다. 강이가 오토바이를 휙 돌려서 앞으로 달려들자 놀란 운전자가 핸들을 왼쪽으로 꺾었다. 쾅. 추적자의 차가 가로수를 박는 것을 보고 그녀는 활빈당 차의 뒤를 따랐다.

다음 날. 오광식 회장 별장 절도 사건이 방송에 났다. 피해품은 조선의 도자기 몇 점뿐이라고 했다. 방송을 보고 강이는 피식 웃었다. 도자기 한 개가 파손될 뻔했으나 잃은 건 없다. 도둑이 붉은 입술이라는 것도 발표되지 않았다. 그렇겠지만 몸이 분명히 드러난 것은 보았을 것이다. 경찰이 수확한 것이라고는 그녀의 멋진 몸매에 대한 정보뿐일 것이다. 경찰은 가짜 번호판을 단 활빈당 승용차를 추적하지 못할 것이다. 정유진이 구호재단으로 찾아왔다.

"오회장을 찾아가 불상을 가져가겠다고 했더니 도둑맞았

다고 하더라. 방송에서는 그런 말 하지 않았으니 누구한테 넘긴 게 아니냐고 따졌지. 계약위반이라고 일억 원을 내놓으라고 막 윽박질렀더니……"

정유진이 이렇게 나오니 오회장이 싹싹 빌었다고 했다. 제발 경찰에는 알리지 말라고 애원하면서 오천만 원짜리 고려청자를 주겠다고 했더란다. 그걸 받을까 하다가 활빈 구호재단에 삼천만 원을 기부하겠다는 약정서를 받아왔다고 내밀었다. 둘은 마주 보고 통쾌하게 웃었다. 하하하

토요일에도 활빈구호재단은 쉬지 않는다. 일요일도 쉬지 않는다. 구호재단을 찾는 이들은 평일보다 토. 일에 많이 오기 때문이다. 강이도 직원으로 등록되어 있지만 일은 왕창순이 다 한다. 화요일은 쉬는 날이지만 그녀 혼자 사무실을 지키며 도둑질로 벌어들인 수익을 계산한다. 수익은 대부분 구호재단으로 넘겨 가난한 사람이나 어려운 처지에 놓인 사람들에게 돌아간다. 도둑질한 내역이 적힌 장부를 보니 요즘은 도울 대상이 많아 늘 적자다. 내일 밤에는 흑자로 바꾸는 일을 할 것이다. 강이는 장부를 맞춰보고 난 뒤에 미카를 불렀다.

"새로 나온 과자야."

편의점을 들렀다고 했다. 미카는 그녀와 초등학교 때 단짝이었다. 본명은 김미향인데 미향을 일본어로 부르면 미

카가 된다. 강이가 왈가닥이었다면 미향은 공상을 많이 했다. 전혀 다른 성격인데도 초등학교 육 년 동안 절친으로 지냈다. 그러면서 미향의 자폐성향 성격이 서서히 바뀌었다. 그러던 중 일본의 지사장으로 발령이 난 아버지를 따라갔다. 공항에서 미향은 엄청나게 울었다. 그 뒤로 일주일이 멀다 하고 카톡으로 소식을 전해왔지만 일 년 뒤 소식이 뚝 끊어졌다. 마지막 문자는 아버지가 교통사고로 돌아가셨다는 내용이었다. 그리고 거의 십 년이 훨씬 지난 뒤에 나타난 김미향은 전혀 다른 모습이었다. 강이가 초등학교 때 동쪽 끝에 있었다면 미향은 서쪽 끝에서 동쪽으로 가까이 다가와 있었다. 그러나 십오 년 뒤인 지금 미향은 다시 서쪽 끝으로 가 있었다. 미카가 과자 봉지를 들고 들어왔다.

"미자가 추천했는데 약간 매운맛이 있다네."

공미자 이름으로 편의점 알바가 된 권미경의 동태는 조직에서 체크 하는데 상당히 양호한 수준이라고 한다. 진짜 미자가 오기 전에 자유를 얻을 것 같다.

"미자는 신제품은 다 먹어본다네. 라면도 끓여 먹어보고 생리대도 자기가 써보고 난 뒤에 주문한다고 해. 신협 직원들에게 평가도 들어 보고."

그 말대로 과자는 매운맛이 있어 입에 맞았다. 미카가 먹던 것을 멈추고 강이를 물끄러미 바라보았다.

"강이야, 아직도 할 수 있어?"

"뭘 말이야?"

"키스하면 사람의 마음을 읽을 수 있는 거."

강이는 입술이 사람의 몸에 닿으면 마음을 읽을 수 있었다. 저번에 편의점에서 우는 아이의 마음을 읽을 수 있었던 것은 입술을 뺨에 댔기 때문이다. 아이의 입술에 바로 닿았으면 더 확실히 알았을 것이다.

"햐아, 일본 무당 할머니가 나한테 신기가 있다고 했는데 넌 진짜다."

미카는 그런 재능은 하느님이 섹스전도사인 자신에게 주어야지 무성애자에게 주느냐고 투덜댔다. 하긴 그 말이 맞다. 상대방의 마음을 정확히 알 수 있다면 오해나 불신도 없을 것이다.

"키스만으로 모든 비밀을 알 수는 없을 거야. 음. 내 생각으로는 네가 섹스를 하면 완전히 알게 되는 것이 아닐까?"

미카는 점점 낯뜨거운 말을 한다. 초등학교 때는 수줍어 말도 못하고 짓궂은 남자애들이 치마라도 들추면 엉엉 울던 미향이 아니었던가.

"아, 됐고…… 조사장은 어찌 되었어?"

내일 밤 응징할 조재환 사장은 황제 노역을 했다. 회사공금을 배임한 혐의로 붙잡혔는데 전관예우 변호사의 도움으로 두 달 동안 종이 붙이는 노역으로 대신했다. 벌금 30억 원을 매일 오천만 원으로 쳐서 면제받은 것이다.

"고것들이 앙큼하더라고……"

조사장 누나 아파트에 몇 달 전에 냉장고가 들어왔는데 개봉을 하지 않고 있다고 한다. 지금 베란다에 세워놓고 있는데 마루에 놓았다가 거추장스러워 옮긴 모양이라고 했다. 미카가 망원렌즈로 찍은 사진을 보고 인터넷에서 같은 냉장고를 찾았다. 면적을 가늠했더니 오만원권으로 꽉 채우면 30억 이상 들어갈 수 있다. 냉장고로 위장한 나무 상자 안에 돈을 숨긴 것이다. 미카가 소독약을 뿌리는 여자로 변장하고 집에 들어가 도청장치를 붙였다. 집안행사로 하루 집을 비우는 것을 알아내고 그 날짜에 맞춰 침투하기로 했다. 즉 강이는 조사장의 집을 털고 그 시간에 활빈당원들은 누나의 집에 가서 돈 상자를 가져오는 것이다. 그렇게 준비를 하고 있는데 조사장의 집은 털어도 나올 것이 없다는 통보를 받았다. 38기동대에서 체납한 세금을 받기 위해 기습해서 패물과 약간의 돈을 압류했다는 것이다. 포기하려고 했는데 지하창고에 고급 양주가 많이 숨겨져 있는 것을 잠자리처럼 생긴 드론 로봇이 정찰하고 사진을 보내왔다. 강이는 술에 대해 모르기 때문에 조직에서 사진에 표시를 해주었다. 한 병에 이백만에서 삼천만 원이나 되는 고급 양주였다. 어떻게 술 한 병이 회사원 연봉과 같은 가격이란 말인가. 이런 것을 엄청나게 돈이 많은 부자는 파티 한번에 날린다는 것에 화가 났다.

D-day. 침투는 어렵지 않았다. 조재환은 38기동대도 다녀가고 돈도 빼돌려놓았기에 안심한 모양이다. 그러나 나쁜 놈은 벌을 받는다는 것을 알려주어야 한다. 술 창고는 본채의 뒤에 있으니 자물쇠만 열고 들어가면 된다. 도어록을 달았으나 이런 것은 슈퍼컴과 같은 성능의 스마트폰이 거뜬히 해결해 준다. 사진으로 찍어 전송하면 번호에 묻은 지문을 확인하고 조합해 비번이 파악된다. 7728. 번호를 누르고 안으로 들어갔다. 조사장이 술 창고를 열고 들어갈 때 슬쩍 들어갔던 잠자리 로봇은 살포시 앉아 있었다. 그녀는 사진을 꺼내어 가져갈 양주를 확인하고 집어들었다. 모두 열 병인데 합치면 시가 1억 원이 넘는다. 일이 끝나자 루즈를 바르고 습기가 밴 벽에다 찍어눌렀다. 그리고는 미리 타자로 친 종이 한 장을 바닥에 놓았다.

'냉장고 상자의 돈도 가져갑니다.'

막 나오는데 요란하게 개 짖는 소리가 들려 얼른 문을 닫았다. 틈으로 밖을 살펴보니 조그마한 남자가 허둥대는 것이 보였다. 강이는 그가 도둑질하러 들어왔다가 들킨 것을 알아챘다. 개 짖는 소리가 요란해 붙잡히는 것은 시간문제다. 도둑이 낯이 익어 기억을 되살리니 편의점에서 보았던 이길태였다. 망설일 수가 없었다. 뛰어나가 술 창고를 가리키자 길태가 안으로 들어갔다. 잠자리 드론을 날리고는 그녀도 안으로 들어갔다. 잠시 후에 주인의 발소리가 들렸지만 개 짖는 소리는 들리지 않았다. 조직에서 잠자리 드론을 조종해 수면제를 반려견에게 쏘았기 때문이다. 개를 뒤따라 왔던 조사장은 쿨쿨 잠이 든 개를 데리고 집안으로 들어갔다. 웅크리고 있던 길태는 안심이 된 모양이다.

"이길태, 길태 맞지?"

그녀의 물음에 고개를 끄덕였다. 그도 편의점에서 본 강이를 알아보았다. 우선 할 일은 여기를 빠져나가는 것이다. 자루를 어깨에 메고 창고 문을 열었다. 그리고는 담 앞에 왔을 때 길태는 그 작은 몸을 점프하더니 공중제비로 넘어갔다. 전문 도둑인 강이가 놀랄 정도였다. 집을 빠져나와 함께 전철을 향해 걸어갔다. 권미경 말로는 정직한 청년이라고 했는데 도둑이 된 이유를 알아야 했다.

"배가 고팠어요. 이틀째 물만……"

교회가 부흥회를 여는 바람에 도시락 배달이 안 되었다고 한다. 그래서 열린 급식소를 찾아 간신히 얻어 왔는데 중풍 걸린 이웃 할머니에게 주었다고 한다. 다시 급식소로 가서 얻으려고 했는데 문이 닫혀 맥없이 돌아오는 중이었다고 한다.

"냄새, 냄새가 났어요. 고기 냄새요."

냄새에 끌려 왔다가 정신을 차려보니 담을 넘어와 있었다는 것이다. 그제야 상황을 파악해 다시 나가려는데 개가 짖은 것이었다. 꼬르르~ 길태의 빈 뱃속에서 요동을 쳤다.

그녀는 전철 역 앞의 해장국집으로 데리고 가서 해장국을 시켰다. 그녀가 몇 숟갈 뜨는 사이에 길태는 한 그릇을 비우고 있었다. 다시 한 그릇을 시키려 하자 괜찮다고 했으나 막상 가져오자 다 먹었다. 이틀을 물로 배를 채웠다니 얼마나 배가 고프겠는가.

"고맙습니다. 고맙습니다."

밖으로 나오자 길태는 연신 고개를 조아렸다. 길에서 태어나 온갖 천대를 받은 데다 운수마저 불길한 그가 앞으로 좋은 삶을 살기는 어려울 것이다.

"길태씨, 내 직업이 뭔지 알아?"

"그거야. 활빈신협에서……"

사람들은 신협 옆에 붙은 활빈이라는 글씨만 보고 신협도 활빈신협, 편의점도 활빈편의점이라고 불렀다. 그래서 길태도 활빈만 기억하는 것이다. 그것도 구호재단이 아니라 신협에 다니는 줄로 알고 있다.

"길태씨, 나는 도둑이야. 당신은 배가 고파 냄새에 끌려 온 것이고 나는 도둑질하러 온 거고."

그는 술병이 든 자루를 보고 더듬거렸다.

"술, 술을 좋아하시나 봐요."

길태는 그녀가 술이 좋아 도둑질한 것으로 알았다.

"내가 일자리를 마련해 주지."

그녀는 길태가 정상적인 생활을 할 수 없다고 판단했다.

제대로 된 교육을 받은 것도 아니고 기술을 익힌 것도 없다. 막노동도 힘겨울 것이다. 그가 할 수 있는 일은 작은 몸과 기계체조를 이용해 담을 타는 일뿐이다. 그에게 오만 원 지폐 석 장을 주고 우선 먹을 것을 사라고 하고 다시 만날 약속을 했다.

다음 날. 방송에서는 신라 금관과 고려 불상 등 십여 점의 국보급 문화재가 국립박물관에 기증되었다고 알렸다. 기증자는 '붉은 입술'이라는 가명을 썼다고 했다. 시가 천억 원의 가치가 넘는 문화재를 해외로 반출되기 직전에 빼돌린 것을 두고 애국녀라고 칭송했다. 그러자 그동안 말 못했던 신문기자들이 입을 열기 시작했다. 불의가 판치는 세상에서 정의를 지키는 여자 도둑이 다른 사람에게 혐의가 넘어가지 않게 키스 마크를 남긴다고 했다. 사건이 언론을 타자 은폐했던 경찰도 본격적으로 수사에 들어갔다. 결국 오 회장이 신라왕릉에서 금관을 도굴해 별장에 숨겼던 것이 드러났고 CCTV에 녹화된 파일도 압수되었다. 조선 시대 도자기 몇 점만 도난당한 것으로 해서 얼렁뚱땅 넘어가려던 오회장의 계획은 이렇게 무산되었다.

의적의 존재를 끝까지 숨기려던 정치권과 경찰도 손을 들었다. 스텔스 기능으로 희미하게 윤곽만 남은 모습과 벽장의 문을 열면서 몸매가 드러난 것이 방송되었다. 벽에 묻은 키스 마크도 클로즈업되었다. 이렇게 해서 고위 경찰과 고위층 인사들만 알고 있던 '붉은 입술'의 이름이 세상에 알려지게 되었고 사람들은 그 앞에 의적을 붙여 '의적 붉은 입술'이라고 불렀다.

"의적 붉은 입술? 활빈당은 들어봤어도 그런 이름은 처음이네."

연일 신문과 방송에 보도되자 시민들은 환호했다. 부정하게 돈을 모은 사람의 집을 털어 가난한 사람에게 나눠준다. 그것도 몸매 좋은 여자 의적이다. 포털에 그녀의 정체를 추측하는 글도 엄청나게 올라왔다. 시민들이 상상한 몽타주도 여기저기서 올라왔는데 어떤 것은 정말 홍강이의 실제 얼굴과 비슷했다. 강이와 미카는 이것을 천원식당에서 백반을 먹으며 보았다. 허름한 옷차림의 장년과 노인들도 모두 수저를 든 채 텔레비전에 눈이 꽂혔다. 미카가 중얼거렸다.

"붉은 입술 데뷔가 화려하네."

도둑 '붉은 입술'이 널리 알려져야 진짜 의적 활빈당의 존재를 숨길 수 있다. 강이는 어깨를 으쓱하고 밥그릇을 비운 다음에 일어섰다. 앞의 노인이 천원을 내고 강이는 지갑에서 만 원짜리 두 장을 꺼내 계산했다. 다음 행선지는 이길태와 만나는 일이다. 길태를 테스트하기 위해 빈집에 들어가 장롱에 숨긴 오만원권 다발을 가져오라고 시켰다. 그러나 그는 가져오지 못했다. 도둑질은 못하겠다는 것이었다. 그래서 그녀가 고리채를 하는 주인이 얼마나 못된 자인지 말해주고 그 돈을 엄청난 이자를 문 채무자에게 돌려주는 것이라고 했다. 그의 희미한 눈동자가 반짝 빛났다. 급히 돌아가서 장롱의 돈을 가져왔다. 강이는 이길태를 칭찬하고 의적 일지매라는 별명을 지어주었다.

"길태를 교란병으로 쓸 거야."

"교란병?"

"내가 도둑질할 때 경찰이 추적하는 것을 방해한다는 말이야."

미카가 길태에게 주겠다고 빵집에 들어갔다. 강이가 밖에서 서성일 때 누가 그녀를 불렀다. 뒤돌아보니 여순경이 서 있는데 금세 알아볼 수 있었다.

"김영미, 네가 여기 웬일이냐?"

여상 때 단짝이었던 김영미였다. 졸업 후 가족들과 함께 지방으로 이사하고 그곳 대학 경찰학과에 다니면서 소식이 뜸해졌다. 등록금을 마련하기 위해 알바를 여럿 뛰어야 했기 때문이다.

"응. 벌써 일 년째야. 지금 김포경찰서에 있는데 출장 왔어. 그런데 여기서 널 보다니……"

반갑기는 하지만 친구 영미가 경찰이니 께름칙했다. 연락하겠다고 해서 그녀는 활빈구호재단 명함을 주었다.

"영미야, 나중에 연락해라. 이뻐졌다."

그러면서 영미의 손을 잡고 입술을 살짝 댔다. 그러자 영미가 고위경찰들 앞에 서 있는 것이 보였다. 그리고 뭐라고 하는 것이 들려왔다. 남자의 표정이 매우 엄숙했다. 좀 더 알아야 했다. 영미 허리춤의 스마트폰이 요란하게 울렸다.

"강이야, 가야겠다."

영미가 통화할 때 뒤로 가서 얼른 뺨에 입술을 댔다. 그러자 거친 남자의 목소리가 들려왔다.

'의적이라고 주장하는 도둑 무리가 영등포와 김포에 근거지가 있다는 첩보가 들어왔다. 김영미 순경은 영등포 경찰서에 가서 내용을 청취하라.'

십 년 전에는 가까운 친구였지만 이제는 도둑과 도둑을 잡는 경찰로 처지가 바뀌었다.

제3편 사장 이름은 이공돌

위잉.

주인의 부름을 기다리는 애완견처럼 납작 엎드려 있던 팽이 드론이 몸을 일으켰다. 오늘이 네 번째 시도다. 조립 후 처음 조종하려 할 때는 미동도 하지 않았다. 두 번, 세 번째는 조금 날다가 추락했다. 이렇게 세 번을 연속 실패했지만 그만둘 수는 없었다.

위잉.

조종기의 버튼을 누르자 상승한 팽이 드론이 공중에서 춤추기 시작했다. 위아래. 좌우.

"됐다, 됐어!"

이제 남은 것은 곱게 내려앉는 것이다. 드론의 성패는 착륙에 있다. 비행기 사고도 운항 중보다 이·착륙에서 많이 일어난다. 경험이 많은 담임선생님이 조종하는 드론도 착륙 직전에 추락하는 것을 여러 번 보았다. 팽이 드론이 막

착륙하려는데 어디선가 나타난 시커먼 개가 달려들었다. 으악. 그 순간 조종기를 손에서 떨어뜨리고 드론은 위로 날아올랐다.

컹컹컹

망할 놈의 개가 드론을 향해 계속 짖었다. 지저분한 떠돌이 개는 드론이 먹을 것인지 알았나 보다. 공중으로 날아간 드론은 수직으로 낙하해서 추락했다. 급히 뛰어가 보니 드론은 산산조각이 났다. 부서진 드론을 보며 선생님께 어떻게 말해야 하나 막막했다.

"민대기씨는 왜 공고에 갔습니까?"

입사 지원서를 보고 질문하는 젊은 남자가 엔지니어인지 알았다. 나중에 알았지만, 그 옆에서 졸고 있는 나이 드신 분은 사장이 아니었다. 대기는 예상 질문과 답을 미리 외우고 왔다.

'평소 드론이나 로봇에 관심이 많았습니다.'

'앞으로 훌륭한 드론 엔지니어가 되고 싶습니다.'

'가정 형편이 어려워서 부모님을 도와드리려고요.'

등등 좋은 대답을 많이 준비했지만, 막상 질문을 받으니 다른 말이 나왔다.

"돈을 많이 벌고 싶어서요."

뱉고 나니 아차 했다. 취업한다는 것이 무엇인가. 월급을 받아 그 돈으로 원하는 것을 얻겠다는 것이 아닌가. 말은 맞지만 채용할 사람은 좋아하지 않을 것이다. 어린놈이 돈만 밝힌다고.

"그래요? 맞는 말이지요."

젊은 남자가 아침 햇살처럼 환하게 미소 지었다.

"만약 민대기씨가 입사하면 잘할 수 있는 것이 무엇일까요? 이력서를 보니 쓰리디와 드론 제작에 흥미가 있는 모양인데."

그 질문에 잔뜩 위축되었던 마음이 금세 활기를 띠었다. 3D 프린터는 학교에서 가르쳤으나 드론은 따로 배우지 못했다. 하지만 일 학년 때부터 드론 제작에 관심을 두고 유튜브 동영상과 책을 보고 드론 대회에 참가해 입선했다고 대답했다. 그러자 남자는 고개를 끄덕이고 면접을 마쳤다. 대기의 뒤로도 많은 취업희망자가 면접을 기다리고 있었다. 경쟁이 수십 대 일은 되었을 것이다. 주식회사 금포는 신생 업체이지만 성장 속도가 빠른 4차 산업체라는 소문에 응시하게 된 것이다. 나중에 알았지만 졸고 있던 육십 대 남자는 개발실장이었고 젊은 남자가 사장이었다. 특이한 것은 사장 이름이 이공돌이라는 것이었다.

"야, 사회생활에서 밀리지 않으려면 대학을 나와야지. 공고만 나와서는 안 돼."

그가 고3 초에 동네 형들에게서 많이 들은 말이다. 반에서 공부가 상위권이었지만 가정 형편이 어려운지라 진학반에 가지 않았다. 대학에 간들 명문대가 아니면 대기업 입사가 어렵다. 그럴 바에야 공고생으로 시작해서 인정받는 사회인이 되겠다고 마음먹었다. 대학은 나중에 가도 되지 않을까. 하지만 실습을 나가면서 그것이 틀린 것임을 깨달았다. 공고 다니며 익힌 기술을 발휘할 기회 자체가 없었다. 이때부터 그는 점점 위축되었고 미래가 불안했다.

실습으로 나간 회사는 염색 공장이었다. 전자과 인원이 찼다고 회사 계열사인 염색공장으로 온 것이다. 납땜인두 대신 무거운 원단을 옮기는 일만 했다. 실습 나갈 때는 학교에서 배운 전자기술을 발휘한다는 자긍심을 가져보았지만 정작 해야 할 일, 하는 일은 막노동이었다. 염색공장에는 섬유 전공 여자 공고생들이 실습 나왔다.

"미팅할래? 미싱할래? 이게 인문고 급훈이래."

이렇게 말한 여자애들은 그들보다 나은 일을 했다. 전공에 따라 염색하는 일을 했으니까. 전자과 남자 공고생은 원단을 나르고 여자애들은 염색하면서 노래 아닌 노래를 불렀다.

"미팅 못하는 우리는 이렇게 공순이가 되었지~"

코를 찌르는 역한 냄새 속에서 예비 여공들은 땀을 줄줄 흘리며 염색했다. 팔다리가 욱신거린 대기는 옆의 공장으로 옮기고 싶었지만, 그곳에서 실습하는 기계과 출신 아이들도 나을 게 없었다. 툭하면 반장이 머리를 쥐어박고 욕설로 시작해서 욕설로 끝난다고 했다. 그래도 실습점수를 생각하면 참아야 했다. 공고생은 사회 진출하기 전에 참을 인(忍)을 먼저 배워야 했다. 학생부 기록으로 남을 실습은 가짜로 꾸며질 것이다. 이런 부당한 현실은 염색공장에 경찰이 들이닥치면서 끝났다. 고가의 여과기를 설치하지 않고 오염수를 무단 배출해서 인근 지역에 심각한 공해를 일으켰기 때문이다.

이렁저렁 졸업은 하고 공단의 전자회사에 들어갔지만, 전자과 출신들은 별로 할 일이 없었다. 기판에 납땜하는 일을 했는데 사장이 로봇으로 대체하면서 많은 친구가 그만두어야 했다.

"민대기는 남아서 잡일 좀 도와라."

대기만 유일하게 회사에 남을 수 있었다. 하루아침에 실업자가 된 다른 친구들은 방향을 잃고 말았다. 이참에 군대나 갔다 온다거나 아예 부사관으로 말뚝 박겠다는 친구도 있었다. 늦었지만 대학에 들어가겠다고 학원에 등록한 친구도 있었다. 그렇지 못한 아이들은 편의점 알바나 배달 라이더가 되었다. 술집 웨이터가 된 친구도 있었다. 카페나 술집에서 모이면 하는 말이 있다.

"이생은 망했으니 다음 생에서는 부잣집 아들로 태어나

시험 잘 치는 인간으로 만들어주소서."

대기는 형편이 어렵지만, 부모님을 원망하지는 않았다. 아빠는 많이 배우지 못하고 벌이도 적었으나 온화하고 성실하셨다. 엄마도 부업으로 부족한 생활비를 보탰다. 그와 여동생을 아끼고 사랑해 주신 고마운 분이다. 열심히 일해 부모님을 잘 모시고 공부 잘하는 여동생을 대학까지 보내는 것이 당면한 목표다. 그래서 전자회사도 그만두게 되자 인터넷 공고를 찾아보며 입사지원서를 썼지만, 학력에서 밀렸다. 그가 갈 수 있는 곳은 서너 명이 일하는 작은 공장뿐이었다. 그러다가 주식회사 금포에 지원했고 운 좋게 취업할 수 있었다. 면접을 본 젊은 사장이름이 이공돌이었고 그가 졸업한 김포 공고 출신이라는 것도 입사하고 나서 알았다. 후배라고 배려한 것은 결코 아니었다. 같이 지원한 친구들은 모두 낙방했다.

위잉.

3D 프린터가 요란하게 움직였다. 사장은 민대기가 쓴 드론 제작기획서를 보고 드론 제작팀에 합류시켰다. 입사한 지 겨우 두 달밖에 안 되었는데 큰일을 맡게 되어 직원들이 부러워했다. 설계팀에서 드론을 설계하면 제작팀은 드론에 들어갈 부품을 제작하고 조립했다. 기성품이 있으면 그대로 쓰지만 대부분 3D 프린터로 새로 제작해야 했다. 현재

직원은 열 명으로 신입은 그를 포함해 세 명이다.

점심을 먹고 자판기 커피를 마시고 있는데 동기인 유동철이 속삭이듯 말했다.

"우리가 금포에 들어오기 전에 세 사람이 나갔데."

핵심 엔지니어 세 명이 시차를 두고 퇴직했다고 한다. 한 명이 고향으로 가겠다고 하고 그만두었는데 며칠 후에는 또 한 명이 친척의 회사로 가게 되었다고 하고 나머지 한 명은 말없이 그만두었다고 한다.

"대기야, 어제 개발실장님이 사장님과 말하는 것을 살짝 엿들었는데 여기서 그만둔 세 사람은 서울엔지니어링으로 갔데."

"서울엔지니어링?"

서울엔지니어링은 중견기업으로 엔지니어만 백 명이 넘는다고 했다. 회장은 이름이 우덕형인데 청소기 만드는 회사로 지금은 로봇청소기도 만든다. 그런데 우회장이 드론 제작에도 눈을 돌리고 있다는 말을 들었다.

"우회장이 휴머노이드 로봇을 해볼까 하다가 드론이 뜬다는 말에 드론을 먼저 하려고 한다고 하네. 그래서 세 사람을 빼낸 거래."

금포의 신입사원들은 그 사람들의 공백을 채우기 위해 채용된 것이다. 서울엔지니어링으로 간 기술자는 명문 공대 출신이라고 했다. 그런데 새로 채용된 이들은 한 명은 전문대 나왔고 둘은 공고 출신이다. 소기업이지만 연봉이 많고 미래 전망도 밝아 명문대 지원자가 많았는데 서류 심사에서 모두 탈락했다는 것에 의문이 들었다. 여기저기 귀를 쫑긋하고 다니는 유동철은 정보가 빨랐다.

"사장님이 공고출신이라서 그런지 명문대 출신에게는 알러지가 있나 봐."

공고 출신 열등감으로 그런가 했더니 동철의 말로는 그게 아니었다.

"거래업체 사장님이 우리 사장님을 좋게 보고 서울대 공대 출신 조카를 추천했는데 서류에서 떨어진 거야."

화가 난 거래업체 사장이 전화로 야단을 쳤다고 한다. 이에 이공돌 사장은 명문대 출신은 어디든지 좋은 회사에 입사할 수 있다, 학력이 부족해도 가능성 있는 직원을 뽑았다고 딱 잘라 말했다고 한다. 전문대 출신 동기가 말도 안 된다는 표정으로 말했다.

"그럼 우린 서울대보다 가능성 높은 우수 직원인가?"

동철이 웃으며 대꾸했다.

"명문대 출신은 갈 곳이 많다고 하잖아. 그러니까 서울엔 지니어링 갔고."

세 명은 원래 이공돌 사장이 망한 회사를 인수할 때 남았던 사람이라고 한다. 그 후에 뽑은 직원들은 모두 학력이나 학벌이 시원치 않다. 공고생 두 명을 포함해 모두 전문대,

지방대생이다.

"우리 사장님은 학력이나 학벌보다 직무능력을 중요시하고 계속 학습하고 발전하는 사람을 원한다고 하셨어. 그래서 회사 업무 끝나면 공업수학 가르치잖아."

그들은 아직 해당이 안 되지만 다른 직원들은 부족한 수학을 공부했다. 이공돌 사장의 누나가 수학과 교수라 직접 가르친다고 했다.

"우리는 아주 좋은 회사에 들어온 거야. 공부 싫어하는 사람은 다닐 수 없지만."

동철의 말이 맞다. 반 친구 중에서 그보다 월급이 많은 친구는 없다. 요즘 들어 걱정하는 것은 군 복무를 마치고 돌아온 후에 그 자리가 있을지 하는 것이다.

민대기가 사는 곳은 시장이 한눈에 들어오는 이 층 원룸이다. 예전에는 여관이었다는데 근처에 4차 산업 공장이 많이 생기자 원룸으로 바꾼 것이다. 회사와 가깝고 방세도 저렴했다. 세 평 정도 되는 방이지만 샤워기와 화장실도 있다. 창문을 열면 눈에 먼저 들어오는 것이 활빈 빌딩이다. 그곳에서 나와 가방을 들고 걸어가는 변기관 변호사가 점점 다가왔다. 아버지가 재계 순위 50위권의 의류회사 재벌이라고 한다. 이곳 영등포의 서민 아파트에 혼자 살며 무료 변론을 해주는데 사람들은 국회의원 출마를 노리는 것이라고 뒷담화를 했다. 얼마 전에 금포에서 구입한 기계가 자꾸 고장이 났지만, 제조업체에서 하자보수를 안 해주었다. 그래서 이공돌 사장이 변기관 변호사를 통해 해결을 보았다.

영등포는 예전부터 이름난 공장지대였지만 선반과 금형, 가공업체는 점점 사라지고 로봇이나 드론을 만드는 벤처회사들이 속속 들어서고 있다. 거주민도 빈부 양극화 지대로 나뉘었다. 이쪽 저지대는 쪽방촌과 공장, 중간에는 서민주택, 언덕 위 뒤쪽으로 고급 아파트와 주택이 늘비하다. 이사와 보니 활빈당이라는 단체의 이름이 사람들의 입밖에 오르내렸다.

"활빈당? 홍길동의 활빈당?"

활빈이라는 글자가 눈에 자주 띄니 다른 동네 사람들이 묻는다. 영등포 활빈당은 의적 단체가 아니라 지역의 이름난 봉사단체다. 서울에 쪽방촌이 여럿 있지만 제대로 보호받고 있는 곳은 이곳뿐이다. 활빈당이 주관하는 무료급식소도 있고 교회에서 도시락배달도 해주어 굶는 사람이 없다. 때때로 도씨 성의 동네 의사가 여동생과 함께 무료 검진도 한다. 다만 주거환경이 좋지 않을 뿐인데 차츰 개선하고 있다. 하지만 수상한 것이 있기는 하다.

"우리 동네에 재벌 딸과 아들이 노동하고 있다는 소문이 있어."

"그럴 리가? 미쳤냐. 걔들이 뭐가 아쉽다고 이런 데 와서 일해?"

"강제로 끌려왔으니 시키는 대로 해야지."

이런 말이 돌긴 했지만 그런 말을 한 사람은 어디선가 온 전화를 받았다. 그러면 다시는 그런 말을 입 밖에 내지 않는다고 한다. 활빈당에 대해 억측이 들어가자 이번에는 다른 말이 돌기 시작했다. 마당발 유동철이 떠드는 말이다.

"요즘 강간범들이 밤길을 조심한다고 하네."

"여자들 조심해야겠다. 얼마 전까지만 해도 여러 번 그런 사건이 났잖아."

대기는 근처도 안 가 보았지만, 영등포에는 유명한 사창가가 있다. 술집도 많아 폭력사건도 많이 벌어지고 성추행, 강간 사건도 종종 일어난다. 최근에는 연쇄강간범도 나타나 여자들이 밤 나들이를 두려워했다.

"여자가 아니라 강간범이 몸을 사린데."

동철이 작은 목소리로 말했다.

"지구대에 아는 순경이 있는데 경찰청으로 불알이 왔데."

"불알?"

그가 어리둥절한 표정을 짓자 동철은 자기 아랫도리를 가리키며 말을 이었다.

"바짝 마른 불알하고 쪽지 한 장."

경찰청으로 온 택배에는 건어물처럼 바짝 말린 남자 불알이 들어 있었고 어디서 어떤 여자를 강간했기에 거세했다는 내용이 적혀 있었다고 한다. 이상했다. 그런 나쁜 놈이면 경찰에 신고해서 법의 심판을 받게 하는 것이 더 낫지 않을까. 하지만 동철은 생각이 달랐다.

"대기야, 그놈이 경찰에 잡히면 불알이 잘리겠니? 강간죄는 보통 최고형이 오 년이래. 피해자들은 그것보다 평생 병신으로 사는 걸 더 좋아할 거야."

그 말도 그럴듯하다. 감옥에 갇힌다 해도 치욕을 지울 수 없을 것이다. 범인을 죽이던가 아니면 거세를 하는 것이 속 시원한 분풀이가 될 것이다.

"경찰청에서는 그런 소문을 부인하고 일선 경찰들에게도 쉬쉬하지만 다 알고 있는 사실이래."

동철은 이런 소문이 널리 퍼졌으면 좋겠다고 했다. 강간범이 알게 되면 강간사건이 확 줄 것이라는 말도 덧붙였다.

사장 이공돌과 함께 드론팀이 승합차에 탔다. 영등포에서 목적지인 김포 전호리는 멀지 않다. 예전에는 육로보다 배를 타고 한강으로 오가는 것이 빨랐다고 한다. 얼마 되지 않아 아라뱃길이 눈에 들어왔다. 아라육로를 건너 우회전하면 전호리이다. 아라뱃길의 끝이면서 한강과 맞대어 있는데 그린벨트 지역으로 오랫동안 묶여 있었다. 풀만 무성한 빈 땅이라 드론을 시험하기 좋은 장소이다. 그러나 아무 때나 날릴 수 있는 것은 아니다. 김포공항과 가까이 있기에 군부대 등 여러 곳에 사전신고를 해야 한다.

"우리나라가 드론의 선발주자였지만 중국보다 밀린 것은 활공제한 때문이야."

이공돌 사장이 불만 섞인 투정을 한다. 앞으로 김포에 드론 제작 공장을 세운다면 이런 불편은 염두에 두어야 한다. 전호리 입구에 있는 치킨집 앞에서 사장이 내렸다. 카드로 식비를 결제하고 다시 차에 올라타 한강 가까이 들어갔다.

차에서 내려 텐트를 치고 드론을 꺼냈다. 오늘 실험할 것은 업체에 납품할 드론 세 대와 신제품 드론이다. 드론을 모두 차 안에서 꺼내 꼼꼼히 체크했다.

"이상 무."

동철이 소리치자 대기도 이상 없음을 알렸다. 만반의 준비를 하고 나니 점심시간이다. 이공돌 사장이 음식배달 업체에 납품할 드론을 공중으로 날렸다. 치킨집까지의 거리는 약 1km이니 예상 시간 내에 와야 한다. 드론이 식당 앞, 마당에 내리면 주인은 미리 준비한 음식 그릇을 넣고 전화를 한다. 그러면 다시 조종해서 이곳으로 가져오는 것이다. 예전에는 대기가 식당에서 음식을 싣는 일을 했다. 그때는 착륙할 때 엎어지기를 세 번이나 했다. 그러나 지금은 기술 보완을 했기에 이상이 없을 것이다.

"사장님, 문제없겠지요?"

그의 물음에 이공돌 사장은 약간 낯을 찡그리며 대꾸했다.

"대기씨, 문제는 저거야."

사장이 가리키는 드론은 외부에 알리지 않은 신제품이다. 대기는 오늘 테스트의 전 과정을 촬영하는 역할을 맡았다. 허공을 바라보던 동철이 외쳤다. 온다! 드론은 얌전한 아가씨처럼 풀밭에 살포시 앉았다. 테스트가 끝난 드론은 배달업체에 납품할 수 있다. 치킨을 꺼내 준비한 도시락과 함께 먹었다. 식사가 끝나자 두 개의 다른 드론도 아라뱃길 쪽으로 날려서 안전테스트를 마치고는 마지막으로 신제품을 꺼냈다.

"사장님. 물 좀 드셔야겠어요."

이공돌 사장의 초조함을 읽을 수 있었다. 주식회사 금포는 드론과 로봇의 부품을 하청받아 납품하면서 일군 회사다. 젊은 사장의 성실함과 기술력을 업체에서 인정받았지만, 언제까지 하청만 할 수 없다고 망한 드론 회사를 인수했다. 하지만 그나마 핵심기술자마저 서울엔지니어링으로 가버렸으니 맨땅에 헤딩하는 꼴이 되고 말았다. 천재적인 발명가 온종일 개발실장의 지원으로 남은 직원들과 함께 드론을 개발하면서 버텨왔다. 그의 신기술로 만든 드론은 추락 방지 장치가 있다. 드론제품의 성패는 임무를 잘 마치고 안전하게 착륙하는 것이다. 그러나 그 과정까지 많은 추락 장면을 봐야 했다. 오늘의 하이라이트도 자칫하면 추락으로 끝날지 모른다. 대기가 스마트폰으로 촬영을 시작했다.

위잉.

부품 원가만 오백만 원이 넘는 농약살포 대형 드론이 공중을 날았다. 10초, 20초, 1분, 5분. 모니터를 보며 시간을 체크하는 이공돌 사장의 얼굴에서 초조함이 보인다. 드디어 정확히 30분을 날고 착륙 준비가 되었다. 착륙할 때 드론이 부서지지 않게 낙하산을 펴는 방법이다. 1차로 낙하산이 펴지면서 지상에서 10cm 정도 내려왔을 때 2차로 센서를 통해 속도를 서서히 줄여 부드럽게 지면에 착륙하는 것이다. 센서 기능이 추가된 신기술이다. 이번에 제작한 드론의 성공이 금포의 미래를 결정지을 것이다.

쾅. 추락하는 소리에 이공돌 사장은 고개를 돌려 외면했다. 또 실패한 것이다.

"됐다, 됐어!"

유동철이 소리쳤다. 드론은 정확히 목표지점에 멈춰있다가 가뿐하게 내려앉았다. 쾅하는 소리는 책상 위에 놓였던 기기가 바닥으로 떨어지면서 낸 것이다. 다섯 번은 실패할 줄 알았는데 세 번째에 성공한 것이다. 이공돌 사장은 이 드론의 모델명을 K-9으로 했다.

전호리에서 신제품 테스트가 성공한 후에 금포는 활기를 띠었다. 드론의 개발능력이 완성되었지만, 이것은 시작일 뿐이다. 온종일 개발실장은 더 앞선 기술을 선보이려고 연구 중이다. 대기는 그날부터 설계도면에 따라 여러 가지 부품을 제작했다. 이공돌 사장은 내친김에 본격적으로 로봇 분야에서도 신제품을 만들기로 했다. 그동안 축적된 로봇 부품 기술로 로봇 시장에 본격적으로 진출하려는 것이다. 새로 직원을 다섯 명 뽑고 미국에서 로봇 기술자도 초빙한다고 했다. 기술자 이름은 앨리스라는 여자로 미국 로봇학회에서 추천한 엔지니어라고 했다.

"민대기씨. 지금 하는 일은 멈추고 앨리스씨 보조 일을 해주어요. 그리고 퇴근 후에 사적으로 나 좀 도와줘요."

이공돌 사장은 학교 후배인 그에게 반말하지 않았다. 먼저 있던 회사에서는 동네 강아지 이름 부르듯이 이름을 탁탁 부르거나 심지어 이 새끼, 저 새끼 소리도 듣고 등짝을 얻어맞기도 했다. 사장 마누라에게 하인 취급 당하며 애완견 밥을 주러 간 적도 있다. 그러나 이공돌 사장이 스무 살 넘은 성인에게 함부로 반말하는 것을 본 적이 없다. 동철이 말대로 특이한 사람이다. 앨리스의 생활을 도우면 업무 수당을 주겠다는 말도 기분 좋았다. 모든 직원이 퇴근 후에 유동철과 그는 남아서 일했다. 일 층 작업장 구석에 있는 사장실의 짐을 빼서 이 층 작은 방으로 옮기는 일이다. 사장실은 앨리스가 로봇을 개발하는 장소로 쓸 것이라고 했다. 동철이 짐을 나르며 말했다.

"대기야. 넌 좋겠다. 미국여자하고 함께 다니면 영어도 배울 수 있잖아."

둘이서 만들던 드론 부품을 동철이 혼자 만들어야 한다. 그는 대기가 앨리스와 함께하는 게 부러운 건지 비아냥인지 모를 말을 했다. 하지만 그가 영어를 배울지 앨리스가 한국어를 배울지는 알 수 없는 일이다. 영어가 안 되면 손짓 발짓으로 하면 되겠지. 진학을 포기한 뒤에 쑤셔놓은 영어 사전을 다시 찾을 때가 온 모양이다.

"미국은 참 대단한 나라다. 여자도 로봇기술자가 될 수 있으니."

동철의 말대로 한국에서 여자 로봇기술자가 나올 수 있을까 생각해 보았다. 청소로봇 정도는 만들어도 인간과 비슷한 모양의 정밀한 로봇 제작은 여자에게 맡기지 않을 것이다. 남녀차별이다. 어디 여자뿐인가. 학력, 학벌도 비교해서 순서를 정하고 차별한다. 공고생, 전문대, 지방대 모두 서열에 따라 명문대에 밀려 뒤로 간다. 대기는 자신이 길게 늘어진 줄의 어디쯤 있을까 생각해 보았다. 맨 끝은 아니겠지만, 뒷줄은 분명하다. 대기가 만민평등(萬民平等)이라고 쓴 액자를 사장님 의자 뒤에 걸었다. 동학선생이 써 주셨다는데 이공돌 사장의 가치관인지 회사 사훈인지는 분명치 않았다. 동철은 만민평등, 만민평등을 중얼거리다 뜬금없는 말을 했다.

"대기야, 우리 교회 다니자."

"갑자기 뭔 교회?"

"거기 가면 이쁜 여자도 만날 수 있고 하느님에게 이번 생은 망했으니 다음 세상에 부잣집에 태어나게 해달라고."

"동철아. 교회는 환생하는 거 안 가르쳐. 절에 가야지."

"그런가? 절에도 여자는 다닐 테니 거기 가서 연애 좀 하자. 만민평등하게."

동철이 이렇게 허튼소리를 하며 문을 열다가 앗 하고 놀라 뒤로 물러섰다.

"왜 그래?"

"저기, 공중에 뜬 게 뭐냐?"

대기가 고개를 들어 밖을 보니 원반 모양의 물체가 공중에 떠 있었다. 번쩍하고 빛을 내더니 쏜살같이 사라져 버렸다.

"유에프오 아니냐?"

"유에프오?"

동철이 스마트폰을 집어 다시 창문으로 왔을 때 원반은 사라지고 없었다. 그가 안타까운 표정을 지으며 소리쳤다.

"야, 유에프오. 유에프오. 찍었어야 하는데."

동철이 스마트폰을 손에 쥐고 몸을 부르르 떨었다. 미확인물체(UFO)의 99.99%가 풍선이나 구름 따위를 오인한 것이라고 하지만 그와 동철이는 분명히 보았다. 얕게 떠 있었으니 다른 사람들도 보았을 것이다. 대충 청소를 마치고 밖으로 나가 건물 앞 자전거포 아저씨에게 물어보았지만 보지 못했다고 했다. 과일가게 아줌마도 본 적이 없다고 하고 노점상 할아버지도 본 적이 없다고 했다. 하지만 미확인물체(UFO)가 서울 상공에 나타났다는 것은 저녁 뉴스의 톱을 장식했다. 시청자가 스마트폰으로 찍어 제공한 동영상을 보니 아주 작은 모습이었으나 그들이 보았던 것과 같았다. 의문은 그것이 왜 주식회사 금포의 창문 가까이에 나타났나 하는 것이었다.

다음 날. 사장님은 앨리스를 마중하기 위해 차를 몰고 공항으로 갔다. 유동철이 직원들에게 미확인물체(UFO)가 회사 창문 앞까지 왔다고 떠들었다. 그러자 우르르 몰려와 호기심을 보였으나 온종일 개발실장이 들어오자 모두 제자리로 돌아갔다. 온종일 개발실장은 올해 나이가 칠십 가까이 되는 노인이다. 겨울에 술에 취해 길가에 쓰러진 것을 마침 지나가던 이공돌 사장이 업고 병원으로 가서 목숨을 구했다고 한다. 가정의 불화로 사는 것을 포기하고 온종일 술에 취해 살다가 이날을 계기로 다시 일어섰다고 한다. 온(溫)씨 성의 개발실장은 천재적인 발명가로 이름난 사람이었기에 로봇 부품의 기술을 담보로 이동돌 사장과 창업했다고 한다. 그러니까 금포는 대표가 둘인 셈이다. 밤새도록 자신의 아파트에서 혼자 작업하기에 낮에는 늘 졸린 눈이라 '잠자는 실장'이라는 별명이 붙었다.

오후 늦게서야 로봇 기술자 앨리스가 이공돌 사장과 함께 회사로 들어왔다. 앨리스가 공장으로 들어올 때 직원들의 눈이 일제히 그녀에게 쏠렸다. 서양 여자답게 금발에 눈이 크고 콧날이 뾰족하면서 늘씬한 몸매를 가졌다. 그런데 어쩐지 이상한 느낌이 들었다. 동철이 대기의 귀에 속삭였다.

"로봇 기술자가 어째 로봇처럼 보인다."

그 말이 맞다. 이곳 영등포에는 여러 나라 사람들이 많이 돌아다닌다. 국적은 알 수 없지만 백인, 흑인, 황인에 가끔 얼굴이 불그죽죽한 외국인도 있다. 그런데 앨리스는 마치 영화에서 보는 사이보그 인간처럼 움직임이 딱딱하다. 이공돌 사장이 앨리스를 소개했고 동행한 아가씨가 통역했다.

"바다 건너 미국에서 온 앨리스 박사입니다. 앞으로 이곳의 로봇실장으로 재직하며 우리 회사를 한국 최고의 로봇전문회사로 바꾸어주실 겁니다."

사장이 앨리스를 소개한 다음에 직원들을 한 명씩 이름을 불러 인사를 시켰다. 고개를 까딱하며 인사하는 모습이나 걷는 것이 몹시 어색했다.

"앨리스씨는 파킨슨병을 앓고 계시니 여러분이 많이 도와주셔야 합니다."

나중에 알았지만, 파킨슨병은 몸의 근육이 뻣뻣하게 굳어지고 행동이 느려지는 병이었다. 그래서 몸동작이 로봇처럼 보이는 것이었다. 이날부터 앨리스는 통역과 함께 작업실에만 틀어박혔다. 사장과 개발실장이 로봇 부품을 들고 들어가 제작과정을 설명했다. 통역이 영어로 말하면 고개를 끄덕였다. 이렇게 사흘이 지났다.

"대기야, 앨리스 저 여자는 점심도 안 먹나 봐."

동철이 속삭이는 말에 개발실을 바라보니 그녀가 작업도면을 그리고 있는 것이 보였다. 사흘 동안 그녀는 직원과 접촉이 없었고 통역이 가버린 뒤에는 밖에 나오지도 않았다.

"다이어트 하는가 보지."

말은 그렇게 했으나 통역 대신 앨리스의 생활을 도와야 한다니 걱정이 되었다. 영어를 못하니 소통도 안 되고 더욱이 기술적인 문제도 어렵다. 로봇부품에 대해서는 좀 알지만 어떻게 대기 실력으로 로봇제작에 관여할 수 있겠는가. 통역이 간 뒤에 그는 앨리스를 임시 마련한 호텔 숙소로 데려갔다. 이공돌 사장이 거주할 집을 찾고 있다고 했다.

회사 옆에 있는 식당에서 점심을 먹고 손바닥만 한 작은 마당에서 직원들이 족구를 했지만 대기는 작업장에 남아 있어야 했다. 사장님은 김포로 가서 그 지역 의원을 만나고 있을 것이다.

누군가 고개를 쭉 내밀어 작업장을 기웃거렸다. 이공돌 사장의 이종형인 김성우씨였다. 그는 영등포 기계공구상가에서 점포를 열고 대표가 아닌 실장 명함으로 영업을 뛴다. 금포의 모든 공구는 그가 납품한다.

"대기야, 사장 있어?"

김성우는 키가 아주 작고 생쥐처럼 얍삽하게 생겼다. 요즘은 살이 쪄서 작은 곰처럼 보인다. 그는 자기보다 강자다 싶으면 허리가 꺾이고 약자다 싶으면 고개가 뻣뻣해졌다. 그래서 얼굴을 마주치면 공연히 기분이 나빠진다. 자기도 모르게 퉁명스럽게 대꾸하게 된다.

"김포 가셨는데요."

"왜?"

"지역 국회의원님 만나시려고요."

이공돌 사장은 금포의 신설공장을 김포에 세우려고 한다. 그는 본래 서울 강남구 출생이지만 김포에서 공고를 다녔다. 그런 인연뿐 아니라 김포지역 김머슴 의원의 적극적인 유치운동이 있었기 때문이다.

"햐아, 우리 공돌이 많이 컸네. 영등포 공장도 부족해서 김포까지. 내 밑에서 알바 할 때가 어제 같은데."

성우는 십 년 전. 여름방학 때 자신의 식당에서 알바한 것을 두고 몇 번이고 뇌까렸다. 시기심이 폭발 직전이다. 명문대 나온 자신은 이거저거 하는 일마다 실패하고 공구상을 하고 있는데 공고 나온 이종 동생은 성공 가도를 걷는 것에 화가 난 모양이다. 씩씩거리다가 문득 개발실을 본 모양이다.

"사장실에 왜 서양 여자가 있냐?"

앨리스에게 실수할까 봐 로봇기술자로 미국에서 초빙했다고 대꾸했다.

"그럼, 이제 금포도 로봇 제작하는 거야? 드론이 아니고?"

"그동안 로봇부품만 제작했으니 로봇도 하시고 싶은 모양이에요."

성우의 입이 씰룩거렸다.

"드론은 힘들 거다. 서울엔지니어링이 사운을 걸고 개발 중이야. 너희 금포는 힘들 거다."

김성우는 서울엔지니어링도 납품하러 들어가기에 회사 동향을 잘 알고 있는 모양이다. 금포에서 퇴사한 드론 직원들이 그곳으로 옮겼다는 것도 김성우가 알린 것이다.

"아뇨. 이제 금포 드론이 최고가 될 거예요. 착륙기술을 완성……"

홧김에 회사 기밀을 누설할 뻔했다. 아차 싶어서 입을 다물었지만, 김성우는 이때다 싶었는지 캐물었다. 부득이 거짓말을 해야 했다.

"아시잖아요. 저번에 전호리에서 드론을 날렸는데 착륙

기술이 완성되지 않아 추락한 거. 하지만 언젠가 최고가 되겠지요."

성우는 마치 기다렸던 말처럼 좋아했다.

"그으래? 그래서 드론이 안 되니까 로봇 하는구나. 사장이 없다니 가야겠다."

김성우는 벌떡 일어나 밖으로 나갔다. 밖에서는 와, 와함성을 지르며 족구를 하는 소리가 들렸다. 대기가 개발실을 바라보니 앨리스는 부품을 조립하고 있다가 두리번거린다. 삐익- 그를 호출하는 벨이 울렸다. 얼른 가보니 앨리스가 윙, 윙하고 말했다.

'윙? 윙이 뭐지? 모터를 말하는 건 아닌 거 같은데. 파리를 말하나?'

머뭇거리는데 앨리스가 두 팔을 들어 날갯짓한다.

"아, 윙? 날개."

앨리스는 드론의 날개를 원하고 있었던 것이다. 그가 3D 프린터로 제작한 것인데 바짝 들여다보니 미세하게 금이 있다. 다시 만들라는 말이었다. 점심시간이 끝나자 그는 다시 프린터로 날개를 뽑았다. 완성해 앨리스에게 주고 돌아오는데 이공돌 사장이 김머슴 의원과 함께 들어왔다. 이층 사장실로 올라가면서 K-9을 가져오라고 해서 유동철과 함께 사장실로 들고 갔다. 상자에 들어가 있는 드론을 둘이서 조심스럽게 꺼내 보이니 김머슴 의원이 크기에 감탄했다. 이어 이공돌 사장이 우리에게는 돌아가라고 말하고는 스마트폰에 저장된 동영상을 보여주었다.

문을 열고 막 계단을 내려오는데 성큼성큼 올라오는 중년의 여자가 있었다. 키가 큰 여자는 이 지역 국회의원인 김주모다. 얼굴이 붉으락푸르락하니 몹시 화가 난 표정이다. 그녀는 벌컥 문을 열고 안으로 들어갔다. 동철이 내 귀에 대고 속삭였다.

"대기야, 무슨 일인지 들어보자."

그가 싫다고 내려가자니까 동철이 이브를 꼬신 뱀처럼 달콤한 목소리로 속삭였다.

"우리 사장님이 혹시 싸움에 말려들면 말리러 가야지."

그 말도 맞는 듯했다. 그래서 계단 밑에 쭈그리고 앉아 사장실에서 흘러나오는 말을 엿들었다. 머슴과 주모라는 별명을 가진 두 의원의 말다툼이었다. 김머슴 의원은 김포 지역 의원인데 키가 백팔십이 넘어 전봇대라는 별명이 있었다. 김주모 의원 역시 백칠십이 넘는 키로 실업팀 농구선수였다고 한다. 이공돌 사장 말로는 예전에 노총 일을 같이 해서 누님, 아우라고 부를 정도로 친했는데 무슨 일로 사이가 나빠졌다고 했다.

"누님, 영등포에 드론 날릴 곳이 어디 있어요? 사방이 빌딩인데."

"이거 봐. 김의원. 드론 만드는데 이곳이 최적지야. 교통 좋고 부품 구하기도 쉽고. 그러니 김포로 이전할 생각 말라고."

"이전이 아니에요. 드론만 신설이라고요."

"흥, 내가 듣기로는 김포에 공장 세우면 모두 그리 간다고 하던데."

김주모 의원은 요즘 영등포를 떠나는 회사 때문에 신경이 곤두섰다고 한다. 땅값과 건물 임대료가 비싼 이곳보다 조금 한적한 곳에 가면 자가 공장을 세울 수 있어 너도나도 떠나는 것이다. 한전 출신인 김머슴 의원이 고압 송전탑을 드론으로 점검해 보면 어떠냐는 아이디어를 내어 그 일에 맞는 드론을 만들었다. 이 일을 계기로 이공돌 사장은 김포에 드론 공장을 세우기로 마음을 굳힌 모양이다. 그러니 김머슴 의원은 김포로 와야 한다고 주장하고 김주모 의원은 한강 둔치에서 드론 떼를 날리게 주선한 것이 자신이라 했다. 또 드론센터를 영등포에 지을 것인데 금포가 옮기면 안 된다고 격앙된 목소리로 외쳤다.

"야, 동철아. 내려가자."

그가 동철의 손을 잡아끌고 밑으로 내려왔다. 얼마 뒤에 김주모 의원이 씩씩거리며 계단을 뛰어 내려왔고 김머슴 의원이 뒤따라 내려왔다. 텔레비전 보면 국회의원들은 모두 인물이 허여멀건 한데 김머슴 의원은 키만 껑충한 시골

촌사람같이 보였다. 이공돌 사장이 난감해하는 김머슴 의원에게 말했다.

"의원님. 제가 말씀 잘해 드릴게요. 김의원님이 잘못 알고 계신 거에요."

이렇게 금요일 하루가 지났다. 신입사원 셋은 그냥 퇴근하지만 다른 직원들은 활빈신탁이 빌려준 회의실에서 금포 엔지니어들에게 부족한 공업수학을 익혔다. 이공돌 사장의 누나가 중심이 되어 대학원생들이 등급을 나눠 가르쳐 인기가 좋다. 강의료는 무료지만 회사의 추천이 필요했다. 민대기도 두 달 뒤에 신청할 것이다. 그동안 앨리스에게 열심히 봉사해야 한다.

"앨리스. 잇?"

식사하겠느냐가 영어로 생각이 안 난다. 먹는 시늉을 하자 그녀가 엄지와 검지로 오케이를 만들었다. 그 모습조차 이상해서 파킨슨병을 앓고 있다는 것을 몰랐다면 사이보그로 생각했을 것이다. 편의점을 들여다보니 금요일 퇴근 시간이라 손님이 북적였다. 미자 누나가 연신 바코드 찍는 것이 보였다. 그래서 예정을 바꿔 동네를 순회하기로 했다.

"아이언 팩토리 플랜트"

주철소를 지나면서 이렇게 말하니 앨리스가 고개를 갸우뚱하더니 고쳐주었다.

"아이언 파운드리."

어쨌든 그가 사전보고 외운 단어를 가지고 그럭저럭 통하는 것 같아 시장도 둘러보았다. 그녀가 시장 입구의 어묵장사를 가리켰다. 어묵을 먹고 싶어한다는 것으로 이해했다. 그래서 두 개를 주문해 하나를 건네주었다. 그녀는 손에 든 채 먹을 생각을 안 하고 쿵쿵 냄새를 맡아 보기만 했다. 그가 반쯤 먹었을 때 그녀는 어묵을 입에 넣고 단숨에 꿀꺽 삼켰다. 그러고 나서 말했다.

"맛 이써요."

맛있다는 말인지 맛이 쓰다는 말인지 모르지만, 한국말을 조금이라도 하는 게 반가웠다. 시장 안으로 들어가니 저녁 찬거리를 사러 온 주부들이 꽤 있었다. 앨리스는 채소가게 앞에서 또 쿵쿵 냄새를 맡더니 배추를 가리켰다. 그는 커다란 배추 두 통을 샀다. 그런 다음에는 정육점을 들렀다. 낯이 익은 이범도 아저씨가 눈이 동그래져서 묻는다.

"대기야, 웬일이냐?"

오가며 인사는 했지만, 정육점에 들어오기는 처음이다. 앨리스는 고기를 손에 들고 냄새를 맡더니 그에게 사달라고 했다. 현금으로 사든, 카드로 사든 회사에서 지불하니 상관없는데 앨리스가 혼자 먹기에는 고기양이 너무 많은 듯했다. 배추 두 통에 소고기 각종 부위로 20kg을 들고 앨리스의 집까지 가느라 아주 힘들었다. 앨리스가 배추 두 통이라도 들어주었으면 했는데 그녀는 두리번거리기만 했다. 파킨슨병만 아니라 자폐증도 있는 것 같았다. 문앞에 와서 겨우 고맙다는 소리를 들었다.

"쌩큐!"

밖으로 계단이 나 있는 이 층 연립주택이었다. 이공돌 사장 말로는 이 층에 두 집이 있는데 그곳을 앨리스 혼자 다 쓴다고 했다. 며칠 후 월요일에도 퇴근 후 그녀와 함께 영등포 이곳저곳을 다녔다. 그때마다 먹을 것을 많이 샀는데 혼자 들고 가기가 어려웠다. 그래서 궁리 끝에 배달을 시키기로 하고 돈만 그가 계산했다.

김성우와 유동철은 꿍짝이 잘 맞았다. 둘 다 술 마시며 떠드는 것을 좋아했기 때문이다. 대기도 끌어들이려 했지만, 그는 로봇에 들어갈 부품을 3D로 프린트해야 한다고 자리를 옮기지 않았다. 회사방침이 정시출근에 정시퇴근이지만 잔업이 있으면 안 할 수가 없다. 손이 빠른 동철은 성우의 말을 들으며 일일이 대답하면서도 일을 끝냈다. 대기는 멀찌감치 앉았지만 큰 소리로 떠드니 귓구멍으로 솔솔 들어왔다.

"우회장 말이야. 이 사람 아버지가 친일파야. 식민지 시절에 일본에 유학 가서 서양미술을 배웠는데 처갓집이 부자라……"

성우는 우회장 집안의 내력을 줄줄 꿰고 있었다. 아버지 우동면씨가 처가의 도움으로 미술학교를 만들어서 큰아들이 대를 잇고 작은아들은 기업을 하게 되었다는 것이다.

"친일파가 다 그렇잖아. 일본놈에게는 허리 굽히고 조선사람은 굽어보고. 형제들이 아비와 똑같아. 스카이대 출신이 아니면 이 회사나 그 학교에서 출세 못해. 특히 회장이 악덕기업주야. 공돌이도 거기 산업기능요원으로 있었지만, 월급을 제대로 못 받았잖아. 고분고분하지 않으면 군대 보내니까…… 결국 그만 두었지만."

대기는 프린터를 바라보며 생각했다. 가만있자. 이공돌 사장이 산업기능인력으로 잠깐 현장에 있었다는 말을 들은 것 같다. 그곳이 서울엔지니어링이었구나.

"작년까지만 해도 청소기를 할당해 팔아오라고 했는데 직원들이 성질나서 퇴사하니까 그건 그만두었어. 대신 하청업체를 쥐어짜지. 나도 대금으로 청소로봇을 받았다니까."

김성우가 입에 거품을 물며 우회장을 험담했다.

"김실장님. 여기서 스카웃 된 그 사람들 잘 있나요?"

"왜? 너도 거기 가고 싶냐?"

성우가 쏘아보자 동철이 당황해서 말을 더듬었다.

"그, 그, 그게 아니라……"

"우회장이 성질이 개 같아도 이용가치가 있는 사람에게

는 잘 해줘요. 윤순광을 끼고 산다니까."

"윤순광. 그 사람은 또 누구예요?"

"천하의 아부꾼이지. 원래 부잣집 아들이었는데 고등학교 때 쫓겨났어. 엄마하고 같이."

이번에는 윤순광의 집 내력을 줄줄 읊는다. 천석꾼의 집에 아들이 없어 첩을 두었는데 거기서 난 사람이 윤순광이란다. 첩 자식이지만 아들이라고 금이야 옥이야 길렀는데 초등학교 입학 때에 혈액형 검사할 때 남의 씨라는 것이 들통 났다는 것이다. 그렇지만 혈액형이 틀릴 수도 있다고 거짓말로 위기를 넘겨 고등학교까지 갔다고 했다. 그러다가 윤순광 어미와 간통해 임신시킨 남자가 나타났다고 한다. 돈을 뜯어내려다 거절당하자 천석꾼에게 고자질한 것이다. 그래서 하루아침에 모자가 쫓겨나게 되었다고 한다.

"원래 간교한 종자라 고등학교 졸업 후에 먼 친척 회사에 들어갔다가 납품업체와 기술을 빼돌려 회사를 차렸지. 그래서 별명이 뻐꾸기야. 왜 있잖아. 남의 둥지에 자기 새끼를 넣어 기르는 거. 그렇게 돈은 좀 모았는데 그때마다 집에 도둑이 들어 지금은 파산 직전이래."

성우는 모르는 게 없었다. 이공돌 사장 말로는 원래 말은 많았지만, 지금처럼 수다스럽지는 않았다고 했다. 영업을 뛰면서 말이 많아졌나 보다. 맞장구치던 동철이 불쑥 묻는다.

"실장님. 우리 사장님 성함이 원래 이공돌이에요?"

대기도 알고 싶은 사항이다. 공돌이라는 이름은 공장에서 일하는 일꾼을 얕잡아 부르는 말이 아닌가. 엄마에게 사장님 이름이 이공돌이라고 하니 놀라운 표정을 짓던 것이 잊히지 않는다. 동네 사람들도 금포의 사장 이름이 정말 이공돌이냐고 몇 번이고 되물었다.

"그건, 쩝."

말 많은 김성우도 여기서 딱 멈췄다. 망설이는 표정이다. 대기가 자리에서 일어나 가까이 가서 말했다.

"실장님, 동네 사람들도 모두 궁금해해요. 원래 이름이 이공돌은 아닐 거잖아요."

정말 우리 이공돌 사장은 궁금증을 유발하는 사람이다. 요 몇 년 사이에 자본도 없는 상태에서 이 정도 규모의 사업체를 키운 것이 대단하다. 온종일 실장님의 기술력 덕분이라고 하지만 그것뿐이겠는가. 누나가 대학교수인데 공고 출신이라는 것도 이상하고 이름마저 수상쩍다. 김성우가 헛기침을 몇 번 하더니 말했다.

"민대기, 너는 왜 이름이 대기냐? 맨날 대기하고 있는 거냐."

"그 대기가 아니에요. 큰 대, 터 기라고요."

그는 이름 때문에 초등학교 때부터 놀림을 받았다. 적극 나서지 않고 늘 대기만 하고 있다고. 회사에 들어와서는 대리기사의 준말이냐는 말도 들었다. 하지만 사장 이름이 이공돌이 뭔가. 자기를 비하하는 이름이다.

"왜 화를 내냐? 화를."

성우가 목소리를 가다듬고 말했다.

"이게 우리 집안의 일이라 쬐금만 말해주겠다. 아버지는 한때 대통령 보좌관으로 계셨던 현직 교수이고 너의 사장 이름은 원래 이름은 이문성인데 개명한 거야. 여기까지. 더 알려고 하지 마라, 다쳐."

여기까지 말하고는 입을 다물었다. 그리고는 자리에서 벌떡 일어나 휙 나가버렸다. 이공돌 사장도 비밀이 많지만, 이 동네 자체도 온통 비밀투성이다. 거기다 앨리스까지 더 했으니 앞으로 어떤 일이 벌어질까 궁금하기도 하고 불안 하기도 했다.

그가 앨리스의 편의를 돕는 일은 끝났다. 회사에서 가끔 그녀의 요구대로 3D 프린터로 모형을 출력하는 것 외에는 그의 분야인 드론 조립에만 몰입했다. 드론의 쓰임은 다양 했는데 김포 김머슴 의원의 제안대로 송전탑 드론점검 용 역을 조달청을 통해 맡을 수 있었다. 액수가 억 단위니 금 포로서는 대박이 났다고 볼 수 있다. 드론개발은 온종일 개 발실장과 개발팀에서 하고 현장직원들은 제작에만 열중했 다. 드론이 아주 예민한 정밀기계라 조금만 방심해도 불량 이 난다. 몇 번이고 점검한 다음에 김포 전호리로 가서 드론을 띄워 테스트를 했다. 때로는 김포 북부의 구래동 송전 탑까지 가서 드론을 띄웠다. 근처의 군부대에서 군인이 나와 감독하기에 활동에 제약이 많았다. 그러느라 열흘간 회사에 출근하지 못하고 김포 북변동에 있는 집에서 출퇴근했다. 민대기는 김포 태생이지만 학교와 집 근처만 알지 다른 곳은 잘 모른다. 가끔 공고 동기들이나 선후배들을 만나기도 하는데 큰 회사에 다니는 친구나 지인은 없었다. 조그만 공장에서 생계 유지할 정도의 적은 월급만 받고 내일의 희망없이 산다. 그래서 대기는 운이 좋다고 생각했다. 미래가 탄탄히 보장되는 업종의 회사이고 이공돌 사장 같은 좋은 분을 만나지 않았는가.

송전탑에 드론을 띄워 마지막 테스트를 하고는 승용차에 실었다. 테스트를 위해 여러 곳을 다닐 때는 그가 운전했지만, 마지막 일을 처리하고 회사로 돌아갈 때는 유동철이 했다. 영등포 근처까지 왔을 때 운전만 하던 동철이 불쑥 말했다.

"대기야, 우리 사장님, 멀쩡한 이름 놔두고 공돌이라고 바꿨을까? 난 이해가 안 돼."

"모르지. 아버지, 누나가 교수고 모두 강남에 사는데 왜 공고를 나왔을까? 그것도 김포까지 와서."

이공돌 사장이 말썽꾸러기인 것 같지 않다. 술. 담배도 안 하고 클럽도 가는 것 같지 않았다. 동기 선배를 우연히 만나 물어보니 우등생이고 모범생이었다고 한다. 방학 때는 편의점 야간 알바로 독서도 열심히 했다고 한다. 명문가 집안이라고 하니 선배는 전혀 몰랐다고 대답했다.

"차차 알게 되겠지. 김실장님 말대로 많이 알려고 하면 다칠지도 몰라."

남이 자기 생활을 캐묻는 것을 좋아하는 사람이 있을까. 사장님이 자기 입으로 말하기 전에는 모른 체하기로 마음먹었다.

회사에 복귀한 지 닷새째 되는 날 편의점을 들렀다. 전시회에서 구한 영문 카탈로그 번역이 제대로 됐는지 공미자 누나에게 검사 맡으러 가는 것이다. 오후 5시라 아직 손님은 붐비지 않았다. 누군가 얼씬거리기에 보니 앨리스가 아닌가. 손에 든 바구니에 잔뜩 식품이 들어 있었다.

콩콩

진열대의 스타킹을 집어들어 냄새를 맡고는 다시 제자리에 놓고 그 옆 칸에서 과자를 들고 냄새 맡고는 바구니에 넣는 것이었다. 그리고는 계산대로 갔다.

삐익. 삐익. 미자 누나의 손놀림이 바빠졌다. 다 끝나고 나서 앨리스는 카드를 꺼내 결제했다. 시간이 좀 걸렸다. 미자 누나와 영어로 몇 마디 하고는 몸을 돌렸다. 그와 마주치자 앨리스는 손을 번쩍 들어 아는 척을 하고는 밖으로 나갔다.

"누나, 앨리스가 웬일이냐? 물건 사러 왔잖아."

"몰랐어? 사흘 전부터 매일 와. 오늘도 식품만 이십만 원어치 사갔어."

혼자 사는 앨리스가 친구가 있을 리 없다. 그럼에도 매일 몇만 원 이상 식품을 구입한다는 것이었다. 손님들이 밀어닥치기 전에 영어번역문을 내놓았다. 공미자는 몇 군데 밑줄을 치고 수정해 주었다. 뒤이어 퇴근 시간이 가까워지자 손님들이 하나둘씩 안으로 들어와서 더 말을 못하고 나왔다.

'내가 모르는 사이에 앨리스의 집에 손님이 오는 건가?'

그는 갑자기 그 손님들이 누구일까 궁금해졌다.

대기는 학교 다닐 때도 그렇고 지금도 친구가 별로 없다. 유흥을 좋아하는 유동철과 반대로 책 읽는 것을 좋아하고 말이 적은 탓이다. 집이 가난해 늘 걱정거리가 많은 부모 밑에서 여동생과 함께 자랐다. 그의 미래 계획은 열심히 돈 벌어 공부 잘하는 여동생을 대학 보내는 것이다. 그가 월급 또박또박 나오는 금포 직원으로 뽑힌 것은 운이 좋았다. 다른 친구들은 월급이 적은데 밀리기까지 하는 곳도 많다. 월급을 받으면 월세 등 꼭 필요한 돈만 빼고 모두 엄마에게 부쳤다.

"민대기씨, 유동철씨. 열심히 공부해서 훌륭한 기술자가 되도록 합시다."

이공돌 사장은 직원들을 늘 격려해주며 기술 책을 사주었다. 동철은 손재주가 뛰어나 조립도 빨리하나 대기는 상대적으로 느린 편이다. 대신 제품의 향상을 위한 아이디어를 많이 냈다. 기술분야가 아닌 책도 많이 읽기 때문이다. 사장은 그의 이런 태도를 칭찬해주었다. 그래서 동철이 일과 후에 친구들을 만나 술을 퍼마실 때 그는 작은 원룸에서 책을 펴놓고 공부했다. 가끔 동창들의 성화에 못 이겨 술자리에 참석했지만 유쾌한 자리는 아니었다. 공고 출신이라고 직장 꼰대들에게 차별받은 이야기, 임금체불, 공장 관두고 택배로 나선 것, 꽈배기 장사, 채소가게 점원 등 공고만 나와도 밥벌이한다는 어른들 말씀이 몽땅 거짓이라는 울분과 성토로 끝났다. 몇 번 모임에 빠지자 불러주지 않아 토요일, 일요일에도 온전히 공부만 할 수 있었다. 편의점에서 사온 스낵을 먹으며 드론과 로봇에 대한 동영상에 빠졌다. 유동철이 전화했는데 의논할 일이 있다는 것이다. 내일 회사에서 말하자고 했더니 안 된다고 하며 집 근처에 있다고 했다. 평소와 다르게 목소리가 쫙 가라앉아 있어 승낙했다. 조금 있다가 유동철이 원룸으로 들어왔다. 나쁜 짓 하다가 들킨 것처럼 안절부절못했다.

"대기야, 어떤 사람이 나한테 전화해서…… 서울엔지니어링 사람 만나서 같이 점심을 먹었어."

윤순광이라는 사람이 보자고 해서 같이 점심을 먹었다고
했다.

"먹고 나서 차를 마시는데 이 사람이……"

말을 멈추고 그를 빤히 바라보았다.

"뭐라는 줄 알아? 날 더러 서울엔지니어링으로 옮길 생
각이 없냐는 것이었어. 월급은 지금보다 두 배 주겠다며."

그 말에 대기는 놀라서 입을 딱 벌렸다. 스카웃 제안도
놀랍지만, 경력 짧은 사람에게 월급을 두 배 주겠다는 것도
놀라운 말이다. 동철이 그를 바라보고 조심스럽게 묻는다.

"혹시 너한테도 그런 제의하지 않았니?"

"아니. 그런데 왜 그런 말을…… 했을까?"

동철이 책상 위의 스낵을 움켜쥐고 우걱우걱 입에 넣었
다. 몹시 갈등하는 듯했다. 자세히 말해보라고 재촉하니 그
제야 윤순광이 한 말을 털어놓았다.

"그 사람이 자기는 서울엔지니어링에서 보낸 헤드헌터
래."

옮긴 기술자들이 신입사원에 대해 알 리가 없다. 어쨌든
손재주 좋은 유동철을 스카웃하려는 것이다. 그런데 뒤이
어 하는 말이 더 기막혔다. 이번에 개발한 신제품 드론의
설계도를 가져오면 1억을 주겠다는 것이었다. 그러니까 서
울엔지니어링은 인재를 데려가는 것이 아니라 기술을 빼내
려는 것이었다.

"갑작스러운 말이라 어떡해야 할지 의논하러 온 거야."

"안 돼!"

그는 버럭 소리를 질렀다. 이공돌 사장님을 배신하는 것을 넘어서 범죄행위다. 그러자 동철이 깜짝 놀라며 뒤로 자빠질 뻔했다.

"순 나쁜 사람이네. 그래서 앞으로 어쩔 건데."

"아, 당연히 거절할 거야. 암. 괜히 만났네. 내가 거절하면 너한테 올지도 몰라. 그러니까 오늘 내가 한 말 사장님께 말하지 마."

동철이 자리에서 벌떡 일어나 밖으로 나갔다. 그의 뒷모습을 보며 요즘 어머니가 편찮아서 돈에 쪼들린다는 말을 떠올렸다. 설계도를 빼내라는 말만 하지 않았더라면 월급 두 배 준다는 말에 넘어갔을 것이다. 다음날 회사에서 동철에게 슬쩍 물었더니 스카웃 제안을 거절하는 문자를 보냈다고 했다. 대기는 그 윤순광이라는 사람이 자기에게 다가오면 녹취한 다음에 경찰에 고발하겠다고 단단히 별렀으나 아무 일도 없었다.

한 달 뒤에 인근 예식장을 빌려 주식회사 금포의 제품발표회를 열었다. 직원들 모두 행사준비에 열중했고 민대기는 손님을 안내하는 일을 맡았다. 활빈구호재단의 홍강이와 왕창순도 찾아와 다과와 음료제공을 도왔다. 주요 판매

업체 스무 곳의 대표와 임원이 초청되었고 지역 구청장, 김주모 의원도 왔다. 조금 있다가 지역 유지들도 점차 모여들었다. 대기가 김주모 의원 옆을 지나가는데 누군가와 전화 통화를 하고 있었다.

"어, 김머슴. 뭐하고 안 와. 뭐? 김포 중학교 농구단 축사를 마치고 간다고? 응 알았어. 잽싸게 와."

전화하는 모습을 보니 의원들은 화해했나 보다. 먼젓번에는 원수끼리 싸우는지 알았는데 지금은 다정한 오누이 같다. 나중에 들었는데 드론 공장은 김포에 신설하지만, 로봇사업은 영등포에서 계속 확장하기로 타협했단다. 누가 그의 어깨를 툭툭 쳐서 돌아보니 김성우가 히죽 웃고 있었다.

"대기야, 오늘 로봇 선보인다며? 앨리스라는 여자 첫 작품이냐?"

바쁜데 꼬치꼬치 캐물어 네, 네 하고 건성으로 대답했다. 그러자 성우는 이종 누나인 이혜성 교수를 발견하고 얼른 달려갔다. 사회는 신협의 박동엽 상임이사가 맡았다. 회사 창립 때 신용대출을 해준 것이 신협 당산점인 인연도 있고 지역 금융인으로서 역할을 하고 있기 때문이다.

"지금부터 주식회사 금포의 이천이십 이년도 제품발표회를 시작하겠습니다. 우선 국기에 대한 경례가 있겠습니다. 모두 기립해 주십시오."

이렇게 개막식이 열렸다. 그다음은 어디서나 하는 행사와 비슷했다. 내빈 소개, 이공돌 사장의 발표보고가 있었고 영상으로 낙하산이 퍼지는 드론이 소개되었다. 낙하산으로 추락을 막는 드론은 다른 업체에서도 만드는데 기술을 업그레이드해 K-9이라고 이름 붙였다. 이에 만족하지 않고 개선을 거듭해 지표면에 안착되도록 낙하산으로 감속하면서 랜딩기어가 나오는 것을 만들었다. 이공돌 사장은 이것을 K-10이라고 이름 지었다. 몇 번의 시험을 더 거쳐야 하기에 완전한 성공이라고 단정할 수는 없다. 발표회를 서둘러 연 것은 정부의 4차산업 지원법이 발효되었기 때문이다. 우수한 드론에는 정부지원금이 있기에 드론 업체에서는 너도나도 출품을 준비하고 있다. 강력한 라이벌 서울엔지니어링에서도 발표회를 하려 했으나 드론이 추락하는 바람에 취소되었다고 한다. 곧 있을 드론지원사업 설명회를 위해 우회장이 기술자들을 채찍질하고 있다는 소식을 편의점 미자 누나에게서 들었다. 발 없는 소문이 천 리 간다는 말이 맞다.

위잉

빔프로젝터의 화면에 드론이 날아가는 모습이 보였다. 동영상의 배경은 언제나처럼 김포 전호리다. 보통 때는 민대기가 촬영했으나 이번에는 전문업체를 불러 다른 드론으로 위, 아래를 입체적으로 찍었다. 아라뱃길을 위에서 찍은 영상도 나왔다. 드론은 기상조건만 아니라 배터리와 모터 수준에 따라 비행상태나 시간이 조정된다. 갑자기 공중에서 전원이 꺼지거나 모터가 부서지기도 한다. 드론이 추락하면 배터리에 불이 나거나 고장을 일으켜 수명이 준다. 온종일 개발실장은 몇 달 만에 지금의 드론으로 만들었다. 오랫동안 각종 개발로 축적된 지식을 드론 K-10에 모은 것이다.

위잉

낙하산 없이 드론이 안착하는 장면 다음에는 낙하산이 펴지면서 랜딩기어가 나와 지표 위에 안착하는 장면을 번갈아 보여주었다. 판매업체에서 온 사람들은 사진을 찍거나 메모를 했다.

잠시 휴식이 있었다. 커피를 마시면서 제품에 대해 의견을 나눈 뒤 이공돌 사장이 앞에 나섰다.

"다음은 주식회사 금포에서 처음 개발해 선보이는 로봇 시제품입니다."

초청되어 온 업체는 신제품 드론 K-10도 흥미롭지만, 로봇부품만 판매하던 금포의 변신에 놀라워했다. 이공돌 사장은 첫걸음만 뗀 것이라고 겸손하게 말했다.

삐익 삐익

로봇 특유의 기계음을 내면서 서빙 로봇이 앞뒤 좌우로 움직였다. 흔히 보던 로봇이다. 뒤이어 나온 로봇을 사회자는 튀김업소용 시험용 로봇이라고 소개했다. 대기는 앨리스를 도와 로봇 제작의 마지막 공정에 참여했기에 잘 알고 있지만 참관하는 사람들은 호기심에 어린 눈으로 주시했다. 서빙 로봇처럼 생긴 것 위에 기름이 가득 담긴 통과 새우와 오징어, 토막 난 고구마 등이 쌓여 있었기 때문이다. 튀김 로봇이 무대 앞에 서더니 삑삑 소리를 내면서 양 옆구리에서 팔이 돌출하기 시작했다. 그리고는 원형을 그리더니 고구마를 하나 집어 기름통 속에 넣었다.

치지직

소리와 함께 고구마가 튀겨지는데 이번에는 가느다란 팔이 나오더니 새우를 집어 얌전히 튀긴 후에 그릇에 담았다. 집게 손이 두 개에서 네 개로 변하더니 미끌미끌한 오징어를 기름통으로 가더니 툭 떨어뜨리고는 곧바로 건져내는 것이었다. 와아~ 튀김업소의 로봇을 처음 본 것이 아닌 업체 대표들이 감탄했다. 움직임이 보통 로봇과 달랐던 것이다. 더욱 놀란 것은 무대 밑의 조그만 장독 모양의 로봇이었다. 이공돌 사장이 그 안에 튀겨진 새우와 고구마 등을 넣고 리모컨을 작동했다. 신랑 신부가 행진하듯이 예식장을 일직선으로 나가면서 사방에서 발이 나오는데 끝에 튀긴 새우, 오징어 등이 있어 앉은 사람들의 눈앞에서 멈추는 것이었다. 새우를 받아들면 발은 다시 되돌아가서 다른 것을 집어 손님들에게 나누어주었다. 한번 준 사람을 기억하는 듯이 받지 못한 사람들에게만 나눠주었다. 김주모 의원도 새우를 하나 받아 들고 입에 넣었다. 그리고 뒤를 돌아보니 맨 뒤에 앉은 김머슴 의원도 고구마를 받는 게 보였다.

이렇게 마지막 이벤트가 끝나고 사람들은 하나둘씩 짝지어 돌아갔다. 김주모, 김머슴 의원은 회사 사무실에서 이공돌 사장의 브리핑을 들었다. 여기서 드론은 김포로 로봇은 영등포로 분할됨을 확실히 했다. 김머슴이 커피잔을 내려놓으며 중얼거리듯 말했다.

"누님이 디스하지 않았으면 로봇사업도 김포로 끌어오는 건데."

김주모 의원의 눈꼬리가 위로 치켜진다.

"뭔 소리야? 요즘 영등포 일자리가 점점 줄어들어 고민인데."

"누님이야 출산독려만 하면 되지 일자리까지 신경 쓰세요."

미자 누나에게 들기로는 김주모 의원은 출산과 육아에 관심이 많다고 했다. 그래서 임산부와 초등학교에 다니지 않는 여성 노동자가 육아를 위해 재택근무를 할 수 있는 법도 만들었다고 한다. 김머슴 의원은 정규직 노동자를 많이 고용하고 큰 폭으로 임금을 올리는 기업에는 세제 혜택을 주는 법안을 마련하고 있다고 한다.

"김의원, 일자리가 보장되어야 결혼도 하고 애도 낳는 거야. 그러니까 우리 영등포에서 기업이 다른 곳으로 나가는 것은 절대 못 참아."

화기애애하던 분위기가 갑자기 험악해졌다. 김머슴 의원이 이공돌 사장과 눈을 마주치더니 이제 가봐야 한다고 자리에서 일어났다. 이공돌 사장을 비롯해 배웅을 나갔다.

"참, 누님. 우리 동네 전호리에 테마파크 만드는 법안 발의할 건데요."

김주모의 반응이 쌀쌀 맞다.

"그래서?"

"누님도 찬성하시죠?"

"드론 사업장을 내 지역구에서 빼앗아 간 너를 내가 왜 도와야 하나. 참, 아까 그랬지. 김포 중학생과 농구 시합한다고. 언제부터 농구했어?"

김머슴이 머쓱한 표정을 지으며 대답했다. 지역 주민들이 키가 커서 농구선수 출신이 아니냐고 해서 중학생 농구선수들에게 배우고 있다고 했다.

"좋아, 좋아. 나 하고 농구 시합하자. 십 분 안에 한 골만 넣어도 내가 오케이할게."

김주모가 회사 마당의 농구 골대를 보며 말했다. 김머슴이 승낙하고 농구공을 가져오라고 해서 시합이 시작되었다. 얼떨결에 민대기가 심판이 되었다. 함께 왔던 보좌관과 운전기사는 물론이고 직원들도 이 흥미진진한 경기를 보려고 서 있었다. 키만 크지 농구를 시작한 지 얼마 안 되는 김머슴 의원이 실업농구선수 출신인 김주모 의원을 당할 수 없다. 김머슴 의원이 공을 가지고 시작해도 곧 빼앗기거나 슛을 해도 빗나가기 일쑤다. 대기가 십 초 남았다고 외치자 땀을 뻘뻘 흘리던 김머슴 의원이 마지막 슛을 던졌다. 공이 골대 위를 빙그르르 돌더니 밖으로 툭 떨어졌다. 안타까움에 일제히 아! 했는데 김주모 의원이 숫골인하고 외치는 것이었다. 그리고는 대기에게 물었다.

"심판, 공 들어갔지요?"

그가 머뭇거리니 김주모 의원이 다 들으라는 듯이 크게 소리쳤다.

"늦게 배운 농구지만 한 골 넣었네. 김의원 내가 적극적으로 밀어줄게. 렛스 고."

저녁해가 뉘엿뉘엿하긴 했지만, 누가 봐도 골인은 분명 아니었다. 그래도 김주모 의원은 전봇대 김머슴 의원이 골인시켰다고 우기고는 밖으로 나갔다.

이틀 후. 점심시간이 가까워졌을 때 김성우 실장이 사과 한 상자를 들고 들어왔다. 특유의 과장된 몸짓을 하며 크게 외쳤다.

"수고하셨습니다. 우리 금파 직원 여러분. 안동에 출장 가서 사과 좀 사왔습니다. 오늘 점심 후에 나눠 드세요."

　모두 일에 몰두할 뿐 그의 말에 대꾸를 안 하자 머쓱했다. 상자를 내려놓고는 이 층의 사장실로 올라갔다.

　때르릉

　오전 작업 종료 벨이 울렸다. 앨리스가 작업장으로 나왔다가 바닥에 놓인 사과 상자를 보았다. 가까이 와서 킁킁 냄새를 맡더니 얼른 상자를 뜯었다. 그러더니 사과를 우적우적 씹어 먹었다.

　"앨리스. 스톱!"

　씻지도 않고 먹는 것에 놀라 대기가 말렸지만, 그녀는 아랑곳하지 않고 순식간에 먹어 치웠다. 직원들이 일제히 앨리스를 바라보았다. 그래도 사과를 또 집어서 입에 넣고 먹어 치웠다. 처음에는 놀랍기만 했는데 마구 먹어치우니 두려움마저 느껴졌다. 파킨슨병만 아니라 정신병도 앓고 있는 게 아닌가 생각이 들었다. 이 층에서 김성우와 내려오던 이공돌 사장이 놀라서 왜 저러냐고 물었다. 그럼에도 앨리스는 멈추지 않았다. 직원들이 점심 먹으러 식당에 갈 때 그녀는 점심 대신 편의점에서 사놓았던 스낵이나 과자를 먹었다. 그런데 오늘은 사과를 보더니 정신 잃은 여자처럼 행동하는 것이다. 대기가 말리려 하니까 이공돌 사장이 그만두라고 했다. 문득 사장님과 함께 내려왔던 김성우가 보이지 않은 것을 깨달았다.

"형, 어쩌지? 어디 있어?"

사장님이 이 층을 바라보자 김성우가 배를 움켜쥐고 낯을 찡그리며 내려왔다.

"배가 갑자기 아파서 화장실에…… 어, 저 여자 왜 그래?"

직원들이 나눠 먹으라고 가져온 사과를 혼자 먹어치우자 놀란 모양이다. 이공돌 사장은 앨리스에게 다 먹어도 좋으니 안으로 가져가라고 했다. 사장의 명을 받은 대기가 반쯤 남은 사과 상자를 그녀의 방으로 갖다 주었다. 그녀는 사과 먹는 것을 멈추지 않았다. 김성우는 배가 아프다고 식당을 가지 않고 사장님과 직원들만 근처 식당에서 점심을 먹었다. 식사하면서 온통 화제가 앨리스의 이상 행동이었다. 점심을 먹고 회사로 돌아오니 뜻밖의 일이 벌어졌다. 앨리스가 사장과 직원의 숫자에 맞춰 사과 주스가 든 일회용 컵을 내놓은 것이었다.

"야아, 정말 맛있다."

너도나도 감탄할 정도로 맛있는 사과 주스였다. 조금 전까지만 해도 험담 아닌 험담을 한 그들이 부끄러워지는 달콤한 맛이었다. 대기는 컵을 든 채 생각에 잠겼다. 대기가 알고 있기로는 회사에 믹서기가 없다. 그런데 앨리스가 갈아 만든 노란 주스를 먹게 될 줄이야. 이상하네. 어디서 믹서기를 가져왔을까. 그리고 아까 사과는 다 먹어 치우지 않았던가. 그런데 사과 주스라. 이해가 안 된다.

    토요일이었다. 활빈구호재단의 홍강이에게서 대기에게 전화가 왔다. 긴히 할 말이 있으니 빨리 오라는 것이었다. 그가 강이를 알고 있기는 하지만 미자 누나처럼 가까운 사이는 아니다. 그래도 안 갈 수 없다. 동네에서 주먹 좀 쓰는 것들이 강이에게 흠씬 두들겨 맞는 장면을 여러 번 보았기 때문이다. 잘못한 것이 없으니 깡패 누나가 때리지는 않을 것이다. 그래도 왠지 모를 두려움에 바짝 쫄아서 활빈빌딩 3층으로 갔다. 방에는 홍강이와 미카가 기다리고 있었다. 그가 자리에 앉자 홍강이가 묻는다.

    "대기씨, 발표회에서 본 드론 말이야. 설계도는 누가 그렸어?"

    "그건 왜요? 온종일 실장님이 만드셨는데요."

    강이의 표정이 일그러졌다. 잠시 머뭇거리더니 말했다.

    "서울엔지니어링에서 그 설계도를 훔쳐갔어."

    깜짝 놀랐다. 금포의 핵심기술을 도난당하다니 말이 안 된다.

    "누가 그런 짓을?"

    "그래서 대기씨에게 물어보는 거야. 설계도는 어디에 보관하지?"

    이렇게 해서 홍강이의 심문 아닌 심문이 시작되었다. 그가 설계도를 훔친 범인으로 의심받는 것 같아 기분이 나빴지만 아는 대로 다 말했다. 유동철에게 윤순광이 찾아와서 스카웃 제의했다는 말도 했다. 그들이 노리는 설계도는 이공돌 사장의 방에 있는 설계도 캐비닛에 보관되어 있다. 개발자인 온종일과 앨리스가 수시로 도면을 보아야 하기에 퇴근하기 전까지는 캐비닛을 잠그지 않는다. 강이의 계속된 추궁에 발표회 이후부터 회사의 동정을 날짜별로 들려주었다. 앨리스가 사과를 마구 먹어치우던 그날의 사건을 설명하자 강이가 스톱시켰다.

"사장의 이종형이 자리를 비웠다는 말이지?"

"네. 작업장이 앨리스 때문에 어수선할 때 화장실을 간 모양이에요."

강이의 입가에 냉소가 스쳤다. 그녀의 말에 의하면 스마트폰으로 찍힌 설계도가 우회장에게 넘어갔다는 것이다. 서울엔지니어링의 제보자에 의하면 스마트폰에 찍힌 설계도를 바탕으로 다시 설계도면을 그리고 있다는 것이었다.

"김성우가 몰래 사장실로 가서 촬영한 것이 분명해. 마지막 한 장이 상태가 안 좋아서 애를 먹고 있다고 하는군. 만약 설계도가 완성되면 곧 제작에 들어갈 것이고 지원사업에 출품하게 될 거야."

외관은 서울엔지니어링에서 디자인한 것으로 하고 내부는 훔친 설계도면대로 만들자는 흉계였다. 강이는 오늘 있었던 일은 누구에게도 말하지 말라고 당부했다. 김성우가 회사에 와도 보통 때처럼 대하라고 하면서 몇 마디 들려주었다. 대기는 집에 돌아와서도 마음이 싱숭생숭했다. 간교한 김성우의 얼굴이 머릿속에 떠오르자 주먹을 불끈 쥐었다. 친척으로서 있을 수 없는 일이다. 곧 드론 지원사업 심사가 있다고 한다. 금포도 이공돌 사장을 중심으로 준비하고 있지만, 전국의 드론 제작사가 모두 준비하고 있을 것이다. 그 중 열 곳을 선발해 지원해 준다고 한다. 당장 이 사실을 이공돌 사장님께 알려야 한다. 스마트폰을 집어 들고 버튼을 눌렀다.

"어? 대기씨. 웬일이야?"

사장의 말이 귀에 들어오자 홍강이의 엄포가 떠올랐다.

"아닙니다. 버튼을 잘못 눌렀습니다."

하고는 전화를 끊었다. 이공돌 사장은 전세 아파트에서 기술 책을 들여다보고 있었을 것이다. 아니면 온종일 개발실장의 집에서 기술개발에 대해 의논하고 있던지. 홍강이는 자신이 뒤처리하겠다고 했다. 그녀는 말하지 않았지만, 활빈당이 분명하다. 영등포에서 활빈당을 모르는 사람은 없다. 활빈(活貧)이라는 이름이 멋있는지 노숙자에게 따뜻한 밥을 주는 봉사활동단체명이 활빈당이다. 활빈당은 이제 옛날 의적 홍길동이 이끄는 단체가 아니라 가난한 사람들을 돕는 건전한 시민단체.

'아니야, 홍길동의 활빈당도 살아있어.'

인간이 안팎이 다르듯이 활빈당도 두 얼굴을 가졌다고 들었다. 홍강이의 하는 말을 들어보면 흉폭한 비밀결사 집단이나 할 수 있는 일이다. 그래도 다른 사람에게 말할 수 없다. 무서운 일을 당할지 모른다. 이렇게 걱정스런 하루를 보냈다.

월요일에 회사에 출근했을 때 이공돌 사장은 출품할 드론 제작의 작업지시를 하고 있었다. 땀 흘려 개발한 드론을 경쟁업체인 서울엔지니어링에서 훔쳐간 것을 알게 되면 얼마나 놀랄까. 그리고 그 기술을 훔쳐서 넘긴 것이 이종형인 것을 알게 되면 얼마나 허탈할까. 걱정보다 눈물이 앞선다.

"대기야, 사장님 계셔?"

끔찍한 인간 김성우가 야비한 웃음을 지으며 공장 안으로 들어왔다.

"회의 중이신데요."

"회의? 지원사업 때문인가."

성우의 질문에 홍강이가 일러준 말이 생각났다.

"실장님만 알고 계세요. 여기서 일하다가 서울엔지니어링으로 간 사람들이 이리 옮기면, 안되냐고 하는 모양이에요."

그 말에 성우는 충격을 받은 모양이다. 입을 꾹 다물고는 눈치를 살핀다.

"그, 그 말. 사, 사실이냐?"

"나도 확실히는 몰라요. 사장님과 개발실장님이 말씀하신 것을 슬쩍 엿들었어요."

김성우가 몸을 휙 돌리면서 말했다.

"사장에게 내가 왔다는 말하지 마."

빨리 이 자리를 벗어나고 싶은 모양이다. 뒷모습을 보고는 그는 자재 창고로 갔다. 한쪽 구석에서 홍강이에게 전화를 걸어 성우에게 한 말을 보고했다. 그 뒤로 김성우는 회사에 오지 않았다. 일주일 뒤 서울엔지니어링에서 지원사업 심사가 있고 그 다음 날 금포가 심사를 받는다는 말을 들었다.

일주일 동안 드론 지원사업심사 준비를 하느라 직원들이 바빴다. 드론 점검과 설명회 장소에 설치할 프로젝터 등은 선배 직원들이 했다. 발표회를 성공적으로 한 적이 있어 쉬운 일이었다. 퇴근할 즈음 이공돌 사장이 대기를 불렀다.

"내일 출장 좀 가야겠어요."

회사로 출근하지 말고 홍강이를 만나라고 지시했다. 최신형 스마트폰도 받았다. 퇴근 후에 그는 서울엔지니어링으로 버스를 타고 갔다. 사장 말대로 정문 앞에는 돈가스 가게가 있었다. 확인하고 다시 집으로 온 그는 마음이 불안

해서 잠을 제대로 이루지 못했다. 자정이 넘어서 겨우 잠이 들었다. 아침이 되자 사장이 준 스마트폰과 그의 폰을 챙겨 백팩에 넣고 서울엔지니어링으로 갔다. 승용차들이 정문 앞에 여러 대 서 있었다. 돈가스 가게로 들어가니 강이와 미카가 미리 와 있었다. 두 사람은 유리창 너머 서울엔지니어링을 노려보고 있었다. 조금 있다가 승용차들이 떠났다. 그들도 나가서 강이의 빨간 소형차에 올라탔다. 그리고는 다른 길로 빠져 한강 둔치로 향했다.

"대기씨, 조금 있으면 좋은 광경이 벌어질 테니 잘 찍어."

좋은 광경은 분명 우회장에게는 나쁜 것이리라. 서울엔지니어링의 직원들이 승합차에서 내려 텐트를 치고 드론을 책상 위에 올려놓았다. 유명 디자이너에게 의뢰해 만들었다는 소문대로 금포보다 외관이 훨씬 매끈하고 아름다웠다. 경호업체 직원들이 드론이 비행하는 구역을 통제하고 있었다. 강이가 망원경을 들여다보다가 그에게 건네주었다. 우덕형 회장의 얼굴을 보니 자신감이 넘치는 표정이다. 그 옆에 앉은 사람은 아마도 별명이 뻐꾸기인 윤순광이라는 사람일 것이다. 채점표를 든 세 명의 남자들은 심사위원일 것이고. 그는 차에서 내려 둔치 밑으로 내려갔다. 구경꾼들 틈에 끼어 촬영할 것이다.

위잉

서울엔지니어링의 드론이 공중으로 날았다. 외관이 화려해서 점수가 높게 나올 것 같았다. 순수 디자인 포함해 제작비만 무려 오천만 원이 들었다고 한다. 거기에 비하면 금포는 너무나 평범하다. 공중을 멋지게 한 바퀴 돌던 드론이 갑자기 흔들거렸다. 그러더니 마치 술에 취한 것처럼 비틀거리는 것이 아닌가. 우회장이 자리에서 벌떡 일어났다.

위잉

드론은 다시 솟구치더니 이번에는 불이 붙었다. 구경꾼들이 놀라 소리 지르고 팔을 치는 바람에 대기는 하마터면 스마트폰을 떨어뜨릴 뻔했다. 화염에 싸인 드론이 미친 듯이 날다가 밑으로 추락했다. 펑하는 소리와 함께 드론의 파편이 사방으로 튀었다. 구경꾼들이 아우성치며 도망쳤기에 다친 사람들은 없어 보였다. 그래도 그는 도망치지 않고 이 광경을 다 찍었다. 서울엔지니어링 직원들이 드론으로 몰려가고 우회장이 머리를 감싸는 것을 보고 홍강이의 차로 돌아왔다.

"대기씨, 어때. 멋지지 않아?"

강이의 얼굴이 활짝 폈다.

"어떻게 된 거예요? 우리 설계도로 만들었잖아요."

믿을 수 없었다. 서울엔지니어링의 드론이 이렇게 망가졌으면 내일 금포의 드론도 마찬가지일 것이다. 강이가 웃으면서 자기 스마트폰에 저장된 동영상을 보여주었다. 강이와 함께 다니는 이길태라는 남자가 도면을 들고 서 있는 모습이 보였다.

"도면 마지막 장을 바꿔치기 한 거야."

온종일 개발실장은 밤에 작업하기에 낮에는 늘 잠에 취해 있다. 그래서 회사에는 가끔 중요 회의 때만 나온다. 자신의 기술이 절취 된 것에 격분한 그는 비행 중 폭파하게 설계도면을 만들었다. 마지막 장을 택한 것은 서울엔지니어링이 훔쳐간 도면을 잘못 판독해 설계에 실패한 것으로 믿게 하려는 의도였다. 대기도 역할을 한 것이 있으니 김성우를 통해 세 명의 엔지니어가 금포로 다시 옮기려 한다는 거짓 정보를 알린 것이다. 이 세 명은 우회장의 의심을 받아 대기 발령났다고 한다. 그래서 설계도가 바뀌어 드론이 잘못 제작된 것을 몰랐던 것이다.

다음 날. 금포의 드론팀은 전호리에서 드론을 날렸다. 멋지게 아라뱃길 일대를 날아다니는 드론을 보고 심사위원들은 찬사를 아끼지 않았다. 살포시 드론이 착지할 때 이공돌 사장의 눈에서 눈물이 흘러내리는 것을 보았다. 금포의 드론은 합격점수를 받고 지원이 결정되었다. 점수에 따라 지원금액이 달라지기에 직원 모두 기뻐했다. 이제 정부지원금을 받게 되어 금포는 도약할 기반을 마련한 것이다. 그뿐이 아니다. 품질이 확인되었으니 주문량도 늘어날 것이다.

이공돌 사장은 회사 근처의 갈비집에 예약하고 전호리를 떠나 영등포로 향했다. 이공돌 사장과 온실장이 앞의 승용차에 타고 금포 직원들은 승합차를 타고 뒤를 따랐다.

신이 난 유동철이 자신이 알고 있는 드론 지식을 열심히 떠들었다.

"드론이 말이야, 산업용으로 만들기 전에 전쟁목적으로 만들어졌다는 거야."

그는 중국이 드론업계를 선도하고 있고 러시아와 우크라이나 전쟁에서도 드론을 잘 활용하는 우크라이나가 강한 러시아를 이기고 있다고 떠벌렸다.

"드론, 드론. 앞으로 우리 금포가 한국의 드론계를 휩쓸게 될 거야. 그 중심에 내가 있고."

그의 허풍스런 말에 차에 탄 모든 직원이 크게 웃었다. 오늘 성공했기에 그런 말도 들어주는 거지 실패했으면 입에 고성능 접착제를 붙였을 것이다. 동철의 수다는 끝이 없었다. 이윽고 회식장소에 도착했다.

평상시 이공돌 사장은 회식자리에 참석하지 않았다. 사장 눈치보다 먹을 것을 제대로 못 먹는다고 했다. 직원 회식이 없는 달은 월급 속에 회식비를 따로 넣어 주었다. 그것을 대기는 통장 속에 넣어두고 유동철은 불금을 위해 아낌없이 썼다. 그러나 오늘같이 축하해야 할 날은 사장님과 직원들이 함께 회식해야 한다. 앨리스는 참석하지 않았다.

유동철이 상 위에 잔뜩 놓인 갈비를 보고 환호성을 질렀다.

"우아, 오랜만에 보는 갈비…… 내 뱃속에서 편히 쉬어다오."

이렇게 웃기더니 상에 앉아서도 우걱우걱 먹어 치웠다. 평소 말이 적은 온종일 개발실장도 오늘은 기분이 좋은지 술을 많이 마시고 말도 많았다. 이공돌 사장은 좌중을 한 바퀴 돌면서 직원들에게 일일이 술을 따라 주며 수고했다고 말했다. 동철은 단숨에 술을 들이켜고 대기는 술잔만 받아 놓았다. 한창 분위기 무르익자 동철이 불쑥 말을 던졌다.

"사장님, 오늘같이 즐거운 날에 질문 하나 해도 될까요?"

"유동철씨. 말해 봐요. 답할 수 있는 건 다 할 테니."

이공돌이 빙긋 웃으며 말했다.

"네. 사장님. 앞으로 우리 주식회사 금포는 얼마나 커질까요? 삼성전자만큼 될까요?"

대기는 주책없는 동철이 왜 사장 이름이 이공돌이냐고 물어볼까 조마조마했다.

"글쎄요, 얼마나 커질까요? 제 꿈은 나무처럼 크는 거예요."

이공돌 사장은 공고 입학하고 나서 며칠 후에 학교 정원에 회초리같이 가는 소교목을 심고 희망의 나무라고 이름 지었다고 했다. 십 년이 넘은 지금은 아주 커졌다고 했다. 아하, 그 나무를 이공돌 사장님이 심은 것이었구나.

"나도 그렇게 변하고 싶어요. 최종 목표는 우리 금포가 대기업처럼 커지는 게 아니라 사장과 직원이 한몸이 되어 나무처럼 무럭무럭 크는 회사에요."

동철이 또 묻는다.

"사장님. 사무실에 만민평등이라고 쓴 액자를 보았는데 무슨 뜻인가요?"

"그건 모든 사람에게 차별을 두어서는 안 된다는 뜻이지요. 인간은 모두 평등한 거예요."

그러자 온종일 개발실장이 술을 따르며 말했다.

"이사장, 그건 북한의 빨갱이가 하는 주장인데. 농담이야."

이공돌이 웃으며 대꾸했다.

"실장님. 제가 어설픈 빨갱이면 실장님은 진짜 빨갱이이지요."

사장님과 개발실장님은 사업을 시작할 무렵 이곳에 온 동학 선생이라는 노인에게 가르침을 받았다고 한다. 두 사람 다 평소 평등주의자였기에 동학 정신을 금세 받아들일 수 있었다고 들었다. 이공돌이 진지한 표정을 지으며 말했다.

"내가 어려서부터 생각한 것이 왜 직업에 귀천이 있을까? 왜 사회는 일등, 이 등 서열로 움직일까 하는 거였어요. 우리처럼 공장에서 작업복 입고 일하는 것이 부끄러워 사무실에서 양복 입고 일하려고 하는지 의문이 들었어요.

왜 실력 없는 대학 출신이 능력이 뛰어난 공고 출신보다 월급이 많은지 궁금했고요. 왜 서울대를 맨 뒤에 올려놓고 그 밑으로 줄줄이 대학이 있어야 하는지도 의문이 들었어요."

동철이 입을 삐죽 내밀고 말했다.

"하지만 저 같은 공고출신보다 대학출신이 실력이 더 나은 거 아니에요? 저도 대학을 나와야 인간 대우받는다고 부모님이 잔소리하셨어요. 경제 형편도 안 되는데."

"공대를 나오면 지식은 공고생보다 많겠지요. 그러면 공고출신은 스스로 멈춰야 하나요? 경제사정이나 학업에 대한 열의가 부족해서 대학진학을 포기할 수 있어요. 그래도 공고생은 현장에서 맞부딪쳐 하는 일은 잘해요. 대학에서 배울 지식은 회사에 다니면서 보충할 수 있어요. 실제 해보니 이해도 빨라지고요. 그래서 내가 공업수학을 배울 수 있게 지원하는 거에요."

"헤헤, 공부 안 하는 것이 습관이 되어……"

동철은 수학 시간에 여러 번 빠졌다.

"그게 문제에요. 공고 출신이니 공대 출신보다 못할 것이다, 뛰어넘을 수 없다, 지레 단정해 버리는 거지요. 기술개발에 필요한 지식 습득이 힘들면 제품을 아주 잘 만드는 소질을 키우는 거에요. 유동철씨는 손재주가 뛰어나잖아요."

이공돌 사장은 서열타파에 대해서도 말했다. 대기도 신협 강당에서 동학선생의 강의를 한 번 들은 적이 있다. 선생은 한국사회는 원래 홍익인간의 기치 아래 평등했는데 유교의 영향으로 수평평등 사회에서 수직서열 사회가 되었다고 했다. 서열은 차별을 낳고 갑질과 시기심을 낳는다고 했다.

"기업인은 근로자에게 부자는 가난한 사람과 함께 해야 한다고 믿어요. 많이 가진 사람은 적게 가진 이를 이끌어주고 가진 것이 없는 사람은 가진 사람을 부러워하거나 시기하지 말고 더욱 노력하는 거예요. 그것을 공화의 세상이라고 하더군요."

잠시 좌중에 침묵이 흘렀다. 온종일 개발실장이 침묵을 깼다.

"이 중에서 내가 제일 나이가 많은데 칠십 가까이 살아보니 나는 열등감과 우월감 둘 사이에서 살았다는 것을 깨달았어. 바로 옆의 친구와 비교해 내가 잘났구나 우쭐대며 무시하고, 친구가 잘난 것 같으면 시기하고 화내며 살았지. 이렇게 온탕 갔다가 냉탕 갔다가를 반복하다가 문득 내가 잘하는 것이 무엇인가 모자란 것이 무엇인가 종이에 적어보았어. 누구나 한가지 정도는 남보다 잘하는 것이 있지. 내가 잘하는 것이 있으면 너에게 나눠주고 부족한 것이 있으면 네 도움을 받고 이렇게 살면 모두 행복한 것 아닐까?"

대기는 입이 근질근질했으나 참고 있다가 입을 열었다.

"저, 사장님. 왜 우리 회사에는 서울대 출신을 뽑지 않나요?"

이공돌 사장이 히죽 웃으며 말했다.

"서울대 출신이 민대기씨보다 더 나은 것이 있나요? 현장에 가면 대기씨를 못 따라오지요."

"그래도 저는 조립은 잘해도 기술개발은 못 합니다."

"그래서 우리 직원들에게 학습을 지원하는 거예요. 한창 몸을 단련하고 우리 사회의 책임을 걱정할 나이에 수능성적에 매달려 밤늦게 공부하고 그것도 모자라 고액과외도 해서 서울대에 들어갔어요. 그러면 그 대학 출신은 연세대나 고려대보다 더 실력 있는 사람일까요? 충청도, 전라도에 있는 지방대출신보다 우월한 학생일까요?"

"그래도 대기업 사장님이나 고위 공무원은 서울대가 많잖아요."

"그렇지요. 그러면 그 사람들은 수능에서 좋은 성적을 맞은 것처럼 사회에서도 진짜 실력이 있을까요? 수능성적 말고 사회적응력을 서열을 매기면 여전히 맨 꼭대기에 있을까요? 아닐 거예요. 맹수도 혼자 사냥할 자신이 없어 무리를 만들지요. 혼자서는 서울대라는 타이틀로도 경쟁에서 이길 것 같지 않으니까 패거리를 만들어 끌어주고 밀어준 덕분이 아닐까요? 비리가 있으면 감싸주기도 하고요. 그것을 노리고 서울대를 들어가려는 것이 아닐까요? 서울대 끼리끼리, 고려대 끼리끼리."

이공돌 사장은 어려운 환경에서도 꿋꿋하게 자신의 앞길을 개척한 여러 사람의 예를 들었다. 초등학교만 졸업하고 발명왕이 된 에디슨과 강원도 산골에서 태어나 맨손으로 사업을 시작해 한국의 최고 재벌이 된 정주영 회장, 여성 과학자라는 편견을 딛고 엑스레이를 발견한 퀴리부인 등 온갖 난관을 딛고 일어난 위인들을 예로 들었다.

"그 분들은 어려운 환경 속에서도 꿈과 희망을 버리지 않았어요. 그 당시는 실현하기 어려운 몽상이라고 주위에서 비웃었지만 자기에 대한 믿음을 버리지 않았어요. 가정 형편이 어렵고 주위의 도움이 없어도 나는 할 수 있다 하고 열심히 하면 돕는 사람도 나오는 거예요. 아무 연고가 없어도 돕는 사람이 반드시 나옵니다."

대기는 그것이 이공돌 사장의 경험에서 나온 말로 생각했다. 천재 발명가 온종일 실장을 만난 것도 그런 인연이다.

"내가 스카이대 출신에 편견을 두고 뽑지 않은 것이 아니에요. 그 사람들은 누구나 인정하는 명문대를 나왔으니 어렵지 않게 대기업에 갈 수 있겠지요. 나는 잠재능력은 충분하나 여러 사정으로 명문대를 나오지 못하고 대학도 가지 못한 우리 직원들이 서열과 차별과 편견으로 가득 찬 우리 사회에서 그들에 못지않게 성장할 수 있다는 것을 보여주려는 거예요."

언젠가 이공돌 사장이 대기에게 말했다. 공업수학 과정을 수료한 현장직원들은 야간 공대를 다닐 수 있게 하겠다고. 그래서 퇴근 후에 공부할 수 있게 가능한 야간작업을 피하는 것이라고 했다. 이렇게 해서 대기를 비롯한 금포 직원들의 의문이 풀렸다. 하지만 의문은 여전히 남아있다. 부자동네 강남 8학군에서 태어나 아버지가 유명한 대학교수님이고 형이 미국에서 경제학 박사, 누나가 수학과 교수라고 했다. 그런데 왜 김포까지 와서 공고를 다녔는지. 왜 이름을 이문성에서 이공돌로 바꿨는가를.

제4편 활빈신협

박동엽은 신협 영등포구 당산점 상임이사다. 그러나 동네 사람들은 그를 활빈신협 지점장이라고 부르고 직원들은 이 사님이라고 부른다. 활빈신협이라고 부르는 것은 대출받아 회생한 상인들이 활빈이라는 간판을 신협 당산점 글자 앞머리에 크게 붙인 후부터 생긴 별명이다.

"별명이 활빈 신협이라…… 그러면 여기 홍길동도 근무하나요?"

"물론이지요. 가난을 물리치고 부를 가져다주니 신협이 홍길동 아닙니까? 하하"

짓궂은 사람들에게 이렇게 응수하지만, 홍길동이라는 이름을 가진 사람은 주민센터 서식 견본에만 있다. 그러나 그 사람의 후예인 의적 활빈당은 '의적 붉은 입술'에 숨어 있다.

동엽은 봉사단체 활빈당의 멤버다. 그가 활빈당에 가입한 것은 동학선생의 권유 때문이다. 전국을 떠돌며 동학을 전파하는 동학선생이 잠시 영등포에 머물 때에 강연을 듣고 감동했다. 특히 유무상자(有無相資)는 부자와 가난한 이가 서로 도와 함께 잘 산다는 뜻이니 그가 몸담은 신협의 가치와 가깝다고 할 수 있다. 그러나 가끔 진짜 의적 활빈당을 돕기도 한다.

"어이, 신협 지점장님!"

누군가 부르는 소리에 고개를 돌려보니 Y교회 김병준 장로이다. 아담한 키에 칠순에 가까운 나이로 출판사를 오래하다가 지금은 '크리스챤 페이스'라는 기독교 주간지를 펴내고 있다. 신문은 대형 교회들이 스폰해서 운영한다고 한다. 몇 년 전 부인을 잃고 한적한 곳에 지어진 아파트에 혼자 살고 있다.

"오랜만이오. 마침 가려던 길이오. 못 본 지 일 년 된 거 같소."

"그러네요, 그동안 어디 가셨다 오셨습니까?"

어깨를 나란히 하고 물으니 새로운 사업을 하느라 전국 각지를 돌아다녔다고 했다. 동엽이 속으로 중얼거렸다. 이제는 하다못해 시골 교회 목사까지 등치는 모양이군.

"크게 돈 버는 사업을 하시나 봐요."

김장로는 크게 웃었다. 하하하

"나중에 말해 드리리다. 오늘은 수익금을 맡기로 왔소. 근처에 들렀다가 오후에 가겠소."

오늘은 일등이려니 했는데 벌써 두 명의 직원이 나와 부지런을 떨고 있다. 직원들이 하나둘씩 들어와 손님 맞을 채비를 한다. 9시가 되자 셔터가 위로 올라가고 밖에서 기다리던 고객들이 안으로 몰려왔다. 당산동 지점에서 '신협의 날' 행사를 앞두고 직원들이 활발한 판촉행사를 벌인 덕분이었다. 이런 노력으로 은행으로 향하던 고객의 발길을 신협으로 돌릴 수 있었다. 어떤 신규 고객은 이렇게 말했다.

"저는 지금까지 쭈욱 은행거래만 했는데 옆집 할머니가 당하는 것을 보고 마음을 바꿨습니다."

옆집에 80대 고령 할머니가 이사와 혼자 산다고 했다. 노후 자금으로 여기저기 은행에 조금씩 넣었던 돈을 한데 모아 가까운 은행에 맡기러 갔다. 은행원이 보통 예금은 이자가 적으니 고금리 펀드에 들라고 권했다. 망설이자 원금이 보장된다고 권유해서 가입했다. 그러나 만기인 이 년 후에 맡긴 돈의 절반밖에 돌려받지 못했다. 펀드가 투자 손실을 보았기 때문이다. 담당 직원에게 원금 보장해준다고 하지 않았느냐 항의하니 미안하다고만 해서 소송을 걸었다. 연로한 고객을 속이는 그런 은행과는 정나미가 떨어졌다고 한다. 이런 손님이 한두 명이 아니다. 창구에 가보니 아는 얼굴이 많이 보였다. 김포 전류리에서 잡은 고기를 영등포 시장에 넘기고 예금하러 온 어부에게 자판기 커피를 뽑아 건네주었다. 일식집 하는 한사장이 창구에 있는 것이 보인다. 노점상에서 리어카 행상을 거쳐 어엿한 일식집을 차린 것은 신협의 신용대출이 있었기 때문이다. 이런 사람들이 신협 당산지점을 지키는 기둥이다.

"상임이사님. 준비되었습니다."

오늘은 직원들과 영등포 시장을 돌며 출장 수납 업무를 하는 날이다. 이과장과 남주임이 가방을 메고 나선다. 그 안에는 오백 원, 백 원 동전도 가득하다. 수금뿐 아니라 동전도 바꿔 주어야 한다.

쩔렁쩔렁

두 사람의 뒤를 따라가며 그는 어렸을 때 호주머니에 넣은 십 원짜리 동전을 떠올렸다. 그때는 돈은 사탕이나 과자를 사 먹을 수 있는 것으로만 생각했다. 신협에 몸담은 지 삼십 년이 지난 지금은 영등포 일대 주민의 경제활동을 돕는 일을 한다. 시장에 들어서니 오전이라서 그런지 한가했다. 상인들이 준비한 돈을 입금했다. 전기료 등 공과금을 수납하거나 잔돈 교환도 이뤄진다. 신협에 올 시간이 없는 상인들을 위한 서비스다. 두 사람이 업무를 할 때 동엽은 다른 상인들과 인사하며 안부를 묻는다. 수납 직원들은 하루에 점포 120개 이상 돈다. 이렇게 그가 수납 직원과 함께 돌아다니는 것은 그 중 몇 가게에 신용대출을 해주기 위해 실태 파악하는 것이다. 업종이 건실하고 상환 가능성이 충분하면 신용대출을 해주었다. 대출희망자를 직접 찾는 이유는 유흥업소는 대출이 금지되어 있기 때문이다. 서류상으로는 완벽하지만, 현장 방문을 하면 성매매업소였던 적도 있었다. 신협이 포주의 배를 불리게 할 수는 없지 않은가.

"안녕하세요. 이제 자리 좀 잡았지요?"

남편 없이 아이 둘을 키우는 여자가 구석진 곳에서 중고 옷가게를 했는데 넉 달 전 화재로 몽땅 태웠다. 이제는 신협 대출금으로 업종을 전환해 채소가게가 되었다. 매일 5만 원씩 출장직원에게 수납해서 백일에 갚게 했다. 대출이자는 활빈구호재단에서 지출한다.

"지점장님. 이제 백일이 얼마 안 남았네요. 감사해요."

가게가 홀랑 타버리자 털썩 주저앉아 울음보를 터뜨렸던 워킹맘이 오늘은 환하게 웃었다. 이럴 때 그의 마음이 뿌듯하다. 신협이 존재하는 이유다.

시장에서 먼저 나와 사무실로 들어오니 오후에 오겠다던 김장로가 기다리고 있었다. 그는 일억 원을 맡겼다.

"우리 동네 서민의 복주머니. 신협 당산점에 돈을 맡기기로 했소이다. 크리스챤 페이스 이십 주년 기념으로."

오랫동안 출판사와 기독교 신문사를 운영했지만, 돈을 밝히는 사람이다. 대형 교회를 선전해주고 비리를 감싸서 뒷돈을 받는다는 소문을 들었다. 당산 지점에 일억을 맡겼으면 은행에는 십억 이상의 돈을 펀드투자 했을 것이다. 신협을 찾은 것은 교회신자들에 조합원이 많으니 잘 보이고 싶은 것이리라. 그가 돌아가고 실사 나간 직원이 들어와 보고했다.

"이사님 추측이 맞았습니다. 상가 일대 중개업소와 상인들을 만나 보니 공시 지가 보다 훨씬 떨어졌더군요."

상가 건물을 담보로 해서 대출하겠다는 사람이 왔다. 서류에 의하면 공시지가에 맞춰 대출금을 최대한 원했는데 수상한 점이 많아 실사를 보낸 것이다. 대출 사기에 이런 것이 많다. 예전에는 흥했으나 어떤 사유로 상권이 죽어 공시지가 밑으로 상가가치가 푹 떨어진다. 그러니 대출금을 갚지 못해 경매할 때 막대한 손해를 본다. 이것을 노리고 사기범들이 신협을 돌아다니며 대출 사기를 하는 것이다. 대출 불가로 결정하고 점심시간이 되자 자리에서 일어났다.

'천원식당'의 간판이 오늘따라 크게 보인다. 밥값 만 원 시대에 달랑 천 원이다. 주 닷새 점심만 팔지만, 식당이 흑자는 물론이고 본전치기도 한 적이 없다. 신협 당산점에서 하는 봉사사업 중의 하나다. 저 멀리 자전거를 끌고 오는 사람이 보인다. 국수가게 백사장이다. 그 옆에서 양손에 뭔가 들고 오는 사람은 정육점 이사장이 분명하다. 동엽은 식당 안으로 들어가지 않고 기다렸다가 그들이 가까이 오자 말을 걸었다.

"두 분이 올 줄 알았으면 내일 올 걸 그랬소. 소고기 국수 먹게."

"그러게 말입니다. 내일도 또 오세요."

국수가게 백사장은 서른이 약간 넘은 청년이다. 보육원을 나와 조그만 국수가게에서 일하다 주인의 양자가 되었고 신협의 대출금으로 크게 확장했다. 조합원인 그는 자신이 받은 은혜를 갚겠다고 가끔 국수를 천원식당에 기부했다. 마찬가지로 정육점 이사장도 먹을 수는 있지만 팔기에는 모양이 나쁜 고기를 가져와 기부했다.

"이사장님은 학교, 어찌 되셨나요?"

나이 오십에 중학교에 입학해서 육 년을 다니고 지금은 예순 살 야간 대학생이다.

"열심히 공부하고는 있는데 머리가 굳은 나이라 젊은이들을 쫓아가기 어렵군요. 하하"

식당으로 들어가자 앞치마를 두른 남주임이 안내했다. 한 시간 일찍 수납업무를 마치고 식당에 와서 자원봉사자들과 함께 점심준비를 하고 있었다. 작은 식당에 노인들이 득시글하다. 백사장과 이사장이 가져온 국수와 고기를 주방에 들여놓았다. 남주임은 식반을 들고 서빙하고 업무처리를 끝내고 온 이과장은 마감이라고 쓴 간판을 입구에 놓았다. 몇 명의 노인이 그걸 보고 돌아갔다. 정해진 분량만

준비하기에 어쩔 수 없다. 세 사람이 한 테이블에 앉아 식사하게 되었다. 남주임이 앞치마를 벗고 자리에 앉았다.

"이사님, 요즘 식자재값이 올라서 운영이 힘들어요. 지원금 좀 늘려주세요."

남주임은 신협의 직원이면서 천원식당을 운영한다. 밥값천 원은 한 끼에 최소 5천 원 하는 세상에 말도 안 되는 금액이다. 신협에서 사회봉사 차원에서 운영하지만 활빈구호재단에서도 지원하고 있다. 식비를 천 원이 아닌 만 원을내는 손님도 적지 않다. 가끔 찾는 그도 만 원을 내고 신협직원들은 5천 원을 낸다. 그래도 식재료 원가만 해도 2천원이 훨씬 넘으니 항상 적자다. 무료급식소는 대부분 노숙자가 찾는다. 쪽방촌 노인에는 교회에서 도시락을 배달해준다. 천원식당에는 무료급식소를 찾기에는 자존심이 상하고 돈은 별로 없는 노인들이 주로 찾는다. 최소한의 자존심천 원을 지키는 식당이다.

"알았어. 구호재단과도 상의해야지."

남주임의 얼굴이 조금 펴진다. 식단은 간소하다. 흰 쌀밥과 김치, 콩나물, 두부조림, 무생채 그리고 꽁치 반 마리다. 미국산 쌀과 중국산 김치로 식단을 꾸리면 적자가 덜할 텐데 고지식한 남주임은 국산만을 고집한다. 이런 사정을 알기에 쌀과 김치도 공급업체에서 이익을 남기지 않고내준다. 천 원에 점심을 알차게 먹을 수 있는 곳은 이 땅에 이곳밖에 없을 것이다. 주방에 고기와 국수를 내려놓고 온 두 사람이 그의 맞은 편에 앉았다. 식사하면서 사채 피해자 이야기가 나왔다. 요즘 들어 생활이 어려워 고리채를 쓰는 사람들이 많아졌다고 걱정했다. 밥맛 떨어지는 이야기지만 내 업무와 연관이 있으니 못 들은체할 수 없다. 밥을 다 먹은 후 식반을 주방에 가져다 놓고 돌아섰다.

"이사님!"

식당으로 임준일이 양동이와 함께 들어왔다. 임준일은 중키에 안경을 쓴 엘리트형이고 양동이는 체격이 크고 우락부락하게 생겨 언뜻 보면 조폭처럼 보인다. 둘 다 활빈구호재단에 근무하고 있다.

"이사님, 딴 일 없으면 네 시쯤에 사무실에 올라오세요."

임준일은 3층 구호재단에서 무료로 금융상담을 해준다. 기본소득을 주장하는 단체를 조직한 파이어족으로 생활은 걱정이 없다. 자원봉사라 재단에서 그가 받는 것은 식비 정도다. 월급을 받는 양동이는 인상이 험악하고 목소리마저 걸걸한데 얼마 전 합류한 사채업자 해결사다.

정각 오후 4시. 신협의 영업종료시간이다. 4층 활빈신탁에서 호출 전화가 왔다. 활빈신탁은 각종 투자신탁업무도 하는데 그중에서도 엔젤 투자를 매우 중요시했다. 좋은 아이템과 기술력을 가지고 창업하려는 청년들에게 경영지도와 재정지원을 했다. 또 사업하다가 실패한 사람들에게 패자부활의 기회도 주었다. 오늘은 금속 가공 사업을 하다가 도산한 사업자가 회생 제안 서류를 가져왔으니 검토해 달라는 것이었다. 동엽이 대학에서 금속학을 전공한 데다 영등포구 내 여러 금속업체를 상대했기에 조언을 들으려는 것이다. 사무실에 들어가자 임준일이 제안자와 상담 중이었다. 피곤하고 긴장된 표정의 중년 사내가 말을 더듬으며 질문에 대답했다. 동엽이 자리에 앉자 준일이 제안자인 장사장을 소개했다. 제안서를 읽어내려가는데 도산할 이유가 없었다.

"그동안 잘 운영하셨는데 갑자기 재정이 악화하였네요. 무슨 일이 있었습니까?"

그러자 장사장은 고개를 푹 떨어뜨리고 개미 소리만 하게 대답했다.

"사채를 썼습니다."

이 말만 하고 입을 다물었다. 임준일이 말한다.

"사실은 며칠 전에 저희 사무실에 와서 사채문제를 의논했습니다. 협박이 심했더군요."

오천만 원을 빌렸는데 이것이 일 년 후에 15억으로 불었다고 했다.

"사채는 왜 빌리셨습니까?"

그의 물음에 장사장은 눈을 번뜩이며 말했다. 창업 후 서울엔지니어링과 이 년 동안 거래했다고 한다. 그러던 중 획기적인 신제품을 개발했는데 서울엔지니어링 우회장의 측근이 찾아와 신제품을 현금으로 구매하겠다고 했다.

"신제품이라 생산설비 증강이 필요했지만, 돈이 없어 막막했는데 그런 제의가 와서 반가웠죠. 당시 하던 작업을 멈추고 기한 내에 납품해 주었습니다. 얼마 안 되어 열 배나 되는 주문을 받았습니다. 그때 현금으로 받은 대금에다 은행에서 대출을 받아 생산설비를 증강해서 납품했어요."

문제는 그다음부터였다고 한다. 3개월 후에 주겠다는 대금을 반년 동안 질질 끄는 것이었다. 회사 형편이 갑자기 어려워졌다는 것이다. 지급을 차일피일 미루자 은행 이자를 갚는 게 힘들어 추가 대출을 하려 했지만 거절당했다. 다른 대부업체에서도 거절당했을 때 사채업자가 찾아왔다는 것이다.

"어떻게 알고 사채업자가 찾아왔을까요?"

사채업자는 은행대출을 거절당했다는 것을 누군가에게 듣고 왔다고 했다.

"그 누군가가 혹시 이실장이라고 하지 않던가요?"

장사장이 고개를 끄덕였다. 이실장은 전국 규모의 불법 대부 업체 우두머리라고 했다. 금융권과 정규 대부업체에서 대출이 거절된 고개 명단을 입수해서 영업한다고 했다. 돈만 주면 그 정보를 나누어준다고 했으니 장사장을 찾아온 자도 그렇게 정보를 입수했을 것이다. 듣고만 있던 임준일이 입을 열었다.

"지금 양동이 소장이 그 업자의 소재지를 파악하고 협상하고 있습니다."

사채문제로 왔지만, 좋은 기술을 보유하고 있어 활빈신탁의 도움을 요청하는 것이라 했다. 동엽이 물었다.

"서울엔지니어링에서 대금은 받았습니까?"

"제가 공정위에 제소하겠다고 하자 마지 못해 돈을 내주었는데 그때는 사채가 엄청나게 불어 있었습니다."

아무래도 이상했다. 뭔가 숨겨진 음모가 있는 것 같았다. 머릿속에서 우회장과 윤순광 그리고 사채업자의 연결선이 그어지고 마지막 화살표가 장사장을 겨누었다.

"혹시 서울엔지니어링에서 무슨 제안이 있지 않았나요?"

장사장이 움칫하더니 맥없이 말했다. 측근이라는 윤순광이 다시 와서 회사를 팔라고 했다. 거절하자 신제품 특허라도 팔라고 했다고 한다. 이제야 그림이 완성되었다. 우회장과 윤순광이 짜놓은 함정에 빠진 것이다. 이것은 활빈당에서 해결할 문제다.

"알았습니다. 좋은 기술을 보유하고 있으니 엔젤 투자가 가능합니다. 동의할 테니 임선생은 활빈신탁에 올리세요."

제안서에 확인 도장을 찍고 대출금은 나중에 정하기로 했다. 장사장의 얼굴이 금세 환해졌다. 고개 숙여 연신 고맙다고 하면서 눈물을 흘렸다.

계단을 내려오면서 활빈구호재단을 살짝 엿보니 양동이가 전화로 고함을 치는 것이 유리창 너머 보였다. 어떤 사채업자도 이 사채해결사에게 걸리면 무사하지 못한다. 소리는 들리지 않았지만, 내용은 짐작할 수 있다. 어려서부터 소년원, 교도소를 드나들며 보이스피싱, 조폭 조직에 몸담았던 사람이니 성질도 거칠지만, 법도 많이 알고 있었다. 법 조항을 들이대며 경찰에 고발하겠다고 하면 곧 타협이 들어왔다. 양동이는 뒤늦게 회개하고 기독교에 귀의해서 좋은 일을 하는 것이다. 문을 열고 들어가서 사무를 보는 경리과장 왕창순 옆의 의자에 살며시 앉았다. 그녀는 I시 ○○구청 징수과에 근무하면서 세금을 빼돌려 징역을 살고 나온 전과자다. 그 뒤로 어느 정치인 밑에서 비자금 만들다가 공익제보를 했기에 활빈당에서 데려온 것이다. 활빈당에는 전과자 출신이 많은데 그들이 회개하면 기꺼이 품어주기 때문이다.

"왕과장, 매일 저런 소리 들으면 스트레스 받겠어요."

찐빵처럼 부푼 몸매의 창순이 가는 눈을 뜨고 말했다.

"제 귀에 들여오는 것은 겨우 몇 분이에요. 이사님. 혹시 컴퓨터 수리업체 아세요?"

창순은 어제 퇴근 후에 친척이 하는 전당포에 들렀다고 한다. 거기서 어떤 청년이 몽블랑 만년필과 스마트폰을 맡기는 것을 보았다. 형편을 물어보니 지방대 출신으로 컴퓨터 수리업체에 다녔는데 문을 닫아 서울에 올라왔다고 했다. 눈물을 글썽이며 말하기를 이력서만 100장 썼는데도 취업이 안 되고 수중의 돈도 다 떨어졌다고 한다. 처지가 딱해서 스마트폰은 돌려주고 저녁밥까지 먹여 보냈다고 했다.

"그래요? 조합원 중에 수리업체 하는 분이 있는데 한번 문의해 봐요."

그는 폰에서 주소록을 찾아 알려주었다. 그때 공미자에게서 문자가 왔다. 사무실로 가서 부지점장에게 퇴근한다고 하고 급히 편의점으로 내려갔다. 미자가 그를 보자 고개 숙여 인사하고는 진열장에서 소주를 꺼내는 키가 아주 큰 청년을 향해 눈짓했다. 그는 몸은 말랐지만 어림잡아도 180cm는 훌쩍 넘어 보인다. 고가의 옷을 입고 있는 것으로 보아 집이 매우 부유한 모양이다. 커다란 가방 속에 소주를 잔뜩 넣고는 현금으로 계산하고 밖으로 나갔다. 동엽은 그를 따라갔다. 앞서 가던 그는 무거운 가방을 낑낑대며 들고가다 벤치를 발견하자 자리에 앉았다. 동엽이 그 옆에 앉아 말을 걸었다.

"그 소주를 노숙자들에게 주시려고요?"

청년이 흠칫 놀라며 동엽을 바라보았다. 이렇게 시작해서 말이 오고 갔다. 열흘 전부터 누군가 매일 무더기로 제공하는 술을 먹고 노숙자들이 공원에서 패싸움을 벌인다고 했다. 그것이 청년 때문이라는 것을 말하고 까닭을 물었다. 그는 자기 이름을 허민대라고 말하고 자신의 가정환경을 말했다. 아버지가 어려서 돌아가셨는데 커다란 빌딩 여러 채를 물려주었다고 한다. 무기력증으로 고등학교까지 낮에는 졸고 밤에는 컴퓨터 게임만 몰두했다고 한다. 그래서 반 친구들이 자신에게 멸대라는 별명을 붙였지만 컴퓨터 게임에 대한 아이디어가 많다고 한다.

"그러면 게임회사에 들어가지 그래요?"

"엄마가 반대해요. 돈 많은 데 그런 거 왜 하냐고. 빌딩에서 나오는 임대료로 편히 살자고."

그의 엄마는 욕심이 많아 재산을 늘리는데 물불을 가리지 않는다고 했다. 그러면서 집에만 있으려는 외아들에게 사사건건 간섭하고 있다고 했다. 최고급 옷을 입힐 뿐 아니라 몇 달 전부터는 매일 삼십만 원을 주며 다 쓰고 들어와야 한다고 엄명을 내렸다고 한다. 할 수 없이 명품점과 최고급 레스토랑을 다니며 돈을 막 썼다. 그것도 지겨워서 돈을 숨기고 일부는 이렇게 술을 사서 불쌍한 노숙자에게 돌린다는 것이었다. 돈이 많아도 제대로 쓸 줄 모르는 청년이다. 동엽은 그에게 한참 충고하고는 일어섰다. 민대가 자루에 든 소주병을 보고 난감해하자 그와 함께 근처 아파트 노인회관으로 갔다. 며칠 후에 노인잔치를 벌인다는 말을 들었기에 그곳에 내어주고 헤어졌다. 동엽은 집으로 향하면서 폰을 전당포에 맡긴 청년과 허민대를 비교했다. 똑같은 청년인데 빈부차이가 엄청나게 크다. 누구는 부모를 잘 만나 평생 돈이 넘쳐 나고 누구는 돈이 없어 굶어 죽는 세상이다.

홍강이가 일요일 날 집으로 오겠다는 것을 토요일로 바꿨다. 일요일마저 골치 아파지기 싫다. 그러자 아침에 놀이터에서 만나자고 했다. 야마카시한다고 해서 구경도 할겸 일찍 집을 나왔다. 야마카시 장소는 반쯤 철거한 이 층 건물이다. 야마카시 용어에 대해 아는 바가 없지만, 앞공중돌기와 뒤공중돌기, 물구나무서기 등 볼만하다. 점프도 멋있고 착지도 멋있다. 십여 명의 젊은 남자들 가운데 홍강이만 여자였다. 자세히 보니 그 옆의 남자는 변기관 변호사다. 얼굴이 예쁜 강이에게 마음을 두고 있는 것이 분명했다. 그렇지 않고서야 바쁜 그가 야마카시 동호회에 나올 리가 없다.

한 삼십 분 지켜보는데 홍강이 다음으로 몸이 아주 작은 남자가 눈에 띄게 잘했다. 나중에 알았지만 강이를 보조하는 이길태라고 했다. 운동이 끝나자 정리운동을 하고는 얼굴에 난 땀을 수건으로 닦았다. 홍강이가 동엽을 보고는 놀이터를 향해 걸어왔다. 그 뒤로 두 남자가 쫓아왔지만, 가라고 손짓했다.

"아저씨, 일찍 오셨네요."

강이는 동엽을 지점장이 아니라 아저씨라고 부른다. 하긴 초등학교 때부터 서로 본 사이니까.

"장사장 사건을 단서로 이실장을 잡을 수 있을 것 같아요."

강이는 장사장의 공장을 빼앗으려는 우회장의 계략을 전해 듣고는 윤순광의 뒤를 캤다. 역시 사채 조직과 연관이 있었다. 사채를 쓰게 해서 궁지에 몬 다음에 헐값으로 공장을 인수하려고 했던 것이다. 어제 양동이 소장에게 말을 들으니 사채업자에게 경찰에 고발하겠다고 으름장을 놓아서 해결했다고 한다. 법정 이자보다는 많지만 터무니없는 이자는 물지 않아도 된다.

"사채업자가 응한 것은 서울엔지니어링을 들먹였기 때문일 거예요."

불똥이 튈 것을 걱정한 윤순광이 철회했을 것이라 했다.

"장사장에게는 엔젤 투자가 들어갈 겁니다. 덕분에 추적하던 이실장에 대한 단서도 잡혔고요."

일 년 전부터 사채업계도 프랜차이즈가 생겼다고 한다. 이실장은 금융권이나 정식 등록된 대부업체에서 대출이 거절된 신용불량자의 명단을 확보했다고 한다. 은행의 기밀사항을 어떻게 빼냈는지는 모른다. 그는 이것을 이용해 사채업계의 영업활동을 돕는다고 했다. 즉 돈을 내면 명단을 온라인으로 보내주는데 복사가 금지되고 매달 업데이트를 한다고 했다.

"명단을 카메라로 찍어 다른 업자에게 넘기면 거래를 바로 끊고 조폭을 보내기 때문에 사채업자도 그런 짓은 하지 못한다고 합니다."

"내가 할 일이 있나?"

불러낼 때는 다 까닭이 있는 것이다.

"아저씨는 노숙자를 잘 아시잖아요. 영등포 일대 노숙자들에게 대포폰이나 통장 개설을 요구하는 자들이 있을 거예요. 그것 좀 알아봐 주세요."

사채업자나 보이스피싱 조직은 집도 가족도 없는 노숙자들에게 접근해 폰과 통장을 개설하게 한다. 노숙자는 범죄에 이용되는지 잘 알면서도 돈을 받고 해준다. 나중에 교도소에 가더라도 노숙보다 편할 것이라는 배짱에서 하는 짓이다. 그가 노숙자와 친한 것은 아니다. 형님으로 모시는 온종일 개발실장이 한때 영등포 노숙자들과 술친구를 했다. 그래서 그들의 경계심을 풀 수 있었다. 우호적인 노숙자 덕분에 조합원의 보이스피싱 사기도 막은 적 있다.

"알았어. 내가 지금 노숙자들을 만나 보지. 구멍가게가 마트가 되고 마트가 편의점이 되더니 사채업자도 프랜차이즈가 생겼네. 허."

웃음이 절로 나온다. 이렇게 해서 좋은 일도 나쁜 일도 진화와 발전을 하는 모양이다.

휘리릭

새 한 마리가 날아가면서 똥을 싸고 갔다. 그가 가는 곳은 영등포 노숙자들이 자주 모이는 공원이다. 이들은 아침에 인근 교회나 성당을 돌아다니며 오백원짜리 동전을 받는다. 이것을 짤짤이라고 하는데 늦게 가면 받지 못하기 때문에 일찍 서둘러야 한다. 잘하면 몇천 원까지 돈을 벌 수 있다. 한 바퀴 돌면 소주 두 병과 안주로 먹을 것을 사서 공원으로 간다. 점심은 무료급식소에 가서 해결한 다음 그늘에서 술을 마신 뒤에 낮잠을 잔다. 이런 코스를 잘 알고 있기에 점심으로 순대국을 먹은 뒤 순대를 싸들고 나왔다. 공원에 도착했을 때 무료급식도 끝났다. 노숙자들이 나무 아래로 모여 술잔을 돌린다. 그를 보더니 몇 사람이 아는 척을 했다. 그중에 눈에 들어오는 사람은 노숙자의 우두머리격인 망치다. 예전에 조폭 조직에 있었다는 그는 상대 조직에 붙잡혀 아킬레스건이 끊긴 다음에 노숙자로 내몰렸다. 깡패도 힘이 빠지면 별수 없다. 이실장에 대해 물으니 벤치를 가리켰다. 망치와 그는 노숙자들과 떨어진 벤치에 와서 순대를 꺼냈다. 망치가 소주병을 꺼내 병나발 부는 것을 지켜보고 있었다. 그가 순대 몇 점을 집어 먹고 나서 용건을 물었다.

"망치씨, 요즘도 대포폰이나 가짜 통장이 계속 돌겠지?"

"물론이지요. 폰은 팔십만, 통장은 사백입니다. 어제도 경찰이 와서 한 명 끌고 갔어요. 보이스피싱에 이용되었다는 죄로."

"아직도 그런 멍청이가."

"세상에 멍청이 아닌 사람이 어딨습니까. 지점장님, 돈 좀 가진 거 있어요? 좋은 정보 드릴게요."

돈을 주지 않으면 입을 다물 인간이다. 지갑을 꺼내 오만 원짜리 한 장을 꺼냈다.

"한 장 더, 아니 지갑에 있는 거, 다 주세요. 이실장 정보에요."

뻔뻔한 얼굴에 속으로 부아가 났지만, 지갑의 돈 이십만 원을 빼앗기고 말았다.

"고맙습니다. 잘 쓰겠습니다."

히죽 웃는 얼굴에 성을 낼 수도 없다.

"그래, 무슨 정보로 내 지갑을 터나?"

"경찰이 저를 찾아왔는데 이실장이라는 사채업자 두목에 대한 단서를 찾더군요. 예전에 절도건 하나 있었는데 그걸로 협박해 왔지만 입을 다물었어요. 대신 통장 판 놈 불었지요."

"정말 이실장에 대해 아는 거야?"

망치가 코를 벌름거리더니 말했다.

"경찰이 이실장을 찾는 건 이해하겠지만, 지점장님은 왜 그놈을 찾으세요? 신협하고는 상관이 없을 텐데."

이럴 때 준비해 둔 말이 있다.

"망치씨도 알다시피 나한테 사채 피해자가 많이 찾아와. 우리 신협의 대출 중에서 우선순위가 고리채 청산이야. 이자를 깎으려면 업자의 우두머리하고 타협해야 하지 않겠어?"

활빈당이 시켜서 왔다는 말은 할 수 없다. 그제야 망치는 이해했는지 이실장의 직속부하가 운영하는 사채 수금원을 알고 있다고 한다. 이름이 송미남인데 노숙자 명의의 통장을 구하러 다니는 게 일이라 한다. 말솜씨가 좋아 많은 노숙자가 통장을 개설해 주었다고 했다.

"이걸 몇 개 보이스피싱에 넘긴 것이 들켜서 땅에 묻힐 뻔했다는데…… 솜씨가 좋아서 이실장이라는 인간이 다시 받아주었다고 하더군요."

도박판에서 칼부림 나듯이 사채업계에서 살인은 흔히 있는 일이다.

"어머니 병 치료 때문에 조직을 배신한 거라는데 돈 좀 집어주고 신변보호 해주면 될 거예요. 홍길동 같은 사람이 말이에요. 하하"

동엽이 어둠의 활빈당과 연관된 것을 알고 있는 듯했다. 그러나 시치미를 떼어야 한다. 송미남이라는 자가 영등포역 근처의 인력업체에서 일한다는 말로 끝맺었다. 녹음된 대화를 강이에게 전송했다. 나머지는 활빈당에서 알아서

할 것이다.

예나 지금이나 동엽의 모토는 '찾아오는 고객 기다리지 말고 찾아가는 신협이 되자.'이다. 처음 상임이사가 되었을 때 매일 조합원을 찾아다녔다. 이러니 짧은 기간에 조합원의 가정사까지 대충 알게 되었다. 조합원이 아닌 사람을 만났을 때는 가방에 넣어온 신협 홍보전단을 주고 조합원 가입을 권유했다.

"신협이 새마을금고 아니에요?"

이런 사람도 있고 큰 은행은 떼일 염려 없지만, 작은 신협은 믿을 수 없다고 하는 사람도 있다. 그러면 보장금액을 설명한다. 그래도 널리 알려진 은행을 더 믿을 수 있다는 사람이 많다. 그러면 그는 이렇게 대답했다.

"신협의 주인은 재벌이 아니라 조합원입니다. 은행이 이익을 보면 돈 많은 주주에게 돌아가지만, 신협이 이익을 보면 조합원에게 골고루 돌아갑니다. 규모는 작지만, 마을 사람을 위한 금융이니까요."

은행이 재벌을 위한 금융이라면 신협은 서민 금융이라는 점을 강조했다. 이렇게 상세히 설명하면 반응이 곧장 온다. 건네준 홍보전단을 읽어보고 다음 날 찾아와 조합원이 되었다. 이런 노력의 결과로 당산동 지점은 동네에서 좋은 평가를 받았다.

그렇다고 동네 사람들이 신협에 늘 호의적인 것만은 아니다. 조합원의 마음도 시시때때로 변한다. 주위에 신협과 경쟁하는 은행이 여러 군데 있다. 인지도나 신뢰면에서 신협보다 앞선 현실이니 어쩔 수 없는 일이다. 은행 금리가 조금 올라가면 돈을 빼서 그쪽으로 옮겼다. 건물주가 임대차 재계약할 때 전세비를 올리는 바람에 부득이 적금을 깨는 일도 있다. 어제는 '모란 카페' 황금철 사장이 예금을 몽땅 찾아갔다. 말이 카페지 70년대 다방 분위기의 낡은 다방이었다. 종업원 중에 탈북자 아가씨도 있었고 나이 먹은 여자도 있어 분위기가 복고적이었다. 커피 값도 싸서 노인들이 많이 드나들었는데 동엽도 영업하러 드나들다 황사장과 가까워졌다. 그런데 갑자기 예금을 빼겠다는 것이다.

"카페 운영이 어려워서 주식을 할까 합니다."

느닷없는 말에 만류했다. 주식은 투자금이 많아야 하고 이익을 얻으려면 오래 기다려야 한다고 설득했다. 주가가 내려갔다고 내다 파는 바람에 원금까지 손해 보는 것을 여러 번 보았기 때문이다. 그러나 황사장은 완고했다.

"손님 중에 주식해서 돈 많이 번 어른이 계십니다. 그분이 자기만 따라오면 돈 번다고 했습니다."

말을 들어보니 삼성전자 같은 큰 회사도 아니고 신생 벤처였다. 계속 말릴까 하다가 성난 얼굴을 보고는 예금을 해지해 주었다.

이런 일도 있었다. 고객을 만나고 돌아오는 길에 사람들이 잔뜩 모여서 웅성거리는 것을 보았다. 동엽은 그냥 지나치려다 솟구치는 호기심을 참지 못하고 사람들 틈에 끼어보았다.

"자, 열 배. 열 배. 맞추면 열 배 가져갑니다. 만원 내고 걸어서 맞추면 십만 원, 십만 원 걸면 백만 원입니다."

주사위 야바위꾼이다. 종로 쪽에서 많이 보던 거다. 밥공기 세 개에 주사위 한 개. 공기 세 개를 현란한 손놀림으로 움직여 주사위가 들어 있는 것을 맞추면 십만 원의 돈을 가져가는 것이다. 다른 야바위꾼과 다른 것은 빳빳한 오만 원짜리 돈다발이 커다란 아크릴 통에 잔뜩 들어있는 것이다. 어림잡아 일억은 되어 보였다. 견물생심이라고 거액을 본 구경꾼의 표정이 심상치 않다. 얼핏 보니 조합원인 청과물 주인 나철수도 흥미로운 얼굴로 바라보고 있었다.

"자, 갑니다. 걸어주세요."

야바위꾼은 주사위 위에서 두 개의 공기를 흔들다 덮었다. 그리고는 세 개의 공기를 또 흔들었다. 동엽의 눈에는 왼쪽에 있는 것으로 보였다. 그러나 가운데에 만 원짜리가 수북하게 쌓였고 좌우는 몇 장 없다. 야바위꾼이 너스레를 늘어놓더니 공기를 열었다. 오른쪽에 주사위가 있었다.

"아, 두 분이 당첨되었습니다."

야바위꾼 옆에서 보조하는 사내가 판 위의 돈을 모두 쓸

어간 다음 오만 원 두 장씩 두 명에게 건네주었다. 구경꾼들은 아쉬워하며 지갑에서 돈을 꺼냈다. 어차피 확률은 삼분의 일이다. 잃으면 몇만 원이고 따면 거액이 된다.

"자, 오늘 운 좋으신 분들. 여기 상자에 있는 일억 원 따가지고 가시기를."

다시 공기를 집어 흔드는 것을 보고 동엽은 사람들 틈에서 빠져나왔다. 종로에는 주사위 야바위 말고도 심지 뽑기도 있는데 분명히 긴 거라 여겼는데 손을 펴면 짧았다. 구경꾼의 눈은 야바위꾼의 속임수를 절대 이기지 못한다. 아마 상당수 구경꾼은 지갑의 돈을 털릴 것이다.

신협 사무실로 돌아와 업무를 보는데 매장에서 불렀다. 내려가 보니 나철수가 돈을 인출하고 있었다. 입금밖에 모르던 사람이 거금을 인출하자 보이스피싱을 의심한 여직원이 돈의 용처를 물었다. 대답은 안 하고 막무가내로 돈을 찾자 상임이사를 부르는 것이다. 나철수가 현금을 가방에 넣는 것을 보고 동엽이 말했다.

"나선생. 무슨 일인지 말이나 들어봅시다. 사무실에 올라가서 잠깐 차나 한잔해요."

문을 열고 나가려던 나철수는 주저하다가 뒤를 따라왔다. 동엽은 직감적으로 야바위에 걸린 것을 알아챘다. 그래서 커피를 앞에 놓고 거금을 찾는 이유를 캐물었다. 짐작이 맞았다.

"나선생. 제가 야바위꾼이 하는 것 많이 보았습니다. 부끄러운 이야기지만 저도 내가 본 것이 확실하다고 돈을 걸었다가 한 달 봉급의 절반을 잃었습니다."

봉급의 절반은 아니고 십 분의 일 정도를 짧은 시간에 잃었다. 그래도 이럴 때는 과장이 있어야 한다. 그래도 철수는 자기 눈은 정확하고 여덟 번이나 계속 땄다고 했다.

"따기만 했습니까?"

"그런 건 아니고……"

여덟 번을 땄으니 금액이 모두 팔십만이었다. 야바위꾼들이 금액을 올리라고 해서 백만 원을 걸었는데 잃었다고 한다.

"그때 내가 잃은 것은 먼젓번 찍은 것에 걸지 않고 다른 것을 찍었기 때문입니다."

가운데 공기에 돈을 놓았는데 몇 명이 오른쪽에 놓으면서 확실하다고 떠들었다고 한다. 거기에 휩쓸려 오른쪽으로 옮긴 것이 실수라고 했다. 처음대로 가운데에 걸었다면 천만 원을 땄을 텐데 결과적으로 이십 만원을 잃은 것이다. 오천만 원을 가지고 가서 네 번 잃어도 한 번만 맞으면 일억 원을 쥐게 된다고 했다.

"제 눈은 틀림없어요."

"나선생, 그게 야바위꾼의 속임수입니다. 오른쪽에 돈을 건 사람들이 한패일 수 있어요."

동엽은 한참 동안 설득했다. 야바위꾼의 속임수에 돈을 잃으면 가족들을 어떻게 보겠느냐고 했다. 그래도 고집을 부리자 경찰에 야바위꾼들을 신고해야겠다고 으름장까지 놓았다. 고개를 숙이고 듣고 있던 철수가 기어가는 목소리로 말했다. 돈을 잃고 투덜대자 은행에서 돈을 찾아오라고 꼬인 것도 옆에서 돈을 걸던 사람들이라고 했다.

"그자들이 한 패입니다. 나선생을 밀고 당기고 해서 더 큰돈을 걸게 하려는 거지요. 돈은 여기다 놔두고 다시 가보세요."

동엽의 말에 나철수는 자리에서 일어나 나갔다. 이십 분 정도 지나자 벌겋게 상기된 얼굴로 돌아왔다.

"한 패거리였어요. 내가 귀신에 홀렸나 봐요. 하마터면 오천만 원 다 날릴 뻔했습니다."

조금 떨어진 나무 뒤에서 야바위꾼들을 살펴보았다. 구경꾼들이 흩어지자 야바위꾼과 돈을 걸던 사람들이 친구처럼 농담을 주고받고 있었다고 했다. 이렇게 해서 돈은 다시 예치되었다. 다음 날 나철수는 사과 한 상자를 가져와 고맙다고 인사했다.

'돈은 욕망을 자유롭게 합니다. 자신이 원하는 것을 살 수 있지요. 그러나 욕망은 마르지 않는 샘처럼 솟습니다. 그러나 가진 돈은 한계가 있지요. 욕망이 커질수록 돈은 더

필요하지만 없으니 괴롭지요. 그러면 인간은 돈의 노예가 되는 겁니다.'

박동엽이 금융 교육장에서 강조하는 말이다. 그러나 이 것을 받아들이는 사람은 많지 않았다. 욕심이 많아서 돈의 노예가 되는 게 아니라 돈이 없어서 돈, 돈 하는 사람이 대 부분이다. 생활비가 모자라 쩔쩔매는 가정주부나 긴급하 게 소액의 돈을 사채업자에게 빌렸다가 늪에 빠지는 사람 이 더 많다. 수렁에 빠져 허우적거리는 사람들을 떠올리면 그의 마음이 울적해진다. 홍강이에게 전화가 와서 3층으로 올라갔다.

"아저씨, 표정이 어두우세요. 좋지 않은 일 있어요?"

"아, 아니."

자리에 앉자 강이는 여러 장의 사진을 보여주었다. 이름 은 송미남인데 실제 얼굴은 추남에 가까웠다. 이실장의 부 하가 운영하는 인력회사의 직원으로 등록되어 있다. 그러 나 인력공급은 겉치레일 뿐 실은 고리사채업을 하는 곳이 다.

"이 작자를 붙잡아서 추궁하니 비록 사채업자 밑에서 일 하지만 효자더군요. 어머니 병원비를 구하기 위해 보이스 피싱 조직에 통장 두 개를 넘겼다고 합니다. 사장이 송미남 에게 통장 값으로 천만 원을 깔 때까지 무급으로 일하라고 해서 궁지에 몰려 있습니다. 그래서……"

우선 미남의 어머니를 병원에 입원시켰다고 한다. 그리고는 몇 달 치 생활비를 주고 이실장에 대한 정보를 알아낼 수 있었다.

"정말 이실장의 정체나 소재지를 알 수 있을까?"

사채조직은 점조직으로 되어 있다고 한다. 앞에 나와 있는 사장은 바지사장이고 진짜는 뒤에 숨어 있다고 했다. 이실장처럼 말이다.

"아저씨 말씀대로 그것이 고민입니다. 사채조직을 규합해서 프랜차이즈로 만든 이실장은 사장도 진짜 얼굴을 보지 못했다고 합니다. 복면하고 만난다고 하는군요. 그러니 바지사장을 잡아 족쳐도 알 수 없을 겁니다. 방법은 하나. 이실장이라는 자는 채무자 중에 예쁜 여자가 있으면 몸으로 빚을 갚게 한다 하니 그것을 이용하는 겁니다."

강이는 말을 이어갔지만, 동엽은 자리에서 일어났다. 어둠의 활빈당이 아니므로 더 깊이 들어가기 싫었다. 강이도 그제야 깨닫고 입을 다물었다. 망치를 통해 송미남의 존재를 알려준 것만으로 그의 협조는 끝난 것이다.

박동엽은 오랜만에 임준일과 술자리를 했다. 사채해결사 양동이는 조금 늦을 거라고 했다. 양동이는 안지도 얼마 안 되고 무뚝뚝한 성품이라 대화가 적었다. 반면에 임준일은 펀드회사의 최우수 매니저로 활약했기에 그와는 말이 통한다. 인상도 좋고 성격도 서글서글한 데다 듣고 본 것이 많아 함께 대화하면 시간 가는지 모른다. 그는 고액연봉의 회사를 퇴직하고 활빈구호재단에서 무료로 자원봉사하고 있다.

"언제 창업할 거야?"

그의 물음에 준일이 크게 웃고 대답했다.

"이사님, 저 파이어족입니다. 구호재단 일이 마무리되면 여길 떠날 것입니다."

"능력 있는 사람이 사회활동을 접겠다고?"

"능력은요. 제가 손재주가 뛰어난 기술자라면 후배들을 지도라도 할 수 있지만, 돈을 불리는 재주는 저만으로 족해요. 제가 그만두어도 대신할 사람 많아요."

임준일의 뛰어난 실력을 알고 있다. 투자의 귀신, 마이더스의 손이라고 불릴 정도로 분석과 예측을 잘하는 투자의 귀재였다. 그의 옆자리에 앉은 동료는 손실을 보아 고객의 시달림을 받자 목을 매어 자살했지만, 투자자들은 너도나도 그에게 돈을 맡겼다. 그의 고공 행진이 끝난 것은 불의의 교통사고였다. 아내와 함께 운전하고 가다가 트럭과 충돌해 차가 완파되었다. 차가 안전성이 뛰어난 억대의 차라 아내가 다리를 약간 다쳤지만, 목숨은 건질 수 있었다.

"아내와 함께 병원에 있으면서 곰곰이 생각해 보았습니다. 내가 죽었으면 모두 잃게 되겠지요. 대형 아파트도, 은행에 들어있는 예금도, 그리고 사랑하는 아내와도 이별하게 될 것이지요. 다 잃어도 아내와 헤어지는 것만은 못 참아요."

임준일은 가난한 집에서 태어났다. 부모에게 받은 것은 사랑뿐이었다. 태어날 때부터 영특했던 그는 줄곧 우등생이었고 대학도 장학생으로 들어갔다. 고시공부를 하다가 어려운 가정형편을 생각하고 펀드회사로 들어가 크게 성공했다. 그의 아내는 준재벌의 고명딸로 미모와 지성을 갖추었다.

"아내는 좋은 조건의 남자들 다 뿌리치고 저와 결혼했지요. 내 능력보다 내 마음을 믿어준 사람이에요. 그래서 모든 것 스톱하고 시골로 가고 싶었지만, 아내에게는 차마 말하기 어려웠어요. 아이도 둘이나 있으니."

퇴원하는 날 그는 조심스러운 제안을 했는데 아내가 선뜻 응했다고 한다. 도시에서 입시 경쟁에 시달릴 아이들을 생각하면 산골도 좋다고 했다. 동엽은 그 말을 쉽게 이해할 수 없었다. 도시에서 화려하게 생활한 이들이 과연 적응할 수 있을까.

"부모님도 동의하셨나?"

"부모님 때문에 아주 시골로 가는 것은 뒤로 미루고 김포 접경지역으로 옮기려고 해요. 마포 한강 주변에서 태어나셔서 물이 좋다고 하시네요. 제가 성공한 것은 빠른 속도에 잘 적응했기 때문이에요. 농촌이나 어촌으로 가서 큰 변화

없이 안정적으로 살고 싶어요. 경쟁에 쫓기지 말고요."

임준일은 편안한 표정을 지으며 말을 이었다.

"아내는 국문학을 전공했는데 지금 구하라 회장님과 함께 도서관 설립을 하면서 제 일이 끝나기를 기다리고 있어요."

몇 년 봉사하다 후임자가 나오면 그만두고 부모님과 함께 살기로 했다는 것이다. 따로 살던 부모님은 곧 전류리로 이사할 것이라고 했다.

"그래도 돈을 더 많이 벌어 넉넉할 때 그만두는 게 좋지 않을까?"

"아니에요. 아내도 파이어족이 되고 싶은 마음이 있었다고 하네요. 필요한 만큼 돈도 벌었고요."

부잣집 딸로 어려움 없이 자랐지만, 행복은 돈이 많다고 얻어지는 것이 아니라고 했단다.

"펀드 매니저하면서 보니 부자라고 행복한 것이 아니더군요. 우리 부부는 적게 쓰고 나머지는 애정으로 채우고 살겠다고 다짐했어요."

임준일은 상당액을 신협에 저금하고 활빈신탁에도 많은 돈이 들어가 있다. 매달 신탁에서 나오는 돈으로 생활하기에 충분하다. 동엽은 문득 교통사고를 일으킨 트럭 운전사는 어찌 되었을까 궁금해서 물었다.

"졸음운전을 했더군요. 전날 아기가 몹시 울어서 잠을 못 잤나 봐요. 그래서 형사처벌을 면해 달라는 탄원서도 써주고 승용차 파손도 잊기로 했습니다. 어쩌면 브레이크 없이 달리는 내 욕심을 막아준 은인일 수도 있으니까요."

준일의 말에 동엽은 감동했다. 술 한잔 따르고 앞날에 행운이 있기를 바란다고 말해주었다.

조금 있으니 양동이가 왔다. 험상궂은 얼굴과 근육질의 몸매가 범죄자로 보이지만 바른길로 돌아선 사람이다. 악명 높은 사채업자로 있었기에 사채업자의 수법을 잘 알고 있다. 몇 년을 복역한 뒤에 뒤늦게 회개하고 사채업 흡혈귀에서 사채피해 막는 수호천사가 되었다. 그와 술자리는 처음이지만 거친 외모와 사채업자 출신이라는 선입견과 달리 인정이 많은 남자였다. 그러니까 악당에서 180도 다른 사람으로 변한 것이다. 그의 말은 이렇게 시작되었다.

"사채는 빚입니다. 빚은 갚아야지요. 신협에서 빌려도 빚이요, 좌판하는 할머니에게 빌려도 빚이요, 사채업자에게 빌려도 빚이지요. 빚을 쓸 때는 달콤하지만 갚을 때는 허리띠를 졸라매어야 합니다."

양동이는 술잔을 단숨에 비우고 나서 말을 이었다.

"고리 사채를 빌리는 것은 아주 다급한 처지에 있는 사람들입니다. 남자는 온라인 도박에 빠졌다가 사채 쓰고 여자, 젊은 여자는 명품가방 같은 것에 눈이 뒤집혀 사채를 쓰지요. 사채를 빌리는 순간 지옥에 들어가는 겁니다. 요즘은 카푸어도 있어요."

동이는 원룸 살면서 1억짜리 아우디를 타는 젊은 음식점 사장을 예로 들었다. 매달 렌트비를 400만 원씩 무는데 고급 차를 포기 못 하고 있다고 한다.

"허영이지요. 돈을 제대로 쓸 줄 모르는 이런 놈은 뒈질 때 차를 껴안고 죽을 겁니다. 여자애들은 사채에 몰리면 어디로 가겠습니까? 얼굴 예쁜 순서대로 룸싸롱에서 사창가까지 가는 길이 빤해요."

또 술을 따르고는 말했다.

"제가 왜 사채업에서 발을 뺐는지 아십니까? 이런 싹수없는 것들 말고 진짜 불쌍한 사람들이 있어요. 애기 분유값이 없어 이십 만원 빌려서 석 달 만에 삼백만 원으로 늘었지요. 이런 일은 흔한 일이에요."

"어제 구호재단으로 어떤 아가씨가 울상이 되어 올라가던데…… 파란 원피스 입은."

"아, 그 아가씨. 정말 허풍 들었지요. 얼굴은 곱상하지만, 마음은 허영으로 가득 찬 풍선이에요."

양동이가 말하기를 넉넉지 못한 가정의 여대생인데 친구들이 가지고 다니는 명품백이 부러웠다고 한다. 형편이 안 되니 망설였는데 인터넷에서 대출 광고를 보고 사채를 빌렸다는 것이다. 알바를 하고 있기에 갚을 수 있다는 판단이 잘못된 것이었다.

"얼마나 좋았는지 명품가방을 꼭 껴안고 잠이 들었다고

해요. 학생이 알바해서 고리채를 갚는 것은 힘든 일이죠. 순식간에 몇백만 원으로 불어났습니다. 갚지 못하게 되자 협박이 시작된 것입니다. 나체 사진을 보내지 않으면 가족에게 알리겠다고 했지요."

잔뜩 겁이 난 여대생은 깊이 생각할 겨를 없이 나체 사진을 전송했다고 한다.

"꼼짝 못하는 덫에 걸렸지요. 그다음에는 뭐겠어요. 룸빵이지요."

술집에 나가서 돈을 갚지 않으면 나체 사진을 부모와 지인들에게 전달하겠다고 하자 기절을 했단다. 다시 제안이 왔는데 룸싸롱에 나가고 싶지 않으면 하룻밤 봉사를 하라는 것이었다.

"그래서요?"

"결국, 끌려가서 당하고 말았죠. 그런데도 빚은 끝나지 않은 거예요. 이실장이 다시 보고 싶다고 했답니다."

동엽은 짐승 같은 사채업자의 만행에 몸을 떨었다. 이 밖에도 동이에게서 사채업자의 사악한 짓을 들었다. 화장실에 가서 홍강이에게 전화를 했다.

홍강이는 활빈구호재단에 잘 나오지 않는다. 그녀는 어둠의 활빈당원으로 빛의 활빈당이 운영하는 구호재단에 숨어 있는 것일 뿐이다. 강이는 친구 미카와 함께 아담한 빌라촌에 살고 있었다. 외부에서 습격하면 도피하기 쉬운 구조다. 모르긴 해도 빌라촌 거주자는 모두 활빈당원일 것이다. 운전해서 그녀의 집으로 들어가는데 절차가 까다로웠다. 경찰이 들이닥치면 도망칠 시간을 벌기 위해서일 것이다. 거실에는 뭉크의 '절규' 복제품이 벽을 가득 메웠다. 동엽은 강이가 정서적으로 문제가 있다고 느꼈다. 미카는 그가 소파에 앉자 커피를 끓이고 강이가 입을 열었다. 송미남이 가져온 대출자 사진에서 구호재단에 상담 왔던 윤수지를 찾아냈다. 예상대로 인력회사를 가장한 사채업자는 이실장의 직속부하였다. 그녀는 흐느껴 우는 수지를 달래며 그날 그곳까지의 동선을 파악했다.

"밤 열 시 정각에 영등포역 앞에 차를 보낸다고 했답니다. 그런데 십 분이 지났는데도 차가 안 와 자리를 뜨려는데 검은 승용차가 그 앞에 섰다고 합니다. 그래서 탔는데……"

썬팅을 해놓아서 밖이 전혀 보이지 않았다고 한다. 한 시간 정도 지나다가 어느 집 앞에 섰다. 안대를 씌워 앞이 보이지 않은 채 수지는 방으로 들어갔다. 복면한 남자가 서있었다.

"복면?"

"눈만 보이는 복면 있잖아요. 조로 복면 말이에요."

그제야 영화 '쾌걸 조로'의 얼굴이 떠올랐다.

"수지는 거기서부터 말을 제대로 못 했어요. 울음을 터뜨려서. 끔찍한 밤을 보내고 아랫도리가 피투성이가 되어 기절했는데 깨어나 보니 안산의 어느 모텔이었데요."

"그러면 안산 어디가 아닐까?"

"아닐 거예요. 이럴 때는 미카가 나서야지요. 안 그래?"

가만히 듣고 있는 미카가 맞장구쳤다.

"지점장님, 우리가 그놈을 잡을 거예요. 결과만 보세요."

그가 할 일은 없을 것이다. 신협 당산점의 상임이사로서의 일만 하면 된다.

신협의 주요한 일은 돈의 순환을 통해 서민경제를 건강하게 하는 것이다. 고리 사채가 검게 썩은 피라면 신협의 돈은 싱싱한 붉은 피다. 사채가 서민을 빈민으로 만드는 것이라면 신협은 빈민을 서민으로, 서민은 중산층으로 만드는 것이다. 은행의 주인이 돈 많은 주주라면 신협의 주인은 마을의 조합원이다. 그래서 은행의 문턱은 높고 신협의 문턱은 낮다.

신협 당산동 지점은 5년에 한 번 '신협의 날' 행사를 한다. 이날 예금하는 조합원은 특별 금리가 책정되어 있다. 일주일 정도 남았지만, 부지점장이 기획하고 있고 그는 봉사활동을 감독하고 있다. 오늘은 신협 강당에서 동네의원의 의사 남매가 쪽방촌 주민의 무료진료를 하고 있다. 가난한 사람은 의료보험비를 내지 못하기 때문에 아파도 병원에 갈 수가 없다. 여러 가지로 치료는 받을 수 있겠지만, 미리 예방해서 병이 커지는 것을 막는 것이 최선이다. 환자를 치료하는 비용은 활빈구호재단에서 내준다. 쪽방 거주자는 노숙자가 되기 직전으로 언제 길로 내몰릴지 모르는 불쌍한 사람들이다. 이 사람들은 일용직이나 노점상을 하고 행상을 한다. 개중에 신협에서 돈을 빌려 종잣돈으로 삼아 자그마한 가게에서 자영업으로 크게 성공한 사람도 몇 명 있다. 이럴 때 마음이 뿌듯해 온다. 빈혈 상태에 빠진 사람에게 신협의 수혈로 건강을 되찾았으니 말이다.

저 앞에서 변기관 변호사가 어기적거리며 오는 것이 보인다. 재벌가의 막내아들로 골수 활빈당원이다. 자기 아들이 비밀결사 조직의 핵심당원이라는 것을 변회장이 알게 되면 기절초풍할 것이다. 어려서부터의 꿈이 가난한 사람을 위해 자신의 모든 것을 바치는 것이라 했다. 인품도 훌륭하고 마음씀도 관대해서 그를 처음 대한 사람들에게 호감을 이끌어낸다.

"변변. 변변치 못하게 걸음걸이가 왜 그런가?"

무례한 농담에도 그는 히죽 웃으며 대답했다.

"무리하게 야마카시하다 다쳤습니다."

야마카시는 아주 재미있어 보이는 놀이지만 하는 사람은 다칠 위험이 있다. 그럼에도 변기관이 계속하는 것은 홍강이의 환심을 사려는 것이다.

"변변. 소문 못 들었어? 홍강이에게 사귀는 남자 있다는 거."

그 말에 변기관의 얼굴이 잠시 벌게지더니 나직하게 말했다.

"지점장님. 장사장 말입니다. 큰일 낼 사람이더군요."

"장사장? 장사장이 누구야?"

"서울엔지니어링에서 회사 뺏으려 한다는 사람 말이에요."

변변의 말에 그의 가슴이 털컥했다. 패자부활한다고 신협에서 3억을 대출하지 않았던가. 활빈신탁에서 보증은 해주고 있지만 장사장이 대출상환이 어렵게 되었다면 골치 아파진다. 자신도 모르게 목소리가 떨렸다.

"무, 무슨 일로. 어떤 사정이야?"

변변이 어두운 표정을 지으며 나직하게 말했다.

"신협의 재정에 금이 갈 것 같습니다."

"왜, 왜?"

마음이 다급해졌다. 그의 머릿속에 장사장이 떠오르고 그가 말한 신기술이 엉터리 같다는 생각이 떠올랐다. 당황한 그의 얼굴을 보고 변기관의 얼굴이 환해지더니 말했다.

"장사장네 신기술이 시장에서 호응이 좋아 곧 대출을 갚을 거 같습니다."

"그, 그런 거였어? 이 사람아."

변변의 어깨를 툭 치고 말았다.

"우회장이 이걸 알고 어떡하든 뺏으려고 한 거였어요."

"다행이다."

"대출 기간 내에 갚을 건데요?"

"그래도 좋아. 아까 강이가 사귀는 남자가 있다고 했지?"

다시 변기관의 얼굴이 벌게진다.

"그 집에 핏불 강아지가 들어왔어. 수컷으로."

그 말에 변변의 다시 얼굴이 환해진다.

"강이씨는 개 좋아하지 않는데요."

"미카가 들여왔어. 핏불이 무슨 개인지 알아? 주인 아니면 그냥 물려고 달려드는 개야."

"그래서요?"

"그 집에 갈 일 있으면 조심하라고 말해 주는 거야. 남자의 소중한 부분을 물지도……"

변기관의 스마트폰에 문자가 오는 소리가 들렸다. 열어보더니 말했다.

"지점장님. 어서 가야겠어요. 저번에 제게 부탁하신, 껀 있잖아요. 빚 상속."

"아, 그게 있었지. 잘 부탁해. 세상에, 할아버지 빚이 손자에게 내려오다니."

돌아간 사람에게 채무가 있을 때 그 아들이 상속을 포기하면 아들의 아들이 그 빚을 갚아야 한다. 손자마저 포기하면 사촌에게 빚이 넘어간다. 이런 불합리한 법이 한국에 남아 있다. 은행에서 악착같이 빚을 받아내려는 것이나 사채업자가 강도처럼 돈을 받아내려는 것이나 똑같다.

일주일이 지났다. 사흘 뒤 신협 영등포 당산점에서는 '신협의 날' 행사를 한다. 부지점장은 행사 준비하느라 바빴다. 동엽은 행사에서 할 연설문 초안을 머리를 짜내 쓰고 있었다.

스마트폰이 울렸다. 한번, 두 번 벨이 울렸지만 받지 않자 문자가 왔다.

'임무 완료.'

이렇게 문자가 쓰여 있었다. 당장 전화를 걸었다.

"임무 완료라니. 이실장, 잡은 거야?"

홍강이가 대답했다.

"물론이지요. 이실장이 누군지 알면 깜짝 놀라실 거예요."

"누군데?"

"이따 퇴근 후에 오세요. 끊어요."

궁금해 죽겠는데 강이는 전화를 그냥 끊었다.

"깜짝 놀랄 사람이라니…… 도대체 누구길래 그러는 거야?"

초안을 계속 다듬으려 했지만, 앞으로 나가지 않는다. 연신 벽시계를 보다 퇴근이 되자마자 자리에서 일어났다. 뒷일은 다들 알아서 잘할 것이다.

차를 몰아서 강이의 빌라 앞에 세우고 초인종을 눌렀다. 문이 열리자 단숨에 이 층의 강이 방으로 뛰어 올라갔다. 들어가니 빔프로젝터로 스크린에 영상을 쏘고 있었다. 미카의 머리칼이 까만 것이 염색한 모양이다.

"강이야, 이실장이 누구라고?"

강이는 내가 묻는 말에 대답 대신 빔프로젝터 스크린을 가리켰다. 거기에는 눈 주위를 복면으로 숨긴 남자가 나타났다.

"저게 누구냐?"

강이가 리모컨을 누르자 스크린에 김병준 장로의 얼굴이 나타나는 게 아닌가.

"김장로가 왜, 여기에 나오는 거야?"

어리둥절해서 물으니 강이가 간단히 답했다.

"이실장이 김병준이니까요."

그 말을 믿을 수 없었다. 김병준이 돈을 밝히는 음흉한 위선자라는 것은 알고 있지만, 이실장 같은 파렴치한은 아닐 것이다.

"그럴 리가 없어. 김병준씨는 장로 직분을 가진 크리스챤 신문사 대표 아닌가."

말은 이렇게 했지만 얼마 전에 돈을 맡길 때의 호기로운 말을 떠올렸다.

"아저씨, 아저씨 같은 분도 속일 정도면 정말 나쁜 놈이에요."

강이는 자신과 미카가 공조해서 김병준의 정체를 드러낸 과정을 칠판에 마크펜으로 그려가며 열변을 토했다.

"영등포역 앞에 인력회사로 위장한 불법 사채업자가 윤수지에게 돈을 대출한 것을 송미남을 통해 알았습니다. 그래서 머리 염색하고 변장한 미카가 거기서 오백만 원을 고율의 이자로 빌렸어요. 미카의 미모에 홀딱 넘어간 사장은 형편을 물었어요. 미카가 순진하고 겁이 많은 듯 연기를 했지요. 일주일 뒤에 이자를 못 내자 은밀히 제안해 온 거예요. 윤수지에게 한 것처럼요. 그래서 영등포역에서 떠난 차가 빙글빙글 돌아 안산에 온 것처럼 속이고 김장로의 집안으로 들어갔지요. 그다음은 우리 뜻대로 된 거예요."

강이가 리모컨을 누르자 사채업자 이실장으로 가장한 김병준과 미카가 화면에 나타났다. 옷을 홀딱 벗은 미카의 뒷모습이 나타나자 민망해서 고개를 돌렸다. 미카가 웃으며 말했다.

"지점장님, 괜찮아요. 그다음이 중요해요."

눈만 빼꼼하게 내놓은 복면을 한 김병준이 옷을 훌훌 벗는 것이 보였다. 미카가 말했다.

"윤수지를 살살 달래서 김병준이 한 짓을 들어보니 변태 중 변태, 왕 변태더군요."

포르노 비디오에서나 봄 직한 온갖 추잡한 성행위를 요구했다고 한다. 미카도 그런 짓을 당하기 직전에 강이가 경호원 두 명을 제압하고 쳐들어가서 붙잡았다는 것이다. 그 장면이 화면에 비쳤는데 강이는 복면하고 검은 머리칼의 미카가 짙은 화장으로 변장한 모습이 보였다. 쓰러진 김병준을 끈으로 묶고 취조하는 장면도 보였다.

"미카가 들어가자마자 벽에 카메라를 부착했는데 녹음장치가 고장 나서 소리는 안 들려요."

강이와 미카가 방을 수색하는 장면이 보였다.

"우선 찾은 것이 금융권과 정식 대부업체에서 거절된 사람들 명단이에요. 이것을 찾아 유에스비에 저장하고 원본은 폭파했지요."

"프랜차이즈라고 하지 않았나? 다른 업체에 남아 있을 텐데."

"동업자들에게 문자를 보냈어요. 검찰청에서 수사에 들어갔으니 모두 삭제하라고요. 그다음에는 김병준에게 협박했어요. 사채업 프랜차이즈는 해산하고 김병준이 직할하는 사채업소에서 대출받은 사람들은 원금만 받으라고요."

"동의하던가?"

"아니지요. 저항하길래 만약 내 말을 안 들으면 촬영한 것을 인터넷에 공개하겠다고 했지요. 그제야 항복하면서 애원하더군요. 그래서 김병준에게 빚진 사람들에게 원금만 갚으라고 문자를 보냈습니다. 만약 나중에 번복하면 죽여 버리겠다고 했습니다."

이해가 안 되는 것이 있다. 활빈당이라면 붙잡아 기억을 잃게 하고 중노동을 시킬 수 있다. 반병신이 되도록 잡아 팰 수도 있을 것이다. 뭔가 있다.

"내게 숨기고 있는 것이 있네. 그렇지?"

"역시 아저씨는 눈치가 백단이에요. 뒤져 보니까 김병준의 뒤에 돈을 맡긴 사람들이 있었습니다. 그 안에는 경찰도 있었고 정치하는 사람, 사업가 그리고 은행원도 있었어요. 고율의 이자에 혹한 거지요. 김병준이 자신의 사회적 지위를 담보로 돈을 맡기게 한 것이고요."

더 깊이 들어가면 위험할 것 같았다. 현재 재산에는 돈을 대지 않을 테니 사채업에서 손을 떼라고 했다. 벌집을 건드리면 활빈당의 존재가 드러날지 모르기 때문이다.

"명단도 모두 갖고 있으니 경찰에 알리면 모두 폭로하겠다고 해서 타협을 봤습니다."

"크리스챤 페이스인가 뭔가도 계속할 건가."

"그건 묻지 않았습니다. 김장로 형편에 따라 하겠지요."

그는 자신도 모르게 한숨을 내쉬었다. 세상에 믿을 인간이 어디 있겠나. 김병준. 정말 뻔뻔스럽다.

잔뜩 검은 구름이 끼었다가 비가 쏟아졌다. 좍좍 온종일 비가 내렸다. 부지점장은 내일 있을 행사로 걱정했지만, 동엽은 마음이 평안했다.

"상임이사님. 걱정 안 드세요?"

부지점장이 안달복달했지만, 일기예보가 어쨌든 간에 '신협의 날' 행사는 성공하리라는 확신이 들었다. 그리고 예감은 들어맞았다. 토요일 아침이 되자 비가 그치고 해가 났다. 공터에 천막이 쳐지고 직원들은 의자를 정렬했다. 스피커와 마이크도 설치되었다. 오늘의 행사는 신협 당산동 지점의 지난 5년간 경과보고도 있고 조합원들의 신상발언과 노래 경연대회가 있다. 마지막으로는 영등포와 자매결연을 한 김포의 농수산물을 저렴한 가격에 판매하는 시장이 열린다. 판매는 김포 사람들이 하지 않고 영등포 시장 상인이 받아서 팔기로 했다.

사회는 부지점장이 하기로 했다. 동엽은 조합원을 일일이 만나 악수하고 고마움을 표시했다. 사람과 사람들 사이를 돌아다니며 일일이 인사하는 것은 힘든 일이었다. 하지만 축하를 많이 받으니 마음이 들뜨기 시작했다. 빈 의자가 채워질 때에 행사 시작을 알리는 장내 방송이 있었다.

"지금부터 신협의 날 행사를 시작합니다."

부지점장의 행사 시작이 선포되었고 국기에 경례 등 의례가 있었다. 그리고는 내외귀빈을 소개하는 자리도 있었다. 원래 조합원들만 참석하기로 되어 있는데 기관장들도 드문드문 모습을 보였다. 드디어 당산점 상임이사가 나설 때가 되었다.

"여러분, 안녕하세요? 신협 당산동 지점 박동엽 상임이사입니다."

이렇게 입을 뗀 그는 신협의 자산이 90조이고 점포가 1653개 신협 조합원이 600만 명이라는 자랑부터 늘어놓았다. 처음 신협의 직원으로 인연을 맺을 때를 회상하면 엄청난 발전을 했다.

"오늘 아침, 저는 어린 친구에게서 소중한 선물을 하나 받았습니다."

행사 직원이 도화지에 그린 그림을 그에게 건네주었다. 그것을 휘휘 둘러서 모두 보게 했다. 그림에는 길에 쓰러진 남자가 그려져 있다. 영등포의 초등학교를 돌아가며 금융교육을 하면서 신협을 소개할 때 핏줄이 막히면 쓰러져 죽는다고 했다. 그때 강의를 들은 초등학생이 '신협의 날'을 맞아 그림을 보내왔다. 풍보가 쓰러져 죽은 그림이었다. 학생은 그림 위에 '돈은 피다. 핏줄이 막히면 죽는다. 신협은 피를 잘 돌게 한다.'라고 썼다. 섬뜩한 그림이라고 직원들이 반대했지만 뿌리치고 소개한 것이다. 신협이 하는 일을 정확히 보여주었기 때문이다. 동맥경화로 쓰러지기 전에 식이요법이나 운동으로 살을 빼야 하는 것처럼 신협은 건강한 혈관청소부가 되어야 한다.

"심장이 멎으면 사람이 죽습니다. 심장이 뭔가요. 피를 각 장기에 공급하는 게 아닌가요? 그것을 멈추면 피를 공급받지 못한 장기는 기능을 상실하고 죽음에 이르게 됩니다. 하지만 심폐소생술을 하면 심장이 다시 뛰면서 피가 돌기 시작합니다. 신협은 바로 심폐소생술을 하는 서민금융입니다."

모두 공감하는 눈치다. 얼마나 많은 사람이 신협의 도움으로 고리채에서 해방되었던가. 사채로 병든 마을공동체를 살려낸 산소호흡기다. 빚은 빈혈이고 고리의 사채가 썩은 검은 피라면 신협의 대출은 싱싱한 붉은 피다.

"신협은 혼자 빨리 가는 것보다 모두 함께 가는 길을 택합니다. 신협의 중심은 돈이 아니라 사람이기 때문입니다. 은행은 거대한 자본으로 고객을 끌어들여 주주의 이익을 추구하지만, 신협은 그 이익이 조합원에게 돌아갑니다."

그러자 우레와 같은 박수가 터져 나왔다. 뒤이어 신협과 거래하는 조합원들이 발표하는 시간이다. 처음 나온 것은 노점상에서 신협의 대출로 행상을 거쳐 점포를 가진 일식집 한사장의 발표로 시작했다.

"누구도 나를 돕지 않았습니다. 가족도 친척도 도울 형편도 안 되었거든요. 그때 주위의 권유로 조합원이 되었고 신용대출을 받은 돈으로 작은 트럭을 사서 행상으로 돈을 모앉고 여러 해 지나 대출을 받아 점포를 마련했지요. 지금은 건물도 한 채 가지고 있습니다."

일식집 한사장 다음으로는 반찬가게 여주인이 나왔다. 전세 사기를 당해 길거리로 내쫓겼을 때 반찬 만드는 솜씨를 담보로 대출을 받았다. 조그만 점포를 얻어 반찬가게를 시작했는데 지금은 영등포 시장에서도 알부자로 소문났다고 자랑했다. 이렇게 몇 명의 조합원이 나와 성공사례를 발표했다. 사회자인 부지점장이 다음 순서를 발표했다.

"다음은 복 받는 예금 시간입니다. 특별이자를 더 지급해 드립니다."

많은 조합원이 줄 서서 예금했다. 기다리는 시간에 동네 아마추어 가수의 트롯 노래가 있었고 걸그룹의 춤을 추는 여.중고생들도 있었다. 예금하려는 사람 중에 하루 30만 원 용돈을 받는 허민대가 있었다. 키가 워낙 커서 눈에 금세 띄었다. 며칠 전 자기 방에 숨겨 두었던 현금 삼천이백오십 만원을 마대에 넣어 가져와 조합원이 되면서 예금했다. 그런데 오늘 또 온 것이다.

"이틀 치 육십 만원이에요."

처음 만났을 때와 달리 밝은 표정이다. 그는 예금하면서 꿈을 가질 수 있었다고 했다. 일억이 모이면 어머니에게서 독립하겠다고 했다. 그 뒤로 백화점 재벌 딸 이서현이 서 있었다. 그녀는 동엽을 보고 웃으며 말했다.

"월급은 며칠 전에 받았는데 특별 이자 주신다고 해서 온 거예요. 호호."

누가 그녀를 날라리 재벌 딸이라고 하겠는가.

"미경씨는 안 할 모양인가?"

"그럴 리가요. 언니 것도 함께 가지고 왔어요. 언니는 지금 쪽방촌 무료급식 중이거든요."

예금하는 사람들에게 일일이 인사하는데 김병준 장로가 눈에 들어왔다. 보는 순간 울컥하고 치밀어오르는 게 있었지만, 꾹 참았다. 김장로는 넉살을 떨었다.

"지점장님, 신협의 날 축하합니다."

"예금하시려고……요?"

속이 비틀렸지만, 최대한 친절한 어조로 말했다.

"그건 아니고요. 월요일 날 돈을 조금 찾아갈 겁니다. 크리스챤 페이스 이십 주년 기념으로 좋은 일 좀 하려고요."

"좋은 일이라. 뭘까요? 장로님."

"영등포 관내 성매매 업소녀들의 복지를 위해 돈을 기부하기로 했습니다."

그의 태연한 말에 가슴 속에 불이 났다. 이런 철면피 같으니. 사채를 못 갚아서 매춘의 길로 들어선 불쌍한 여자들이 많다고 들었다.

"오천만 찾아가겠습니다."

"좋은 일 하신다니…… 모두 찾아가시지요. 일억 모두."

그의 말에 김장로의 눈이 동그래졌다. 뒤돌아서니 토할 것 같은데 남주임이 구원해 주었다.

"이사님, 이제 시장을 열어야겠는데요."

영등포와 자매결연 맺은 김포에서 생산되는 농수산물의 판매를 하자는 것이었다. 그는 김장로를 외면하고 빠른 걸음으로 판매장으로 갔다. 전류리를 비롯해 한강 변의 어부들이 잡은 물고기와 채소들이 그득 쌓여 있었다. 판매는 영등포 시장의 상인들이 맡았는데 그들의 단골들이 너도나도 장바구니와 쇼핑카트에 실었다. 누군가 하늘을 보고 소리쳤다.

"드론이다!"

백 개가 넘는 드론이 어둑어둑해진 하늘에 떴다. 아까 이공돌 사장이 전화한 대로 '신협의 날' 축하기념으로 드론을 띄운 것이다. 손님도 상인도 예금하던 사람도 모두 하던 것을 멈추고 하늘을 올려다보았다. 드론은 원, 삼각형, 사각형 등 여러 모양을 그렸다. 이렇게 멋지게 비행하던 드론 중에서 맨 밑의 것에서 플래카드가 튀어나왔다. 자세히 보니 '우리 동네 신협'이라는 글씨가 쓰여 있었다.

제5편 은밀한 동네

나는 남파간첩이다. 조선 인민민주주의공화국에서 일본을 거쳐 남조선에 온 지 오늘로 일주일 되었다. 일본에 있을 때는 두 달이 일주일처럼 짧았는데 여기서는 일주일이 두 달 같이 길다. 머물고 있는 '태양 여인숙'에서 찌그러진 밑바닥 인간들을 매일 보기 때문일 것이다. 나는 재일교포 사진작가 김현희의 이름을 빌려서 영등포에 들어왔다. 내 소개를 할 때는 가네코(金子)라고 말한다. 그리고는 재일교포라는 증명을 위해 일본인 특유의 발음으로 대화한다. 인터넷에 들어가 보니 일본 가수 야마도네 쿠리코의 어색한 한국어를 요즘 뜨는 여배우가 패러디하고 있었다.

"뮤지크 스타또."

뮤직 스타트. 연주하라는 영어를 일본인이 하면 이렇게 웃길 수 있다는 걸 처음 알았다. 김정은 수령님도 여기서는 웃기는 소재가 된다. 공화국에서 그랬다가는 일가족 총살

형이다. 어쨌든 나는 정체를 감추고 첩보활동을 하는 110
호 연구소. 기술 정찰총국 소속 공작원이다. 본명은 이순
자. 평양 외국어대학 일어과 졸업. 현재 나이 26세.

　내가 묵고 있는 여인숙 이름이 태양이지만 건물은 허물
어지기 직전이니 황혼이라고 바꾸는 것이 적절할 것이다.
이곳은 남조선의 쓰레기장이다. 가족도 없고 직업도 노점
상, 일용직인데다 자본주의의 소중한 생명인 돈도 없다.
저 아랫동네 쪽방촌보다 낫다고 했다. 월세가 더 많은 탓이
리라.

　"가네코씨. 짐 단속 잘하세요."

　항상 화난 듯 미간을 찌푸리는 여인숙 주인의 말씀이다.
어제 들어온 손님이 옆방을 뒤지다가 발각 났다. 경찰을 부
르지 않고 좋게 타일러서 내 보냈다고 한다.

　"아주머니, 이 근처에 은행이 어디 어디 있나요?"

　내가 글로 이렇게 표현하지만, 발음은 일본에 실제 거주
하는 교포처럼 이상하게 한다. ~스므니다.를 자연스럽게
하는 건 쉽지 않다. 아까 낮에 '에로스 전시회'라는 현수막
을 보고 들어가 사진을 찍다가 진짜 일본 교포를 만났다.
말을 건네와서 바짝 긴장했다. 내가 일어과 출신으로 교포
처럼 보이는 공작원 훈련을 받았어도 활동은 쉽지 않다. 한
번의 작은 실수로 정체가 탄로 나면 끝장난다. 국정원이라
고 부르는 특무로 끌려가면 갖은 고문을 다 당한다고 한다.

빨갱이 여간첩이니 무슨 짓인들 못 하겠나. 성고문은 물론이고 겁탈도 각오해야 한다. 그렇게 교육받았기 때문이다. 나, 아직 순결한 처녀다.

"저기, 에이젯 편의점 보이잖아요."

"활빈 밖에 안 보이는데요."

"그 옆 큰길로 쭉 가면 은행이 있어요."

무뚝뚝한 표정의 주인아줌마는 남파간첩 출신 아버지와 산다. 아버지 장기수씨는 나이가 칠순이 넘었다. 원래 남조선 출신으로 월북해 간첩 교육을 받고 남파해서 활동했다고 한다. 노동계에서 암약하다 체포돼 교도소에서 오래 징역을 살았다. 일가친척과는 인연을 끊었기에 막노동하다가 딸이 있는 과부와 살았다. 부인은 몇 년 전 지병으로 돌아갔다. 원래 이름은 장병호인데 북으로 송환을 바라는 장기수들과 함께하겠다고 이름을 장기수로 바꿨다고 한다. 여인숙 주인인 딸은 올해 나이가 마흔이다. 남편은 건설노조 운동을 하다가 의문의 추락사를 당했고 아들이 세 살 때 백혈병으로 죽었다고 한다. 그녀는 내가 간첩이라는 것을 알고 있다. 이런 더러운 곳보다 깔끔한 모텔에 투숙하고 싶지만, 이들 부녀가 내 보호막이니 어쩔 수 없다. 정찰총국에서 여인숙을 거처로 정한 것은 그녀가 북경의 조선대사관 앞으로 편지를 보냈기 때문이다. 아버지와 함께 조국의 품으로 돌아가고 싶다고.

찰칵 찰칵.

나는 아침 일찍 여인숙을 나와 영등포 일대를 돌아다니며 사진을 찍는다. 여기는 너도나도 폰으로 아무거나 찍는 여자들이 많다. 공화국 같으면 누구를 찍느냐고 항의할 법도 한데 그냥 놔둔다. 내가 고가의 카메라를 들고 다니니 신문사 기자나 사진작가인 줄 알고 말을 건네기도 한다. 그러면 나는 일본 교포로 사진집을 내려고 한다고 대답한다.

"아하, 교포시구나. 작년에도 문래동 공장들, 시장, 쪽방촌을 드나들며 사진 찍는 작가들이 있었어요. 올해 작품집 낸다고 하더라구요."

이렇게 말하는 주민은 촬영에 적극 협조해 준다. 그러나 그들은 모른다. 내가 북에서 내려온 남파 간첩으로 사진집 발행 따위는 전혀 관심 없다는 것을. 내 목적은 상부의 지령에 따라 대위와 접선해 참수작전 계획을 알아내는 것이다.

찰칵.

시장 입구에 들어서니 이른 아침이라 상점은 열지 않았다. 몇 명의 상인들이 빙 둘러앉아 김밥과 떡을 김치와 함께 먹고 있었다. 어제 팔고 남은 것을 아침 식사로 하는 것이다.

"여보, 교포 아가씨. 떡 좀 먹어 보시오."

며칠 얼굴을 익혔더니 금세 인심을 쓴다. 이런 건 우리

조국도 같다. 다만 물산이 풍부하지 못해 공화국 인민들은 이렇게 인심 쓰지 못하지만.

"감사하므니다. 사진 몇 장 찍겠스므니다."

사진을 몇 장 찍고 그들이 건네준 팥떡을 입에 넣었다. 이 사람들은 내가 영등포 상인들을 찍어 작품집을 내면 시장 홍보가 될 것으로 생각할 것이다. 그러나 그런 기대는 하지 마라. 나는 임무를 마치면 평양으로 곧장 갈 사람이니.

"아주므니들, 시장 상인에 탈북자. 아니 새터민이라고 하는 여자들 계시므니까?"

내 물음에 고개를 가로젓는다.

"그 사람들 장사 못해요. 터를 얻을 돈이 없어도 노점은 할 수 있겠지. 하지만 그것도 손님이 필요한 게 뭔지 어디서 사 가지고 와야 하는지 모르니 못 하지."

탈북자들은 식당이나 자수공장 같은 소규모 공장에서 일한다고 했다. 임대주택도 주고 국가 지원도 있어 게으르지 않으면 살만하다고 한다. 탈북자들을 시장에서 찾기란 어려울 것이다. 나는 시장 안으로 들어가 사진을 찍었다. 아침부터 카메라 들고 부지런 떠는 것은 사진작가라는 위장 신분을 드러내면서 나를 미행 감시하는 자가 있는지 파악하려는 깃이다. 시장을 나오니 무인점포라는 간판이 보인다. 사람 구하기 어려운 일본에서 많이 보았다. 무인점포 안에 들어간 여자가 신용카드를 넣고 계산하는 모습을 흘

꼿 보고 지나쳤다. 갈등을 일으킨다. 남조선은 인민공화국과 비교하면 훨씬 잘산다. 그러나 부러움은 잠시뿐이다. 잘살긴 하지만 인간적, 도덕적으로 타락한 곳이다. 남조선을 이끄는 지도자라는 사람들의 조상은 엄격한 신분계급으로 백성을 착취하던 노론과 자신과 가문의 영달을 위해 나라를 팔아먹은 매국노 후손이다. 박정희와 전두환 독재자 밑에서 미국, 일본 놈과 야합한 더러운 자들의 후손이 만든 반민족 국가 아닌가. 내 증조할아버지는 김일성 주석님과 함께 만주에서 항일 빨치산으로 싸웠다. 지금은 대성산 혁명렬사릉에 계시며 우리 가문의 자랑거리이다. 애국렬사릉과 다른 것은 분묘에 비석과 함께 반신상이 세워져 있다. 사람이 밥만 먹고 사나. 정신이 올바르지 못하면 허깨비로 사는 거다. 속으로 크게 외친다. 조선 인민민주주의 공화국 만세! 위대한 김정은 수령님 만세!

내가 가지고 있는 통장은 K은행 것이다. 문을 열려면 아직 시간이 있기에 편의점을 찾았다.

에이젯 편의점 당산점. 명찰을 단 아가씨가 물품을 정리하고 있었다. 이곳에 머물 때까지는 자주 들러야 하는 편의점이다. 시장에서 상인들과 가까워지면 말이 많아지고 신분이 탄로 날 수 있다. 편의점은 접촉대상이 훨씬 적어진다. 필요한 물품만 골라 카드로 계산하면 끝이다. 내가 오늘 살 물건은 생리대이다.

편의점 안의 진열된 물품을 보니 다양하다. 과자, 사탕에서부터 술, 담배에 집에서 쓰는 빗자루도 보인다. 북에서는 국산에 좋은 물품이 없다. 그런데 여기는 영어식 이름과 영어 글씨가 온통 도배되어 있지만, 내용물은 대부분 남조선 것이다. 십여 분 빙빙 돌며 물건을 보다가 생리대가 진열된 곳에 왔다. 나는 공화국에서는 선택받은 상류층이기에 중국제를 썼다. 많은 여성이 천으로 만든 생리대를 쓸 때도 나는 중국제 일회용을 썼다. 지금은 그곳에서도 종이 생리대가 나온다. 하지만 겉모양만 봐도 북의 것과 다르다. 집어들고 계산대로 갔다.

"다 사셨나요?"

친절한 어투의 젊은 여직원 명찰이 예사롭지 않다. 오선화. 그리고 억양도 북조선이었다. 카드를 꺼내면서 물었다.

"조는 일본에서 온 사진작가 가네코라고 하므니다. 사진 한 장 찍어도 되게쓰무니까?"

"아, 네. 그러세요."

순순히 응하는 오선화는 분명 북에서 왔다. 찰칵, 찰칵. 환하게 웃는 그녀의 얼굴이 내 사진기에 담겼다.

"이름이. 혹시 새터민?"

"네. 맞아요. 이 시간은 엄마가 해야 하는데 어디 잠깐 가셔서 제가 대신하고 있어요."

"아, 그래요. 조는 영등포 지역민 일상을 사진과 함께 글로 쓰고 있으므니다."

내 말에 그녀는 경계하지 않고 응해 주었다. 오선화라는 이름은 엄마이고 자기 이름은 주찬미라고 했다. 원래 성이 주씨이고 이름은 여기 와서 개명한 것이라고 했다. 삼 년 전 압록강을 넘어 태국까지 갔다가 남한으로 왔다고 했다. 중간에 손님이 들어오면 우리의 대화는 끊겼다. 은행 문을 여는 아홉 시 반을 넘어 열 시까지 길어졌다. 이때 머리를 노랗게 물들인 여자가 들어왔다.

"찬미씨, 엄마 대타야?"

나는 그녀의 얼굴을 보고 놀랐다. '에로스 전시회'에서 내게 말을 걸던 여자다.

"네, 미카 언니. 쫌 있으면 엄마 오실 거예요."

노랑머리의 이름이 미카였구나. 나는 또 그녀가 말을 걸까 봐 찬미에게 살짝 고개 숙여 인사하고 빠른 걸음으로 편의점을 나갔다. 미카라는 여자의 시선을 등으로 느낄 수 있었다.

큰길로 나가 한참 가니 K 은행이 보였다. 사람이 무척 많았다. 대남연락소에서 미리 돈 찾는 연습은 했지만, 막상 남조선 은행에 오니 모든 게 낯설다. 김현희 명의의 통장과 도장을 들고 어쩔 줄 몰라 하다가 결국 경비에게 문의했다.

"일본분이십니까?"

"교포이니므다."

좀 기다리긴 했지만, 경비의 친절한 안내로 현금 이백만 원을 찾을 수 있었다. 현금출납기에서 찾을 수 있는 카드도 만들었다. 북에서는 은행이 여. 수신보다 무역에 활용된다. 그래서 예금하느니 아궁이에 숨기라는 말이 있다. 여기처럼 은행에 맡겼다가 언제든 찾지 못하기 때문이다. 현금을 들고 곧장 여인숙으로 돌아왔다. 돌아다니다 분실할까 두려웠기 때문이다.

으엑.

중년의 남자가 여인숙의 복도에다 토하고 있었다. 밤새 술을 마신 모양인데 화장실에 가는 도중에 일을 낸 것이다. 여주인이 얼른 휴지를 가져와 토사물을 치웠다. 더럽다. 나는 그 옆을 비켜 지나가 옥상으로 올라갔다. 내 방은 넓기도 하지만 위아래가 좁고 길이가 긴 유리창이 있다. 밖에서는 안이 잘 안 보이고 안에서는 밖이 잘 보이는 구조다. 계단에서 옥상으로 들어가는 문을 잠그면 누구도 올라오지 못하는 나만의 공간이다. 내가 일본에서 가져온 망원경은 아주 멀리까지 볼 수 있다. 받침대로 고정하고 좌우로 돌리면 180도 모두 볼 수 있다. 만약 수상한 자가 어른거리면 금세 포착된다. 국정원의 개들이 잡으러 오면 위에서 뛰어내려 도주할 수 있다.

"망할 것들, 망할 것들."

나는 이곳이 못마땅하다. 더러운 여인숙도 싫고 술 처먹고 토하는 인간도 싫다. 빨리 임무를 끝내고 평양의 아파트 내 방으로 돌아가고 싶다. 여기 오기 전까지만 해도 편하게 살았다. 평양 외대 졸업 후에 정찰총국 제3부 해킹부대에 소속되어 남조선 기관을 해킹했다. 내 옆방에서는 남성 동무들이 남조선을 비롯해 각국의 컴퓨터망에 침입해 컴퓨터를 잠그는 랜섬웨어를 연구했다. 그것을 중국 연변에 출장 중인 해커조직에 전해 작전하게 하는 것이다. 나도 연변에 몇 번 출장 간 경험이 있다. 나름대로 일을 잘할 무렵에 중앙당의 소환을 받고 남파공작원으로 선발되었다. 아버지는 왜 우리 딸을 희생시키느냐고 관계부서에 항의했지만, 그들은 당의 명령을 어길 셈이냐고 으름장을 놓았을 뿐이다.

망원경을 고정하는 작업은 쉽지 않았다. 여러 번 방향을 바꾼 다음에야 겨우 가장 넓은 시야를 확보할 수 있었다. 망원경을 걸어놓고 왼쪽에서 오른쪽으로 천천히 움직였다. 영등포 안의 모든 건물과 사람들이 한눈에 들어왔는데 어느 곳에서 딱 멈췄다. '활빈'이라는 간판 글씨가 눈에 들어왔다. 그 위에 그보다 작은 글씨로 활빈구호재단이라고 쓰여 있었다.

"활빈?"

나는 활빈이 무엇일까 생각해 보았다. 활빈이면 의적 홍길동이 나오는 활빈당을 말하는 것인가 보다. 내가 태어나기 전 '홍길동전'이라는 영화가 만들어져 인기가 있었다고 한다. 공화국에서 홍길동이 인기 있는 것처럼 남조선에서도 인기가 있다는 말은 들었다. 활빈구호재단이라는 명칭을 보니 어려운 형편을 돕는 단체라고 생각되었다. 망원경을 위로 살짝 들어보니 활빈신탁이 보이고 내리니 이 층에 신협 당산지점이라는 글씨가 보인다. 신협은 또 뭔가. 그리고 더 밑으로 내리니 현금을 인출하는 기계가 보인다. 그 옆으로는 아까 내가 갔던 편의점이 보인다. 젊은 애가 아니라 중년 여자가 계산하는 모습이 보인다. 저 여자가 탈북한 오선화인가 보다.

'남조선으로 도망치면 모두 몸 파는 일을 한다고 했는데 그런 것은 아닌 모양이군.'

엄마 대신 편의점 계산대를 지키는 젊은 여자애는 대학교에 다닌다고 했다. 공화국에서는 공부를 아주 잘해도 성분이 나쁘면 대학 가기 어렵다. 스마트폰의 메모지에 저장한 여대생의 이름을 본다. 주찬미. 그 옆에는 전화번호도 적혀 있다.

'그래, 탈북자들을 취재한다고 하면 의심을 덜 받을지 몰라.'

나는 영등포에 놀러 온 것이 아니다. 정찰총국 제2부에서 포섭한 대위가 빼낸 남조선의 일급비밀을 북에 보고하는 일이다. 그에게 공작금을 전달하고 변심해서 이중간첩이 되는 것도 감시해야 한다. 지도원은 서너 달 있을 것이라고 했지만 길면 일 년도 있어야 할지 모른다.

'평양에 있었으면 대동강 일대를 친구들과 휘젓고 다닐 텐데.'

내가 제3부에서 제2부의 대남공작원이 된 것은 일본학과를 나온 것과 북에 와 있는 김현희와 용모가 매우 닮았다는 것이다. 나이가 비슷하고 취미가 사진찍기라는 점도 선발조건이 되었다. 침착하고 리더십이 있다는 것도 요건에 맞는다고 했다. 그러나 그것보다 김일성 주석의 밑에서 부하로 있던 증조할아버지의 후손이라는 점이 결정적이었을 것이다. 인민공화국은 신분계급타파를 부르짖으며 만들어진 신분사회니까. 이것이 지금까지 혼란스럽다. 남조선에서는 내로남불이라고 들었다. 내가 하면 로맨스고 남이 하면 불륜이라는 말이다. 이런 점에서 북과 남은 한민족임이 틀림없다.

'찬미라는 애는 성분이 어떤 아이일까?'

다시 망원경을 들여다본다. 일본 사극을 보면 그 동네 맨 꼭대기에 천수탑이 있고 영주가 그곳에서 멀리 내려다본다. 외적이 쳐들어올 때 적절하게 방어지시를 할 수 있다. 여인숙도 마찬가지다. 고지대라 오르내리기 불편하지만, 사방팔방 살피기에는 좋은 곳이다. 시장 쪽으로 향하니 아

까 보았던 시장 상인들이 파와 무를 쌓아 놓는 것이 보인
다. 다시 대로로 망원경을 돌리니 사람들이 버스에 올라타
고 있다. 이 층 버스다. 평양도 몇 년 전부터 이 층 버스가
달린다. 평양만 보면 서울에 뒤떨어진다는 생각이 들지 않
는다. 거리는 더 깨끗하고 빌딩도 예술작품 같다. 세계 아
름다운 도시 몇 번째에 들어간다는 말을 들었다. 하지만 물
산이 서울보다 부족하고 전기는 더더욱 부족하다. 여기는
밤에도 낮처럼 환하지만, 평양은 그러지 못하다. 지방은 어
떤지 모르겠다. 평양과 지방도시는 차이가 현격하다. 농촌
은 말할 것도 없다.

'이순자. 골치 아픈 건 생각하지 말자. 남파간첩답게 임
무에만 충실해라.'

일 년 전만 해도 나는 이순자라는 이름의 해킹부대 요원
이었다. 지금은 남파간첩이기에 가슴 졸이고 있지만, 수령
님의 생명을 지키는 임무에 성공하면 총애받는 측근이 될
지도 모른다. 그렇게 되면 혁명렬사 이씨 가문이 더욱 빛을
발하게 될 것이다.

길가의 간이점포에서 핫바를 먹고 있는 남녀가 보인다.
갑자기 배가 고파지는 걸 보니 점심시간인가 보다. 어젯밤
빵집에서 할인해서 산 빵을 꺼냈다. 달콤한 것이 일본에서
먹은 빵보다 입에 맞는다. 생수를 들이켜며 천천히 맛을 음
미했다. 온갖 생각이 다 떠오른다. 다시 망원경을 잡는데

인터폰이 울린다.

"가네코씨, 아버지가 돌아오셨어. 내려올래, 올라가시라고 할까?"

잠시 망설였다. 목숨을 담보로 하는 첩보활동이다. 월북하겠다고 했지만, 교활한 국정원의 공작일지도 모른다. 그래서 올라오시라고 했다. 수상한 눈치를 보이면 바로 도망쳐야 한다. 방으로 나가서 옥상 문을 열어놓고 올라오기를 기다렸다. 그는 대구에서 통일 운동모임이 있다고 했다. 그곳에 모인 사람들은 공화국의 통일정책을 지지한다고 한다. 전향한 장기수들이 송환을 요구하는 궐기대회도 있다고 해서 참가하러 갔다고 했다. 공화국이었다면 모조리 총살당했을 것이다.

저벅저벅.

계단을 밟고 올라오는 소리가 들린다. 앞장선 것은 아버지 장기수고 그 뒤로 딸이 올라온다. 본래 좌익성향의 아버지는 대학생 때 남파공작원에 포섭되어 월북했다. 일 년 동안 대남연락소에서 사상교육과 첩보교육을 받고 노동계에 침투했다. 명문대 출신이 이끄는 노동운동은 성공적으로 나갔으나 동료의 배신으로 체포되어 이십 년 형을 받았다. 전향서를 썼는데도 말이다. 지금은 비전향 장기수의 송환을 위한 활동을 하고 있다.

저벅저벅

계단을 거의 다 올라왔다. 위에서 내려다보니 머리 가운데가 탈모 되어 있다. 모습을 드러낼 때 그는 내 머릿속의 혁명 사상이 투철한 노동 엘리트 투사가 아니었다. 그냥 왜소한 노인일 뿐이다. 그는 말없이 나를 따라 방으로 들어왔다.

"송환 궐기대회 때문에 지방에 내려가는 바람에 지금에서야 보게 되었소."

마치 책을 읽는 듯 감정이 실리지 않은 말투였다. 나를 탐색하는 듯한 눈빛도 아니었다. 딸은 밑으로 내려가고 둘만 남게 되었다. 나는 간단히 내가 맡은 임무를 말했다. 암호화폐로 포섭한 대위를 조종해 국방부의 기밀을 뽑아내겠다고 했다.

"국방부 소속이라 해도 겨우 대위계급에서 일급기밀이 나오겠소?"

냉소적인 표정을 짓는다.

"자신의 몸값을 높여 돈을 뜯어내려는 것인지도 모르오."

나는 숨을 크게 들이쉬고 말했다.

"대위의 소속은 참수작전팀입니다."

내 말에 그의 눈빛이 흔들렸다. 참수작전이란 무엇인가. 김정은 수령을 암살하겠다는 것이 아닌가. 대위를 통해 남조선 당국이 미국과 함께 진행 중인 참수작전의 정보를 입수하러 왔다고 했다. 이들의 도움을 받기 위해 참수작전 한 가지만 말했다. 장기수가 고개를 끄덕였다.

"알았소. 적극 협조할 것이오. 대신 공작이 완료되면 우리와 함께 간다는 약속을 꼭 지키시오. 오늘은 이만 합시다."

그가 자리에서 일어나 방을 나갔다. 내가 임무를 완수해야 부녀도 월북할 수 있다. 대위가 공화국에 접근할 때 미끼로 던진 중요한 정보가 머릿속에 떠올랐다.

'일급비밀이오. 한국군 미사일 발사대를 누군가에게 탈취당했다고 합니다. 비밀리에 수사 중이지만 아무 단서도 얻지 못해 전전긍긍하고 있다고 합니다.'

미사일 발사대에 핵이 장착되면 공화국은 물론이고 중국, 일본, 러시아에도 날아갈 수 있다. 지도원은 내게 공화국의 일급비밀을 말해주었다. 우크라이나가 1994년 미국의 보호를 약속받고 핵폭탄을 모두 러시아에 넘겼는데 세 개가 도난당했다는 것이 밝혀졌다. 미국 CIA에서 추적 끝에 무기 밀거래상에게서 두 개는 회수되었지만 한 개는 끝내 알 수 없었다. 미국은 그 핵무기가 테러집단에 들어가 평화를 위협할 것으로 판단하고 공화국에 의심을 두었다. 그것을 사들여 핵무기 만드는 데 쓰지 않았느냐고 압박을 가했다. 그러나 공화국이 지금 핵을 제조하고 미국까지 날려보낼 미사일도 완성했는데 거짓을 말할 이유가 없어 부인했다고 한다. 그러면 히로시마에 떨어진 것보다 열 배나 위력이 센 핵무기는 어디로 갔다는 말인가.

'핵이 필요한 곳이 어디 있겠어? 그건 남조선뿐이지.'

미사일 발사대를 탈취당했다고 하는 것도 미국의 눈을 속이기 위한 작전으로 판단했다. 남조선 당국이 그 핵을 반입하고 미사일 발사대까지 빼돌린 것이라고 정찰총국은 판단하고 있었다. 내가 숨기고 있는 두 번째 지령이다.

오늘은 사진기를 들고 문래동 일대 소규모 공장을 찍으러 갔다. 그동안 여러 명의 사진작가가 드나들었고 사진촬영 동호회에서도 자주 오는 모양이다. 작업에 지장을 주지 않는 한 사진 찍는 것을 막지 않는다고 한다. 좁은 골목의 양쪽에는 소규모 공장들이 쉴새 없이 기계를 돌리고 있었다.

찰칵. 찰칵

스마트폰으로 찍는 여자애들도 있었다. 지나가다 그냥 밖에서 찍는 모양이다. 아줌마들이 공장 안으로 들어갔다. 머리 위에 똬리를 틀고 커다란 쟁반에 찌개와 밥, 반찬을 올려놓았다. 점심을 식당이 아니라 공장 안에서 먹는 모양이다. 우두커니 서서 보니 여러 명의 아줌마가 골목길을 바삐 오가고 있다. 공장에 쟁반을 내려놓고 빈손으로 가는 아줌마의 뒤를 따라갔다. 그녀가 들어가는 식당의 간판이 '새터민'이었다. 단순히 문래동 공장을 살피려고 했는데 탈북자들을 만나게 된 것이다. 위치를 다시 확인하고는 골목길을 빠져나왔다.

찰칵. 찰칵

어정어정 돌아다니면서 눈에 보이는 것은 모두 찍었다. 큰길에는 차도 많고 사람도 많았다. 평양보다 공기의 질도 나빠 숨쉬기가 힘들다. 그러나 내가 이러고 다니지 않으면 의심하는 경찰이 있을 것이다. 사진작가라면서 왜 여인숙에만 틀어박혀 있는가. 그 집주인은 빨갱이 간첩 출신인데. 남조선 출신도 아니고 재일교포라면 혹시? 할지도 모른다. 다행히 김현희 일가는 민단에 소속된 조총련 쁘락치이다. 비밀리에 공화국으로 현희를 보내 간첩 교육을 받고 있다. 그 김현희와 용모가 닮았다는 이유로 내가 선택된 것이다. 연락소에서 만난 그녀는 쌍둥이 자매처럼 똑같았다. 어린 시절부터 현재까지의 삶에 대해 자세하게 들을 수 있었다. 학교생활과 교우관계도 듣고 자기에게 있었던 인상적인 에피소드도 다 말해주어 평양 시민 이순자를 재일교포 김현희로 바꿔나갔다.

찰칵. 찰칵

나도 사진 좀 찍는다고 했지만, 사진이 전공인 진짜 현희와는 비교가 안 된다. 그녀가 아직 사진집을 내지 않은 것이 다행이다. 만약 그녀의 사진과 내가 찍은 사진을 비교한다면 금세 탄로 날 것이다.

한 시간을 빙빙 맴돌다 새터민 식당으로 갔다. 여러 명의 여자가 점심을 먹고 있었다. 비빔밥을 시켰는데 아까 봤던 아줌마는 설거지하고 있었다.

"아주므니, 사진 찍어도 되므니까?"

내 말에 모두 돌아본다. 발음에서 일본냄새를 맡은 것이다.

"그러우다. 그런데 비빔밥 먹을 수 있갔소?"

아줌마들이 내게서 일본을 알아챘다면 나는 이들이 탈북한 여자임을 알았다.

"일본에서 온 가네코. 아니 김현희이므니다."

"아, 째포구려. 나는 신의주에서 왔수다. 쟤들은 혜산이고. 저 언니는 연길이고."

탈북자는 세 명이고 조선족은 한 명이다. 그리고 나는 어쨌든 일본 교포다. 다른 곳에서 왔지만, 언어가 같은 한민족이다. 비빔밥을 후다닥 먹고 사진을 몇 장 찍었다. 인터뷰 요청을 하니 일요일에 오전에는 김치를 담고 오후에는 시간이 난단다.

"어디서 묵고 있소?"

"태양으 여인숙이므니다. 여인숙에서 사는 사람들 사진도 찍스므니다."

나는 의심을 품지 않게 일본어도 섞어가며 대답했다. 다행히도 이 사람들은 여인숙에 대해 알지 못했다. 주인이 빨갱이임을 알았다면 경계했을 것이다.

오늘은 토요일. 남조선은 고된 노동에서 해방되는 첫날이다. 망원경으로 보니 북적거리던 길이 한산하다. 왼쪽으로 돌려보니 연립주택이 보인다. 일자형으로 작은 원룸이 다닥다닥 붙은 형태는 일본에 많이 있다. 이곳도 비슷한 모양인데 금발의 서양 여자가 엄청나게 큰 쓰레기봉투를 들고 나왔다. 자세히 보니 채소를 다듬고 남은 쓰레기였다. 어제 배추와 무가 문 앞에 놓인 것을 보았는데 밤새 다듬었나 보다. 정육점 주인이 자전거에 고기를 잔뜩 넣어 가지고 온 것으로 보아 손님이 많이 올 모양이다. 망원경을 다시 돌렸다.

'나이 먹은 아줌마 같은데 저렇게 빨간 옷을 입고 다니네.'

커다란 모자를 쓰고 빨간 원피스를 입은 중년 여자가 지나가는 것이 보인다. 빨간색은 나처럼 젊은 여자도 부담스러운 색깔이다. 이렇게 주목받고 싶은 용감한 여자가 있다면 나처럼 정체를 숨기는 비겁한 여자도 있다. 또 남조선에는 탈북자도 있고 조선족도 있고 미국인도 있고 흑인도 있다. 물론 평양도 여러 종류의 인종이 있지만, 이곳처럼 뒤섞여 살지는 않는다. 농촌에 가면 필리핀이나 베트남에서 시집온 여자들이 많다고 한다. 단일민족 우리 공화국에 그런 일이 없는 것이 다행이다.

인터폰이 울렸다. 여인숙에 장기 투숙하는 사람들의 허락을 모두 받았으니 언제든지 사진 찍어도 된다는 것이었다. 내 위장신분을 단단히 하기 위한 쑈였지만 사진과 인터뷰를 통해 얻어낸 정보를 정찰총국에 보내면 남조선을 이해하는 데 도움이 될지도 모른다. 오늘은 그냥 비어 있는 방의 사진만 찍기로 했다. 작고 허름한 여인숙 방에도 텔레비전과 선풍기, 소형냉장고가 있다. 평양에 거주하는 세대도 이 셋을 모두 갖춘 집은 그리 많지 않다. 값도 비싸지만, 전기 사정이 나쁜 탓이다. 쪽방촌은 아직 가보지 않았지만, 여주인 말에 의하면 여인숙에 없는 에어컨도 있고 공동 세탁기도 있다고 한다. 북남의 빈부차에 또 갈등이 일어나나 따지지 않으려 한다. 이들이 자기 집 없이 이런 더러운 곳에 사는 것은 인민을 수탈하는 재벌과 미제의 앞잡이 반동 정치꾼 놈들 때문이다라고 중얼거리며 공화국의 사상을 지킨다.

찰칵. 찰칵

빈방만 골라 사진 찍는 데 두어 시간 걸렸다. 빛이 안 들어오거나 많이 들어오는 방이라 분위기 묘사가 쉽지 않았다. 간단하게 빵과 우유로 점심을 대신하고 스마트폰의 시간을 보니 주찬미와 만날 시간이 되었다.

여인숙을 나와 터덜터덜 밑으로 내려가다 멋진 외제차와 마주쳤다. 태양 여인숙은 고지대 정상에 가깝게 있는데 이

차는 우회해서 뒤로 돌아간다. 거기는 화려한 저택들이 숲처럼 꾸며진 곳에 숨어있다. 산을 반으로 나누어 이쪽은 서민층이 살고 저쪽은 부자들이 산다. 그래서 이들이 서로 만날 일은 없다. 뒤쪽은 집마다 고급 승용차가 있고 동네 입구에는 경비까지 있으니 말이다. 아침이면 백화점에서 보낸 탑차가 하나 들어가는데 미리 주문한 식품이나 일상용품이라고 한다. 부자들은 자기들끼리 산다. 가난뱅이도 마찬가지다. 남조선에서는 따로따로 개인주의로 사는 게 좋을지 모른다. 하지만 내가 사는 공화국은 다르다. 이웃집에 누가 사는지 무엇을 집에 놓고 사는지 다 안다. 기쁠 때는 함께 기뻐해 주고 슬플 때는 같이 슬퍼해 준다. 슬픔과 기쁨도 같이하지만, 한편으로는 이웃이 딴 마음 갖지 못하게 감시도 하는 것이다. 하늘을 올려다본다. 구름 한 점 없는 파란 하늘이다. 내가 날아가는 새라면 휴전선 너머 평양까지 날아갈 수 있다.

찰칵. 찰칵

맥없이 하늘을 찍어본다. 애당초 대위와 접선하기로 한 날짜가 이틀 지났다. 전화도 없고 문자도 없다. 접선 날짜를 어긴다는 것은 뭔가 문제가 있다는 것이다. 그래도 정찰총국에서 철수하라는 명령이 없으니 대기해야 한다. 스마트폰이 요란하게 울렸다. 대위인가 긴장했더니 주찬미다.

"가네코상. 먼저 도착했어요. 어디쯤 계세요?"

"음. 다 왔스므니다."

토종 조선 여자가 일본 교포 어투로 말하기가 쉽지 않다. 미카인가 뭔가 하는 진짜 교포 만나면 정체가 탄로 날 위험이 있다. 멀지 않은 곳에서 찬미가 손을 흔든다. 탈북자라는 것을 알았을 때도 조국의 배신자라는 반감이 가지 않았다. 살기 어려우니 나왔겠지. 김일성 대학 공대생인 동생 순복과 나이가 같다. 찬미도 공대 로봇학과에 다닌다고 하지 않는가. 남조선으로 오기 전에 연락소에서 로봇 다큐를 여러 편 보았다. 지도원이 영등포에는 로봇이나 드론, 3D 프린터를 만드는 공장이 많다고 했다. 여건이 되면 사진을 찍어오라는 말도 들었다. 찬미가 주식회사 금포라는 로봇회사에 견학을 간다고 하길래 사진을 찍어주겠다고 했다. 허락을 받아야 한다고 하더니 오늘 아침 사장의 허락받았다고 전화가 왔다. 나는 그녀와 어깨를 나란히 하고 금포의 공장 안으로 들어갔다.

위잉. 찰칵.

젊은 사장에게 재일교포 사진가임을 말하자 명함을 주었다. 그의 이름은 이공돌. 다시 그의 얼굴을 바라보았다.

"하하. 이런 이름은 처음 보지요?"

웃는 모습이 세상에 때 묻지 않은 순진한 모습이다. 이만한 규모의 회사를 운영하는 것을 보니 아버지가 물려주었나 보다. 그런데 왜 이름을 이공돌이라고 했을까. 남조선에서는 노동자를 얕잡아볼 때 공돌이라 부른다고 알고 있다. 어색한 분위기를 풀기 위해 얼굴 사진을 찍었다. 찰칵.

위잉.

사람의 형상을 닮은 로봇이 양팔을 치켜들고 앞으로 나갔다. 완성품이 아닌지 동작이 매우 어색했다. 앞으로 걸어가다 잠시 서고는 다시 뒤돌아서 팔을 내리고 걸어갔다.

"가네코씨. 저 로봇을 개발하신 우리 앨리스 실장님. 사진 한 장 부탁합니다."

그는 로봇 조종을 끝내고 휴식하고 있는 금발 여자를 불렀다. 그녀가 오자 어깨를 나란히 하고 섰다. 카메라 렌즈 안의 서양 여자를 보고 깜짝 놀랐다. 내가 망원경으로 본 빌라의 그 여자가 아니던가. 그런데 움직이는 모습이 좀 이상하다. 조금 아까 선보였던 로봇과 비슷했다. 그녀가 제자리에 돌아가자 공돌이 속삭이듯 말했다.

"몸에 이상이 있답니다. 파킨슨병이요."

주찬미를 비롯한 로봇학과 학생들은 로봇을 에워싸고 기술자들에게 질문했다. 그중에서 주찬미가 제일 적극적이다. 찰칵.

온통 정신이 사진 찍는데 쏠려 스마트폰이 울리는 것도 몰랐다. 옆에 서 있던 직원이 일깨워 주어 전화를 받을 수 있었다. 내게 전화를 걸 사람이 누가 있겠나. 두근거리는 가슴을 안고 스마트폰을 귀에 댔다.

"네. 가네코이므니다."

"......"

전화가 끊겼다. 내가 공장 밖으로 나오니 조금 뒤에 다시 전화벨이 울렸다.

"도쿄에서 온 김현희이므니다."

또 대답이 없다. 나도 스마트폰만 들고 있었다. 잠시 후에 굵직한 남자 목소리가 들렸다. 그는 자신을 김대위라고 하고 내가 있는 곳과 옷차림을 물었다. 청바지에 노란 티셔츠를 입고 있다고 대답했다.

"이 근처에 있다가 다섯 시에 에이젯 편의점 앞에서 만납시다. 시간 되지요?"

된다고 하니 전화가 끊겼다. 드디어 대위와 접선이 이뤄진 것이다. 나는 다시 공장으로 들어가서 사장과 찬미에게 일이 있어 가겠다고 말하고는 큰길로 나왔다.

어디선가 대위가 나를 지켜보고 있는 것 같았다. 접선하려면 앞으로 두 시간 넘게 기다려야 한다. 심장이 두근거렸다. 어디선가 국정원의 개들이 지켜보고 있을지 모른다. 대위가 적의 손에 붙잡혀서 나를 잡으려고 덫을 놓은 것일 수도 있다. 아니면 대위가 들킨 것을 모르고 나와 접선하려고 하는 것일 수도 있다. 잡히면 내가 해야 할 일을 머리에 떠올렸다. 지도원은 체포될 것 같으면 독약 샘플을 입에 넣고 깨물라고 했다. 붙잡히면 혹독한 고문을 받으니 죽는 게 낫다고 했다.

'나는 죽고 싶지 않아. 내가 왜 수령을 위해 죽어야 하나? 하지만 내가 붙잡히면 고문을 받고 공작에 대해 실토할 것이다. 그러면 우리 집안사람들은 모두 정치범 수용소로 끌려갈 거야.'

혁명렬사의 후손도 공화국을 배신하거나 수령의 미움을 받으면 정치범 수용소로 직행이다. 대위는 어떻게 생겼을까. 왜 사람의 왕래가 없는 곳에서 만나자고 하지 않고 편의점 앞에서 만나자고 할까. 편의점 앞으로 가서 안을 들여다보니 중년 여인 오선화가 근무 중이다. 점심을 간소하게 먹어서인지 배가 고프다. 잠시 망설이다가 들어가서 커다란 빵과 우유를 샀다. 계산하는 동안 오선화라는 명찰이 눈에 들어왔다. 주찬미가 엄마를 많이 닮았다. 계산대 옆에 성경이 놓여 있는 것으로 보아 예수를 믿나 보다.

"혹시 이 근처에 공원이 없나요?"

"공원은 멀리 있는데요. 아, 빵을 먹으려면 밖에 의자 있어요."

"다른 곳에서 먹을래요."

오선화는 잠시 생각하다가 말했다.

"요 앞에 아파트로 가보세요. 탁자와 의자가 있는 휴게소가 있어요."

나는 고맙다고 말하고 길 건너 아파트로 향했다. 휴게소가 보여 그 자리에 앉아 불안과 조바심으로 부푼 마음을 빵과 우유로 채웠다. 해킹부대에 있을 때도 이렇게 잔디 깔린 곳에 놓인 탁자 위에 빵과 단물을 놓고 먹었다. 같은 업무를 하는 여성 동무들과 수다를 떨며 휴식했던 것이 지금과 다르다. 도망쳐, 도망쳐. 평양으로 도망쳐. 공포와 초조함 속에서 질식할 것 같다.

잠시 옛날로 돌아가 일하던 사무실로 갔다. 노동당 정찰총국 제3부 소속 이순자.

"순자 동무, 소식 들었소? 지금 남조선에서는 난리가 났소."

어젯밤 여의도에 있는 증권거래소 전산망에 침투해서 마비를 시키는 공작에 성공했다. 예전에는 중국 연변의 비밀 아지트에서 했던 일을 경로 우회를 통해 우리 부서에서 시행했다. 다른 동무들이 국방부나 청와대를 디도스 공격했을 때 나는 그 틈을 타서 증권거래소에 바이러스를 심어 자료를 파괴했다. 다른 사람들은 모두 철통 같은 방어에 막혔지만 나는 성공했다. 그 사실을 우리 부서의 책임자가 말해주는 것이다.

"주식이 널을 뛰어 거래가 중지되었소. 이 동무에게는 포상이 있을 것이오. 그때는 날 잊지 마오."

기대했던 포상은 없었다. 대신 대남공작을 하는 제2부에 차출당해 가짜 김현희로 변신하는 간첩 교육을 받았다. 그리고 일본에서 두 달 있다가 남조선으로 왔다.

잠시 조국으로 갔던 내 혼이 영등포로 다시 돌아왔다. 스마트폰을 꺼내 뉴스를 검색했다. 공화국에서 제7차 핵실험을 하지 못한 것은 '죽음의 백조'가 훑어갔기 때문이라고 했다. 레이더망에 걸리지 않는 폭격기로 핵무기까지 실을 수 있다고 한다. 김정은 수령이 원산별장에 갔을 때 여러 대의 스텔스 비행기가 그 위를 지나가는 바람에 난리가 났다고 했다. 만약 그냥 지나치지 않고 별장에 미사일 한 방만 쏘면 김정은 수령은 그날로 참수되는 것이다. 미국 대통령이었던 트럼프는 공화국 해안에 미국의 핵잠수함이 배치되었다고 했다. 지도원 말로는 미국이 스텔스기를 띄우면 두 시간 안에 평양을 초토화할 수 있다고도 했다. 그러니 내가 하는 공작의 성공은 공화국을 구하는 막중한 임무다. 김정은 수령의 목숨이 대위와 내 손에 달려있다. 어떤 남자가 내 옆을 스치듯 지나갔다가 다시 돌아와 탁자 맞은 편에 앉았다.

"내가 김대위요. 먼 곳에서 오느라 수고하셨소."

시간도 장소도 다르다. 짙은 검은색 뿔테 안경을 쓴 그는 나를 빤히 바라보았다. 급작스럽게 바뀐 것은 무슨 까닭일까.

"여인숙을 나올 때부터 멀리서 보고 있었소. 실은 어제도 미행했었지."

신중하다. 그는 북에서 보낸 사진을 받아보았다고 했다. 다시 연락할 때 이백만 원의 돈과 함께 만나자고 했다. 그가 내민 쪽지에 만날 날짜와 장소만 적혀 있었다. 내가 그것을 외우자 쪽지를 다시 가져가고 자리에서 일어났다.

"빨갱이 새끼, 너 죽일 거야!"

여인숙 앞에 사람들이 웅성거리는 것이 보였다. 술에 취해서 얼굴이 새빨간 사내가 소주병을 들고 소리쳤다.

"간첩 새끼가 왜 대한민국에 살아? 가, 이 새끼야. 너희 조국으로 가란 말이야."

하고는 소주병을 입에 대고 벌컥벌컥 마셨다. 내가 맨 뒤에서 사람들이 소곤거리는 소리를 들으니 중년의 사내는 북파공작원 출신이었다. 노점상을 하고 있는데 술만 취하면 북파공작원이 얼마나 무시무시한 훈련을 받았는가 떠든다고 했다. 그리고는 주먹으로 위협해서 주위 사람들이 멀리한다고 했다. 파출소에도 여러 번 드나들었는데 태양 여인숙의 주인이 남파간첩 출신이라는 것을 알게 된 모양이었다.

"김일성이 좋으면 그곳으로 가란 말이야."

구경꾼 중에 누군가 소리쳤다.

"지금은 손자 김정은이야! 김일성이 죽은 지가 언젠데."

사람들이 와! 하고 웃었다. 그러자 사내는 소주병을 벽에

다 쳐서 뾰족한 날을 구경꾼에게 들이밀며 소리쳤다.

"나는 대한민국을 위해 목숨을 걸고 북파 되어 공작했는데 저 안에 있는 놈은 대한민국 망치려고 남파된 놈이야. 어떻게 저런 놈하고 같은 하늘에서 살 수 있어. 안 그래요? 여러분."

아무도 동조하는 이가 없다. 앞에 있는 할머니에게 깨진 소주병으로 위협하자 벌벌 떨며 말했다.

"마, 마, 맞아요."

그 말에 사내가 소주병으로 하늘을 향해 찌르며 소리쳤다.

"이 봐요. 할머니도 그러잖아요."

내 뒤에 순찰차가 서더니 두 명의 경찰관이 내렸다. 그들은 사내에게 소주병을 내려놓으라고 하고는 수갑을 채웠다. 그러자 사내가 소리쳤다.

"여보시오. 이보시오. 세상에 애국자는 붙잡아가고 빨갱이는 왜 그냥 놔두는 거요?"

사내를 순찰차에 태우고 밑으로 내려갔다. 그러자 구경꾼들은 삽시간에 흩어지고 나 혼자 굳게 닫힌 여인숙 문 앞에 있었다. 조금 있다가 문이 살짝 열려 안으로 들어갔다. 부녀는 아무 말이 없었다. 나는 옥탑으로 올라가 계단의 문을 잠갔다.

"미치겠군."

보이지 않는 위협이 둘이나 생겼다. 대위가 정말 공화국으로 넘어왔는지도 믿을 수 없다. 첩보사회에서 역공작이 많다고 했다. 진짜라 해도 언제 변절할지도 모른다. 이제 이 집주인 장기수씨가 남파 간첩 출신을 알았으니 의심의 눈으로 보는 주민도 있을 것이다. 나는 다시 망원경 앞으로 왔다. 멀리 본다고 해서 두려움이 사라지지는 않는다. 인터폰이 울리고 부녀가 올라오겠다고 했다. 마음이 어지러워서 내일 보자고 했지만, 굳이 올라오겠다고 해서 허락하고 말았다.

장기수 부녀가 오기 전에 방안을 대충 치웠다. 망원경도 접어서 놓고 이불로 덮었다. 여주인은 참외와 칼을 쟁반에 올려놓고 먼저 들어왔다. 뒤이어 장기수도 들어왔다.

"가네코씨, 많이 놀랐지? 문 닫았으니 오는 사람은 없을 거야."

여주인은 계부가 남파간첩 출신임을 알고 돈을 뜯으러 오는 사람들 때문에 직업과 거처를 여러 번 바꾸었다고 했다. 식당을 할 때는 돈을 안 주니 빨갱이 간첩이 국에 독약 탔다고 떠들고 다녀 문을 닫은 적도 있다고 했다.

"여기서 여인숙 할 때도 몇 놈이 와서 협박했지만, 북파공작원 출신은 처음이야. 경찰이 끌어갔지만, 앞으로 더 귀찮게 할 거야."

묵묵히 앉아 있던 장기수씨가 입을 열었다.

"빨리 북으로 가고 싶어. 지금까지 송환을 기다리는 장기수들과 희망을 잃지 않고 있었어."

1993년 비전향 장기수 이인모씨가 송환된 후로 1차 송환이 있었고 2차 송환을 기다렸지만 끝내 소식이 없었다. 연로한 장기수들은 하나둘씩 세상을 떠났고 지금은 몇 명 되지 않았다.

"송환을 포기한 사람들이라면 몰라도 원하는 사람은 보내줘야 하는 게 아닌가."

장기수씨는 앨범을 펼쳐 남조선에서 송환을 요구하는 사람들의 사진을 보여주었다. 그러나 그는 송환이 어렵다는 것을 알고 있는 것 같았다. 전향서를 쓴데다 남조선 출신이기 때문이다.

"나 혼자라면 북으로 가는 길을 알고 있어. 하지만……"

딸의 목숨을 담보로 월북할 수는 없다고 했다. 중국을 통해 월북하려고 여권을 신청해도 허가해 주지 않으니 여기서 그냥 살든가 자력으로 올라가는 수밖에 없다고 했다.

"얼마 전에 남쪽으로 왔다가 철조망을 넘어 돌아간 젊은이처럼 갈 수는 없어. 하지만 한강을 통해 갈 수는 있지."

강화도에서 헤엄쳐 탈남한 청년 이야기를 했다. 그러나 그것은 그쪽 지리에 밝았기에 가능한 일이다. 장기수씨도 그렇게 가는 길은 없다고 했다.

"내가 남파할 때 왔던 코스면 월북할 수 있어. 쉽지는 않겠지만."

나는 궁금했다. 한강을 통해 내려왔다는데 어떻게 내려왔을까. 장기수씨는 중앙정보부의 심문도 속인 비밀을 털어놓았다.

"김포에 전류리라는 포구가 있어. 인천 앞바다에서 전류리까지 오는데 세 시간 반이면 되지. 밀물이 거기까지 왔다가 되돌아 나가는 시간이 아홉 시간이야. 나는 수영선수 출신이야. 비가 억수로 쏟아지는 날 그곳으로 침투했어."

"군인들이 지키고 있지 않나요?"

"지키고 있지. 지금은 감지장치도 있을 테니 북에서 내려오기는 어려울 거야. 하지만 썰물을 타고 북으로 올라가는 것은 가능성이 있어. 내가 붙잡혀 심문받을 때 나는 강화도로 소형잠수정을 타고 왔다고 우겼지. 대부분 공작원은 그렇게 오거든."

썰물을 타고 북으로 가는 것이 휴전선 넘는 것보다 수월할지 모른다. 하지만 훈련받은 젊은 사람이 아니면 그 방법도 쉽지 않다.

"임무가 끝나면 가네코는 일본으로 돌아가나?"

"아뇨. 잠수정을 통해 돌아갈 거예요."

"그러면 우리도 갈 수 있겠네."

부녀의 얼굴이 환해졌다. 딸이 참외를 깎았다. 나는 궁금했던 것을 물었다. 여기에 활빈당이 있다는데 무슨 일을 하느냐고 물었더니 구호단체라고 간단히 대답했다. 그러나 나는 활빈당이라는 이름이 왠지 께름칙했다.

일요일이 되자 약속대로 문래동 골목의 식당을 갔다. 김치를 담그고 점심 설거지까지 끝내고 나를 기다리고 있었다. 탈북자들의 신원을 알아내 정찰총국에 알리고 싶은 마음은 없었다. 나중에 이 문제에 대해 문책하면 안전을 위한 수단이었다고 변명할 작정이었다. 사진을 여러 장 찍고 나서 인터뷰가 시작되었다.

"가네코상. 우리는 슬픔을 안고 남한으로 왔어요. 이 사람은 딸을 잃어버리고 저 아줌마는 딸이 총살당했지요. 나만 딸을 데리고 왔어요."

슬픔도 달관했는지 담담한 어조였다.

"다른 가족은 없스므니까?"

"아들이 있는데 그 애는 한국으로 안 오겠데요. 그래서 매달 삼만 원씩 보내줘요. 그거면 겨울을 따뜻하게 날 수 있잖아요. 가네코상은 이해하지 못하겠지만."

"아뇨. 이해할 수 있스므니다. 왜 남쪽으로 오셨나요? 왜 북을 떠난다고 생각하시나요?"

가만히 있던 아줌마가 말했다.

"첫째는 자유고요, 둘째는 잘 살기 위한 것이고 셋째는 가족을 찾아서지요."

조선족 아줌마가 보탠다.

"그건 착한 사람이고 범죄를 저지르고 도망쳐 온 사람도 있어요."

"첫째가 자유라고 하셨는데요. 정말 북이 자유가 없스므니까?"

"네. 여긴 맘대로 가고 싶은 곳을 갈 수 있잖아요. 거긴 평양에 가려면 허락을 맡아야 해요. 그리고 또 하나 있네요. 밤에 편히 잘 수 있는 거요."

밤에 누군가 문을 두드리면 그것보다 무서운 것은 없다고 했다. 불시에 집안을 수색하거나 붙잡아 가는 것이기 때문이다.

"영등포에 살면서 이상한 점은 없스므니까?"

오래전부터 이곳에 살았던 사람보다 다른 곳에서 온 사람이 변화의 움직임에 예민할 것이다.

"활빈당이라는 단체가 여기 있는 모양인데요. 활빈당은 도둑 아니므니까?"

"도둑은 무슨. 우리 모두 활빈구호재단 도움을 받았습니다. 착한 일을 많이 해요."

조선족 아줌마가 말했다.

"도둑이라면 붉은 입술이라고 있다는데."

"붉은 입술?"

"도둑질하고 나오면서 어디엔가 입술 자국을 남긴다고 하던데."

그러니까 옛날 활빈당은 도둑질했지만, 지금은 붉은 입술이 도둑질하는 것이다. 활빈당은 내 추측과 달리 어려운 사람 돕는 일만 하는 모양이다.

"이런 소문도 있던데……"

조선족이 눈을 굴리더니 조심스럽게 말했다. 경찰관 집에 세들어 사는데 주인 여자가 들려준 말이라고 했다. 어느 곳이나 강간범이 있기는 한데 최근 들어 연쇄강간범이 여자들의 밤길을 무섭게 했다고 한다. 그런데 어느 날 그 말이 쏙 들어갔는데 누군가 강간범의 불알을 떼 내어 성불구자로 만든다는 것이었다. 그들은 그것을 경찰청에 보냈는데 모방범죄가 두려워 경찰이 쉬쉬하고 있다는 것이었다. 나는 터져 나오는 웃음을 억지로 참았다. 남조선은 법대로 움직인다는데 순 엉터리 아닌가. 강간범을 거세한다니.

"여자들의 반응은 어떠므니까?"

"당연히 좋아하지. 이제 밤에도 자유롭게 나돌아다닐 수 있으니. 일본에는 그런 게 없소?"

"없스므니다. 그러면 강간범은 어찌 되나요? 경찰에 붙잡혀 가므니까?"

조선족이 고개를 흔든다.

"아니라오. 불알이 떨어졌으니 옛날 내시처럼 변했겠지

만, 경찰이 붙잡아갔다는 말은 듣지 못했소."

"경찰에 붙잡혀 가지 않는다면 강간범들은 어디선가 벌벌 떨고 있스므니까?."

"그렇겠지요."

식당의 여자들은 모두 웃었다. 여자들을 성 노리개로 여기던 흉폭한 자들이 불알이 떨어져 여자처럼 변한 꼴을 상상하면 통쾌할 수밖에 없을 것이리라.

스마트폰에서 알람 소리가 울렸다. 오늘 아침 김대위에게서 전화가 왔다. 그는 공중전화로 전화했다. 나는 그에 대해 아무것도 모른다. 성씨가 김씨인지 계급이 진짜 대위인지도 모른다. 정찰총국에서는 알고 있겠지만 나와 그를 연결할 것은 없다. 내가 붙잡혀 고문을 당해도 그는 무사할 것이다. 얼굴 모습을 실토해도 국방부의 장교가 한두 명이 아니다. 변장용 뿔테 안경까지 쓰고 있으니 가려내기도 쉽지 않을 것이다. 자리에서 일어났다.

"아주므니들. 약속이 있어 일어나므니다. 사진은 다음에 인화해서 드리겠스므니다."

"그래요. 가네코상. 잘 가요."

그들의 배웅을 받고 골목길을 빠져나왔다. 셔터가 내린 선반공장들. 남조선은 닷새 동안 빡세게 일하고 이틀을 쉰다. 일하는 것 보면 신들린 것처럼 한다. 그에 비하면 우리 공화국 일꾼들은 일을 느슨하게 한다. 점심 먹는 시간도 두 시간이다. 할당량은 있지만 정해진 목표가 낮아서 쉽게 달성할 수 있다. 여기도 주인이 채찍을 휘두르지 않으면 열심히 일하지 않을 것이다. 그 대가로 남조선은 공화국보다 더 풍요롭게 사는 것이다.

일요일이라서 그런지 길가에 사람이 별로 없다. 천천히 대위와 약속한 장소로 갔다. 머릿속에 새겨진 장소는 등산로에서 안으로 들어가 약간 숲 속에 있는 벤치다. 그가 먼저 와 있었다. 내가 약간 고개 숙여 인사하고 옆에 앉았다. 자리에 앉아 보니 주위에 숨어서 엿볼 곳이 없는 위치다. 행인도 없으니 조금 큰 소리로 대화해도 문제가 없을 것이다.

"김현희씨는 온라인 도박을 해보신 적이 있나요?"

"아뇨."

거짓말이다. 나는 해킹부대의 훈련으로 각종 온라인 도박을 다해 보았다. 연변에 가서는 남조선 사람들 휴대폰에 온라인 도박하라고 문자메시지를 보내 꼬이기도 했다. 처음에는 도박으로 소액을 따게 하고는 한번에 다 잃게 한다. 그러다 다시 따게 하는 식으로 밀었다 당겼다 한다. 이러다가 결국 도박중독이 되고 거액의 빚을 지게 한다. 그다음은 우리의 공작대상이 된다. 대위도 이렇게 우리가 던진 낚시에 걸린 것이다.

"내 폰으로 온 도박 권유에 넘어가서 이 지경이 된 거요."

대위는 푸념을 늘어놓았다. 접선 과정에서 빈틈없는 것과 달리 도박에는 쉽게 빠졌다. 대위가 가방에서 노란 봉투를 꺼내 건네주었다. 열어보니 전투기 사진과 인공위성에서 촬영한 듯한 사진이 두 장 들어 있었다. 그리고 USB가 들어 있었다. 대위는 미군의 전략폭격기 B-1B는 '죽음의 백조'라는 별명을 가졌다고 했다. 핵공격이 가능한 폭탄과 미사일을 최대 61t까지 장착할 수 있고 최고 속도는 마하 1.2(시속 약 1,469㎞)라 했다. 괌의 공군기지에서 한반도까지 약 2시간이면 도착할 수 있고 스텔스 기능도 갖춘 미군의 핵심 전략자산이라 했다.

"며칠 전에 북쪽 상공을 다녀온 폭격기요. 미국이 마음만 먹으면 김정은은…… 북한의 총사령관은 언제든지 참수될 수 있소. 한미 연합작전의 기본 플랜을 출력했소."

"지도부는 참수작전 전부를 알고 싶어합니다."

"내 직위가 낮아서 상세한 것은 알 수 없소. 대령급이 되어야 다른 플랜도 알 수 있지."

나는 말없이 봉투를 가방에 넣었다. 이것을 스캔해서 북으로 보낼 것이다. 돈이 든 봉투를 받은 대위는 앞만 보고 중얼거리듯이 말했다.

"북에서는 핵을 가지고 위협하지만 남도 준비가 되어있는 것 같소."

그 말에 내 몸이 순식간에 굳어지고 등이 오싹했다.

"그 말씀은…… 뭐죠?"

"미사일 발사대를 민간인에게 탈취당할 것 같소? 그것은 자작극이라고 판단하오."

머리가 복잡해졌다. 정찰총국 지도원의 말에 의하면 우크라이나 핵무기를 찾기 위해 서방의 정보기관에서 눈에 불을 켜고 있다고 한다. 남조선에 혐의를 두고 샅샅이 뒤졌다고 한다. 그것은 그 핵무기를 남조선 정부에서 몰래 사들였다는 말도 될 수 있다.

"나는 국정원에서 핵을 갖고 있다고 믿고 있소. 그렇지 않고서야 미군도 모르게 미사일 발사대를 빼돌릴 이유가 없지."

침이 마른다. 엄중하게 지키는 미사일 발사대를 보통 민간인이 탈취할 수는 없을 것이다. 우크라이나에서 분실한 핵폭탄은 히로시마에 떨어진 것의 열 배라 한다. 그것이 평양에 떨어지면 흔적도 없이 지도에서 사라질 것이다.

"그러면 어디서 핵을 사들였다는 말인가요?"

"어느 나라에서 그런 무기를 팔겠소? 파키스탄, 인도에서? 남한도 핵무기를 자체 생산할 수 있소."

대위는 우크라이나에서 빼돌린 핵무기에 대해서 모르는 모양이다. 그러니까 남조선 당국이 미사일 발사대를 탈취당한 것으로 속이고 비밀리에 핵무기를 만들고 있다고 믿

는 모양이다. 그러면 남조선은 미국의 간섭과 방해 없이 독
자적으로 핵무기를 맘대로 쏠 수 있다.

"북의 핵 공격을 미국이 막아주지 못할 경우를 대비한 것
이오. 북의 핵은 유일하고 치명적인 무기요. 그런데 남한이
핵무기를 갖고 있다면 유일한 것도 되지 않고 남한이나 미
국에 위협도 되지 않소."

대위는 남조선이 핵무기를 개발하면 반년 안에 열 개 정
도 만들 수 있다고 했다. 개당 25억 원 정도 든다고 했다.
김대위와 정찰총국 지도원의 말을 조합하면 남조선은 우크
라이나에서 가져온 한 발의 핵무기를 언제든 평양에 쏠 수
있다. 아니면 자체적으로 만들 수도 있고.

"대위님. 뜻밖의 정보군요. 북에서 알고 싶은 것은 총사
령관님에 대한 참수작전인데 핵무기라니요? 놀랍습니다."

나는 대위의 속셈을 알고 싶었다. 내 주 임무는 김정은
수령의 안전에 대한 것이다. 대위가 참수작전팀 소속이니
그것만 암호화폐나 현금 받고 팔면 되는 것이다. 그러나 핵
을 남조선이 갖고 있다면 수령도 공화국도 힘을 잃는다.

"북에 보고해 주시오. 참수작전에 대해 더 깊이 들어가서
정보를 얻겠소. 그리고 핵무기에 대한 정보도 캐낼 테니 대
가를 더 받고 싶다고 말이오."

대위는 역시 만만한 자가 아니었다. 캐낼 정보의 리스트
를 뽑아 놓고 그 옆에는 금액을 적어 놓았다. 어떤 것은 암

호화폐고 어떤 것은 현금이었다. 암호화폐는 정찰총국에서 받겠지만, 현금은 김현희의 이름으로 된 통장에서 인출해야 한다. 현금을 암산해보니 천만 원 내외라 그나마 다행이었다.

여인숙으로 돌아오는 발길이 무거웠다. 내게 내려진 지령은 수령님에 대한 참수작전이었다. 그런데 핵무기라는 새로운 문제가 나타났다. 빨리 임무를 마치고 평양으로 돌아가려고 했는데 걸림돌이 생긴 것이다. 여인숙 부녀의 제안은 이메일로 보고했고 승낙을 받았다. 내가 일본으로 돌아가지 못하고 부득이 월북해야 할 때 같이 잠수정에 태우면 된다. 그러나 핵무기에 대해 보고하게 되면 더 머물러 있어야 할 것이다. 지도원 말대로 우크라이나에서 분실된 핵무기가 남조선으로 들어갈 수도 있고 대위 말대로 남조선에서 몰래 핵무기를 생산할 수도 있다. 개당 25억이라면 부자나라에서 몇백 개쯤 만들 수 있지 않겠는가? 핵무기를 만들 기술도 있고 돈도 있다. 미국의 눈만 속이면 충분히 만들 수 있다. 박정희 대통령도 핵무기를 완성하기 직전에 미국에 의해 발각되어 부하에게 암살당했다고 한다. 사십 년이 지난 지금에는 미국의 제재만 아니면 언제든지 만들 수 있다.

'옛말에 돈이면 귀신도 부릴 수 있다고 하던데 역시 돈이야.'

대위가 핵무기를 남조선에서 만들 수 있다는 정보를 알려준 것은 돈을 더 내놓으라는 것이다. 남조선 당국이 어딘가 핵을 숨기고 미사일 발사대마저 빼돌렸다면 공화국은 핵위협을 할 수 없다. 자칫하면 남조선의 선제 핵공격이 있을 수 있다. 그러면 부모 형제가 사는 평양은 초토화된다. 언덕배기에 오르니 다리가 점점 무거워진다. 오랜 훈련으로 단련된 여간첩 소대가 있다는 말을 들었다. 그들을 지도원은 '모란꽃 여전사'라고 불렀다. 선발 기준은 얼굴이 예뻐야 하고 신체가 튼튼해야 한다고 했다. 대부분 출신 성분이 낮은 집안에서 차출된다고 한다.

'당은 하필 나를 남파시켰다는 말인가. 간첩질은 게네들이 나보다 잘할 텐데.'

훈련을 많이 받은 여간첩 소대에게 임무를 맡기지 않고 내게 맡긴 것은 역시 성분이다. 내가 수령을 배신하지 않을 혁명렬사의 집안출신이기 때문이다. 무사히 돌아가면 훈장을 받을 것이고 혁명렬사나 애국렬사의 집안으로 시집가게 될 것이다. 그러면 나는 공화국의 핵심상층부에 진입하는 것이다. 어쩌면 당은 내게 출세의 기회를 준 것이지만 감당하기 어려운 시련일 뿐이다. 이런 생각이 드니 걷기가 싫다. 휘이 둘러보니 바위가 하나 보인다. 거기 걸터앉아 카메라를 들어 저녁해가 지는 하늘 위를 찍는다. 어디선가 작은 물체 하나가 나타난다. 그러더니 뭔가 쏟아져 나왔다.

'저게 뭐야?'

반사적으로 카메라를 들어 찍었다. 찰칵. 찰칵.

카메라 렌즈 안에서 여섯 개의 작은 물체가 큰 물체를 빙빙 돌더니 다시 안으로 들어갔다. 그리고는 물체가 멀리 사라져 갔다. 찰칵. 찰칵. 카메라는 파란 하늘만 찍고 있었다.

'뭐야? 저건.'

무엇인가에 홀린 것 같다. 오늘은 이상한 날이다. 나는 여인숙으로 빨리 걸어가서는 여주인에게 건성으로 인사하고 옥탑으로 갔다. 도어록을 눌러 문을 열고 들어간 다음 옥상을 한 바퀴 돌아봤다. 아무도 없는 것을 확인하고 방에 들어가 봉투 속에서 사진을 꺼냈다. USB에 다 들어 있다고 하니 파일의 내용을 풍경 사진 속에 감춰 보낼 것이다. 수신자는 일본에 거주하는 현희의 친구로 되어 있지만, 이것은 정찰총국으로 곧장 들어가게 된다. 시간이 꽤 걸릴 것이다. 갑자기 배가 고팠다. 너무 긴장했다. 매운 떡볶이를 먹으면 좋아질 것 같다. 나는 봉투와 USB를 내 트렁크에 넣고 잠갔다. 떡볶이를 사러 가는 동안 문제는 없을 것이다.

"먹을 것 좀 사올게요."

여주인에게 말하고 밖으로 나갔다. 그녀가 옥탑에 접근

하는 자가 있나 CCTV로 감시할 것이다. 밖은 아직 훤했다. 떡볶이집은 일요일인 데도 사가려는 사람들이 많았다. 오늘 저녁 국가대표팀 축구대회가 텔레비전에서 방영한다고 해서 너도나도 사간다고 했다. 텔레비전을 보니 미확인 물체(UFO)가 여의도 상공에 나타났다는 뉴스가 자막으로 떴다. 그리고 뒤이어 시청자가 촬영한 사진이 떴다. 내가 찍은 것과 같다. 그러면 아까 본 것이 그 유명한 UFO란 말인가. 이십 분 정도 기다리니 마음이 복잡하다. 겨우 떡볶이를 사서 들고 나와보니 벌써 어두워졌다.

여인숙으로 올라가는 길은 길가에 건물이 없어 더욱 캄캄했다. 갑자기 앞에서 시커먼 것이 튀어나왔다. 나도 모르게 떡볶이가 든 시커먼 비닐을 휘둘렀다. 그러자 어이쿠 하는 소리와 함께 누군가 고꾸라졌다. 나는 여인숙을 향해 뛰어갔다. 따라오는 발소리가 들리더니 잠시 후에 악하고 비명이 들렸다. 뒤를 돌아보니 시커먼 그림자 둘이 한 남자를 질질 끌고 가는 것이 보였다. 나는 여인숙으로 들어가려다 숨을 고른 다음 조심조심 밑으로 내려갔다.

이상한 소리에 나무 뒤에 숨어 밑을 내려다보았다. 건물을 짓기 위해 움푹 판 곳에서 새빨간 옷을 입은 여자의 뒷모습이 보였다. 아랫도리를 벗고 있어 크고 허연 엉덩이가 드러났다. 아랫도리가 반쯤 내려진 사내 위에 올라타 위아래로 빠르게 움직였다. 밑에 깔린 사내는 가느다란 신음을 냈다. 두 명의 사내가 좌우로 몸을 돌리며 망을 보고 있었다. 지금 빨간 옷의 여자가 남자를 강간하고 있는 것이다.

기본소득으로 세상을 바꾸자

[의적 붉은 입술]은 서울 영등포, 경기도 김포를 주배경으로 하는 세태 풍자소설이다. 내용으로 들어가면 활빈당수의 딸 주인공 홍강이가 사악한 부자의 집을 터는데 상대와 입술로 접촉하면 마음을 읽을 수 있는 능력을 갖추고 있다. 법을 어긴 재벌 딸과 아들을 납치해 중노동을 시켜 못된 인성을 개조한다. 또 재벌 딸이 편의점 알바하고 그녀의 이름으로 미국의 명문대학에 편의점 알바가 대신 다니는 것처럼 처지를 뒤바꾼다. 공고 졸업의 젊은 사업가가 이름을 이공돌로 바꾸고 로봇과 드론의 사업을 하는 것이 주 스토리이다. 부차적으로 섹스전도사를 자처하는 강이 친구 미카와 외계인으로 추측되는 로봇기술자 앨리스와 재일교포로 위장한 여간첩 김현희가 돈으로 매수된 한국군 대위를 통해 김정은 참수작전 기밀과 한국의 핵보유를 알아내고 정체 모를 여자에 의해 강간범들이 강간당하는 이야기도 있다.

소설은 작가의 상상력과 함께 신문기사와 동영상, 관계 서적을 자료로 해서 쓰게 되었다. 여기서 한국이 산업화와 민주화를 동시에 이룬 나라지만 빈부격차가 심해 갈등이 최고조에 도달한 것을 알 수 있었다. 소수의 엘리트 고소득 전문직을 빼고 중장년은 노동시장에서 강제퇴출 되고 사회에 첫발을 디딘 청년들은 저임금과 비정규직의 불안한 직업을 갖게 된다. 이와 별도로 산업화 과정에서 부를 축적한 자산가들은 재산을 자식에게 세습하면서 교육 투자로 학벌과 직업에서 남들보다 앞선다. 이들은 자신의 우위를 더 키우고 상대의 기회를 줄여 열위에 빠뜨린다. 이처럼 우위와 열위가 쌓이면서 불평등이 커지고 '금수저'와 '흙수저'로 고착되면 역전이 거의 불가능해진다. 금수저들은 자신의 현재 지위가 부모의 재력 덕분이 아니고 자신의 타고난 능력과 노력으로 만들어진 것으로 여긴다. 금수저보다 출발선이 뒤에 있는 흙수저들은 꿈을 성취하기는커녕 당면한 생존을 두고 비정규직. 정규직이 싸우고 남녀가 서로 혐오한다.

지금의 불평등은 종전의 20:80에서 20:70:10의 구조로 변했다. 주기적으로 하위 10%는 밑으로 떨어지고 남은 사람 중 또 10%가 다시 생겨 추락한다. 여기서 상위층은 지위를 유지하기 위해 경쟁하고 그보다 밑의 층은 조금 더 위로 올라갈 수 있다는 희망과 함께 10% 안에 들어가 추락할지 모른다는 두려움에 떨게 된다. 이렇게 치열한 신자유적 경쟁은 인간성을 파괴해서 자살률 최고의 나라로 만들고 자식을 제대로 키울 수 없다는 여성의 두려움은 비혼과 초저출산으로 나타난다. 최소한의 벌이가 없는 예술인이 굶어죽고 복지 밖에 있는 송파의 세 모녀는 자살로 삶을 마감한다. 안정적으로 살 수 있는 사람은 돈이 많은 부자이거나 퇴직교사, 공무원처럼 매달 연금을 받는 계층일 뿐이다. 미래의 일꾼이 될 청년들은 학력과 학벌로 만들어진 서열이 이미 정해져 있다. 그들은 궁핍과 실업의 두려움으로 보이지 않는 감옥에 스스로 가둔다. 자기가 하고픈 일을 할 수 없다. 하기 싫어도 생계를 위해서는 그 직업을 택해야 하고 그 직장에서 부당한 대우를 받아도 꾹 참아야 한다. 그것이 한국의 암울한 현실이다.

이러한 수렁에서 빠져나오기 위해 여러 방안이 모색되었는데 그 중 하나가 기본소득을 실현하는 것이다. 이것은 세계 여러 나라에서 실험되어 성공사례가 많은데도 한국에서는 부정하는 이가 많다. 촛불시위로 집권한 문재인 정권의 소득주도성장이 실패했기 때문이다. 가난한 사람을 위한 정책이었으나 그 의도와 달리 자영업자에게 고통만 안겨주는 결과를 낳게 되었다. 이런 상태에서 한국이 기본소득 정책으로 또 다른 경제실패를 가져올까 하는 두려움이 남아 있다. 그런데도 양극화된 한국 사회를 치유할 방법으로 기본소득은 계속 제안되었고 관계 서적도 많이 출판되었다. 기본소득을 비판하는 내용도 여기저기서 튀어나와 더욱 관심을 끌었다. 확실히 부각된 것은 대선에 나와 0.73%의 차이로 석패한 이재명 더불어민주당 당 대표의 주요 공약이 되었을 때이다. 이렇게 정치 이슈가 되자 기본소득 정책을 두고 좌파적 사고라는 비난을 받았다. 그러나 기본소득은 우파에서 먼저 제기된 것이고 한국의 보수정당의 정강에도 나와 있으며 기본소득을 지지하는 보수 정치인도 많다. 기본소득에 대해 '일하지 않는 자는 먹을 자격이 없다.'라는 동서양의 오랜 격언과 함께 물고기를 잡는 법을 가르쳐야지 물고기를 주면 안 된다는 말도 있다.또 현금으로 지급하는 것에 대해 논쟁이 많다. 그러나 기본소득은 미래를 책임지는 것이 아니라 현재를 책임지는 최소한의 생명권 보호 조치이다. 하루 일하고 하루 먹는 다급한 삶을 살아보지 못한 사람이 기본소득의 가치를 이해하기는 쉽지 않다. 기본소득은 복지와 직접 연계하는 개념이 아니라 개인의 최소 생존 비용과 함께 내수경제 활성화를 위해 꼭 필요한 정책이다. 한국에서는 그동안 지자체에서 실시한 재난지원금 기본소득이 효과가 좋았고 실시한지 얼마 안 된 농민 기본소득이 소득 저하로 농촌을 떠나려는 농민에게 희망적인 청신호를 주고 있다. 또 부정기 수입에 생계를 의존해야 하는 프리랜서 직업이나 문화예술인의 지속적인 활동을 위해서는 기본소득이 절실히 필요로 한다. 기본소득의 성공 가능성은 빈민이나 가난한 국가에서 부분적으로 실시해 그 효능이 입증되었다.

기본소득은 앞으로 변화될 4차 산업 혁명과 관련 있다. 한국은 세계에서 로봇 활용도가 제일 많은 나라이다. 그 말은 언제든지 단순 노무직이나 사무직을 로봇으로 대체할 수 있다는 말이다. 이에 일자리를 빼앗긴 단순직의 생계를 위해 로봇세 도입을 주장하는 학자도 많다. 이것은 영국이 산업혁명 당시 기계발명으로 일자리를 잃은 노동자의 고통이 재현된다는 말이다. 승용차의 등장으로 마부가 일자리를 잃었지만, 운전기사라는 직업이 생기지 않았느냐 반문하지만 4차 혁명은 그에 비할 바 아니다. 무인 자동차처럼 운전기사 직업도 AI에 의해 잠식될 것이기 때문이다. 그러면 한국 같은 경쟁사회의 10%는 굶어 죽어야 하고 70%도 바람 앞의 등불처럼 될 것이다. 기본소득은 굶어 죽는 사람이 없는 최소한 안전장치다. 이 정책의 도입을 반대하는 사람들은 전국민에게 나눠줄 돈이 어디 있느냐, 기본소득을 받은 사람이 술을 마시거나 해서 낭비하면 어쩌냐, 일은 안 하고 빈둥빈둥 놀 것이다라고 여러 가지 이유를 댄다. 지금은 정주영 회장 말대로 "해보기나 했어?"가 필요하지 부작용을 걱정할 때가 아니다. 우선 기본소득을 받으면 직업도 고수익을 얻는 전문직을 선망하는 것에서 벗어난다. 자기가 하고 싶은 일을 할 수 있고 하기 싫은 일을 억지로 하는 것도 없어질 것이다. 워킹맘은 파트타임으로 일하고 나머지 시간은 육아에 전념할 수 있다. 놀기 좋아하는 베짱이가 대중예술가로 부자가 되고 개미는 일만 하다가 과로사하는 풍자가 더 와닿는 사회가 되었으니 기본소득으로 최소한 굶어 죽지 않는다면 예술가는 자기 재능을 꽃피우기 위해 열심히 노력할 것이다.

기본소득은 기회의 평등을 넘어 실질적 자유를 준다. 또 기본소득은 자격심사가 없으니 송파 세 모녀처럼 복지 사각지대에서 벗어날 수 있다. 가난한 사람에게만 주지 않으니 돈 없는 사람이라는 낙인 효과도 없고 모두 동등한 시민이라는 연대감을 줄 것이다. 이미 재난지원금으로 그런 경험을 충분히 얻었다. 추가로 일해서 노동 소득이 생겨도 중단하지 않아 총소득이 늘어난다. 또 복지행정 기구에서 부정수급자를 찾겠다고 가난 증명을 요구하지도 않는다.

빨리 기본소득 정책을 펴자. 5만 원 정도 적은 금액이라도 전 국민에게 일괄 지급하자. 노숙자에서 편의점 알바, 공장에서 힘든 일을 하는 노동자도, 고급 승용차를 타고 다니는 재벌에게도 주자. 재벌은 평생 남이 자기에게 돈을 내놓으라고 하지 자신은 돈을 받아보지 못한다. 이들도 빈부 차이 없이 전 국민에게 나눠주는 기본소득에 한국 사회의 일원이라는 연대감을 느낄 것이다. 부자는 포장이 잘 된 길을 승용차로 안전하게 간다. 그러나 가난한 이는 더럽고 좁은 길을 어깨를 부딪치며 가야 한다. 기본소득은 이 길이 아닌 다른 길로 안내할 것이다. 누구도 가보지 못한 산길은 위험하기도 하지만 지름길이 될 수도 있다. 그 길은 가난한 이에게 아주 편안한 길은 아닐지 몰라도 새가 지저귀고 들꽃이 피는 신선하고 즐거운 길이 될 것이다. 비록 여전히 가난해도 최소한의 생계를 보장받고 자기가 하고 싶은 직종에서 열심히 일해 성취감과 함께 좋은 결과도 얻을 수 있을 것이다. 기본소득이 되면 암담한 미래에 절망해서 스스로 목숨을 끊거나 좋은 학벌을 위해 성장기에 시험 공부만 하면서 인생의 아름다움을 잊으며 살지 않을 것이다. 자식을 키울 자신이 없어 결혼 안 하거나, 출산을 기피하는 일도 줄어들 것이다. 기본소득이라는 모험이 세상을 바꾸게 될 날이 머지 않았다. 작가는 차기작부터 이 문제에 대해 상세하게 다룰 것이다.

활빈당이 내세운 유무상자(有無相資)는
부자와 가난한 이가 서로 도와 함께 잘 산다는
뜻이다.

삼두매 1 도둑왕자

신분차별이 엄격했던 조선시대, 임금의 아들이지만 천한 무수리의 몸에서 태어난 연잉군. 당파싸움의 회오리 속에서 그는 백성을 위해 어떤 선택을 할 것인가.

최영찬 지음 | 신국판 | 값 12,000원

삼두매 2 독도의 비밀

울릉도와 독도를 점령한 사나운 해적들. 그 뒤에는 침략의 야욕으로 똘똘 뭉친 일본이 있다. 연잉군은 박문수와 함께 일본을 드나들며 대활약을 펼친다.

최영찬 지음 | 신국판 | 값 12,000원

삼두매 3 보은단

명나라 유민의 목숨과 청국의 침략 위협 속에서 조선은 무엇을 선택할 것인가. 연잉군의 치밀한 작전과 국경을 뛰어넘은 남녀의 사랑이 있다.

최영찬 지음 | 신국판 | 값 12,000원